书房记

程章灿 史梅 主编

上海古籍出版社

编委会

主编：程章灿　史　梅

撰稿：（以姓氏笔画为序）

丁　帆	于　溯	王　颖	叶　子	史冬泉	全根先
刘　俊	许　勇	李良玉	吴小山	沈树忠	沈奎林
张志强	张辰宇	张伯伟	张　明	张学锋	张鑫龙
陆　远	陈冬华	陈红民	苗怀明	范金民	周　宪
周嘉昕	胡文兵	胡阿祥	钦　文	洪修平	骆　威
莫砺锋	徐　海	徐　雁	徐　新	黄乔生	黄　荭
童　强	谢　欢	翟学伟	缪炳文		

编校：张　宇　周　帅

统筹：翟晓娟

目录

序

品读南大书房，
赓续南大精神

习近平总书记指出，"图书馆是国家文化发展水平的重要标志，是滋养民族心灵、培育文化自信的重要场所"。这一重要论述，为图书馆工作提供了科学指引，指明了前进方向。南京大学图书馆作为一所一流大学图书馆，历史悠久，底蕴厚重，在营造书香校园、促进文化繁荣、传承人类文明、坚定文化自信等方面发挥了重要作用，做出了积极贡献。

2020 年 4 月 23 日，在第二十五个"世界读书日"到来之际，南大图书馆公众号首次推出"上书房行走——走进南大人的书房"专栏，约请南大文、理、工等十余个院系的教师、学生、校友，介绍各自买书、藏书、读书、爱书、写书的人生经历，分享自己学习、研究、治学、教书、育人的心得体验。栏目一经推出，就受到了广泛关注，至今共四十期，累计阅读量超过三十四万人次。"上书房行走"原是古代官名，南大图书馆巧借其名，赋以新义，带领读者"上南大人的书房里走一走"，听一听南大人的书房故事，品一品南大人的书香味道，说一说南大人的书生情怀，很好地展现了南大人"诚朴雄伟、励学敦行"的校训精神和学术品格。

"上书房行走"广受欢迎，原因有三：

一是知者不惑、以书为乐，"上书房行走"道出了南大人的风尚。在书房，南大人博古通今，读出一个"乐"字。"养心莫若寡欲，至乐无如读书。""上书房行走"的南大人于方寸之间，或伴一盏明灯，或迎一缕霞光，品一杯清茗，闲看秋月，漫卷诗书，洞察人生，探究真理，天地风云尽在眼前，世事变迁了然于胸，这是何等的极乐境界！

二是仁者不忧、以书修身，"上书房行走"道出了南大人的风雅。在书房，南大人修身养性，读出一个"静"字。"斯是陋室，惟吾德馨。""上书房行走"的南大人既有学术大家、教学名师，也有青年才俊、后起之秀，他们学者仁心、潜心学问，在书斋中坚守理想，在墨香中游心骋怀，这是何等的雅致操守！

三是勇者不惧、以书明志，"上书房行走"道出了南大人的风骨。在书房，南大人通天接地，读出一个"大"字。"铁肩担道义，妙手著文章。""上书房行走"的南大人虽身在书房，但心系天下，秉持"嚼得菜根、做得大事"精神，始终胸怀"国之大者"，以强烈的先锋意识和鲜明的家国情怀，致力于民族复兴和国家富强，这是何等的使命担当！

大学是读书的殿堂，是学问的圣地。宋朝大儒朱熹说，"半亩方塘一鉴开，天光云影共徘徊"，一本书就是一个世界；当代作家冯骥才说"书房一世界"，一个书房也是一个世界。南大人的书房可能不是那么敞亮奢华，但一定是透射着光、散发着热、闪烁着智、洋溢着乐、饱含着情的精神世界，它承载着南大人的精神风骨、学术文脉、治学道统和价值追求。我们要发挥好"书房"的功能和作用，建设和培育更多的"南大书房"，讲好书房故事，讲好南大故事，讲好中国故事，为建设书香社会、坚定文化自信提供南大方案。

今年5月20日是南大120周年校庆纪念日。在迎接百廿校庆的喜庆时刻，欣闻"上书房行走——走进南大人的书房"栏目即将成书出版，名为《书房记》。我由衷感到高兴，对上海古籍出版社致以衷心的感谢，这是一件有意义有价值有温度的好事。我们相信，通过全社会的共同努力，"南大人的书房"一定能发扬中国特色社会主义大学"以文化人、以文育人、以文培元"的优秀品质，更好地赓续南大精神，更好地展现中华文化魅力，更好地担当起为党育人、为国育才的时代使命。

是为序。

南京大学党委书记　胡金波
2022年4月12日

诗曰：

何处花开四季春？书城最是惜芳辰。

雁声远过千山黯，化作燃藜照夜人。

程章灿《题徐雁雁斋》

「雁斋」有书：

一个「万卷户」主的自述

徐　雁

———

江苏太仓人，祖籍靖江，1963 年 9 月 1 日出生于吴县光福镇。笔名"秋禾"。1984 年毕业于北京大学图书馆学系。现为南京大学信息管理学院教授、博士生导师，兼中外阅读学研究会名誉会长、中国图书馆学会阅读推广委员会副主任等。历任民革江苏省委副主任委员、江苏省政协常委等职。

先后开设"图书评论与写作""阅读文化学"等课程，指导、培养"阅读文化学与全民阅读"及"中国书籍文化史研究"方向的硕、博士生六十余人，主持国家社科基金项目"高等院校校园阅读氛围危机干预研究"及江苏省社科基金委托课题《江苏藏书史》等。

出版专著有《中国旧书业百年》《藏书与读书》《沧桑书城》《转益集》《越踪集》及《芳华集：昨日校花故事》等，与友生等合作主编有"全民阅读四书"——《中国阅读大辞典》《全民阅读推广手册》《全民阅读参考读本》《全民阅读知识导航》，以及"书香中国·全民阅读丛书"（十种）。

"跟我交往的书友中，徐雁教授是较为特殊的一位。他以营造书香社会为己任，然而，对藏书本身这件事却并不着力。藏书圈的朋友几乎人人都知道徐雁先生的大名，他也跟很多书友有密切的交往。然而，他却能'常在河边走，就是不湿鞋'，如此好的定力让我钦佩不已。"

——知名学者、藏书家韦力《雁斋：推广藏书文化的策源地》

　　1980年那个夏末，我从家乡所在的太仓城厢镇走出，怀揣一纸到北京大学图书馆学系报到的通知，前往北京。九年后的一个秋初，我从国家教育委员会机关主任科员任上，调回到家乡的首府之城，在南京大学出版社做了书籍编辑。从走出江苏到回归江苏，人生似乎划了一个并不怎么大的圆圈，从这头出发，又循着圆弧回到了差不多就能接续到的这一头。

　　然则在北京求学和工作的九年，于我来说，可是从十七岁到二十六岁这一段非常关键的人生时段。如果有人要问，这九年于我人生意义何在的话，那么回答只有一个：是北大和北京的文教氛围，让我从一个爱读书的人，蝶变成了一个爱书的人。

"在北大，我学图书馆学……"

当 1980 年夏的吉星临头，北京大学图书馆学系的录取通知书终于到达时，我父母亲的同事们几乎都是这么来表达庆贺的："这下好了，你家儿子今后再不用花钱买书了，将来全国各地图书馆到处都有他的同学、同行了！"初不料，在毕业后没数年，我的藏书就开始过百逾千，并在好多年前就成为一个"万卷户"了。

"在北大，我学图书馆学……"这句话，是我在十年前早春的晚上所写一篇回忆文章的篇名。后来收录在太仓图书馆 2009 年编印的《乡下月》中，其中写道，当毕业前夕，系教务员统计的四年课业成绩表出来时，我发现平均成绩不过是在全班的中上游档次，但有一点却让我自己略感欣慰，那就是凡能引起自己兴趣的课程，如"目录学""文艺书籍目录学""历史书籍目录学""中国书史"以及"古籍整理"等课程的成绩，全部在优秀等级上——我虽"偏科"，但我拥有了对于往后的学术性读写来说至为宝贵的专业偏好。

我这个当初志愿学了"图书馆学"然后想到图书馆去工作的专业信徒，在 1984 年 7 月毕业后，却从来没有正式在哪一个具体图书馆工作过（仅在 1983 年秋，与本组的同学一起，到北京师范大学图书馆实习过一个学期），先后做过国家最高教育行政机关公务员、南京大学出版社编辑及中国思想家研究中心研究员，直到 2002 年 7 月，才开始做图书馆学专业的教师，就此开启了我新一程的职业生涯。

在本科教学之外，我先后指导着"阅读文化学与知识传播"及"华夏典籍与中国书籍文化史"方向的硕士、博士研究生。这意味着经过一段为时不短的感情散步，我还是皈依了自己的专业初恋。

在母校北京大学图书馆的开架阅览室里，面对书山学海，我努力满足着自己对知识的渴求，不断拓展着自己的人文视野；在燕园大饭厅前的小树林里，与学长师姐们挨着挤着挑拣着海淀中国书店的师傅们摆卖的各种旧书，时常弄得双手满尘。

在北京潘家园旧书市场，当朔风中斜阳落山，我手提肩扛地把淘来的旧书刊运回宾馆，脸上满是疲惫的笑意；在南京城南仓巷两侧的旧书铺里，我移动着一个小木板凳，像梳头一般地过目着旧书架上的故纸，以定弃留；出访台湾，用了半日的工夫，把台湾大学周边的旧书店几乎全部走过了一遍。

还记得，在香港、澳门、柏林、伦敦等地的新、旧书店里，那不菲的书价，是如何一遍又一遍地考验着自己购书的诚意和藏书的决心。

"无情岁月增中减，有味诗书苦后甜。"为了所爱的书籍，我的所谓"雁斋"，也就从北京的无形而成为南京的有形，且经多种形态的演变，终于长成了当下"雁斋山居"的模样。

"雁斋"缘起

大凡读过我先后出版的一些随笔集的朋友，一定会注意到，几乎每篇文章的最末一行，我都会有写作完成的日期，时或还注明了写作的地点。那些作文地点，无论是我的《秋禾书话》《雁斋书灯录》等书中所谓的"中国人民大学红楼""北京西城灰楼""京西雁斋""南京大学陶园南楼""南京鼓楼四条巷雁斋"，还是《书房文影》《开卷余怀》及《书来话多》等书里的"金陵江淮雁斋"，其实都多少有点儿"故事"，且容我就"雁斋"这个书房名的缘起及其先后的几个地点来说说。

　　"雁斋"的命名，缘起于我在北京大学求学期间，偶然在家乡太仓置得的一枚藏书印章。我最初的一批藏书，如在北大将毕业时终于得到的《晦庵书话》等，都曾用此图章——钤印——它成为我生命中的一个重要年轮。尽管那时的所谓"雁斋"，仅仅是若干个胡乱堆叠的纸书箱而已。

　　八十年代末，挈妇将雏来到人地两生的南京大学，才终于有了一个九平方米的栖身之地。这小小的九平方，便成为了首次赋形的"雁斋"。我藏书于楼道，读写于斗室，由于夜间持续工作时间过长，台灯上的塑料罩老化得也特别快，以致于连续用坏了两台。但在这个期间，我的生活和心灵却感到前所未有的充实，"雁斋"的"读书灯"，几乎成为了我所在的陶园南楼的"标志灯"……《秋禾书话》和《中国读书大辞典》两部书，就是在这样良好的心态和艰苦的环境中，先后编定问世的。

我们一家三口在这只有一间小屋子的所谓"雁斋"里，住了将近四年左右，即在 1992 年春，我因业务职称被幸运地破格评为"副编审"，而获得了搬迁到大小两室套房的待遇。这一套房位于鼓楼四条巷南大十七舍的顶层。这就是所谓的"鼓楼四条巷雁斋"。

我在十四平方米的"大屋"中，用两个书橱间隔出一个五平方米左右的"单间"，临窗置一个写字台（台面上左右各搁置四层小书架一只，可容纳常用图书二百四十册上下），写字台旁边再站立着一个书橱……为了节省空间，也为了使常用图书历历在目，以便随时取用，我别出心裁地于搁置在写字台面两侧的左右书架上，再架起了两层搁板（这样又可多摆列六十余册图书）。这样，却使整个房间采光严重不足，就是在白天也常常要开灯读写，以补目力……我在这样一个"雁斋"里，新撰了《秋禾书话》的续编《书房文影》，写作了《南京的书香》，编定了《中华读书课程》。

1998 年初我又有望乔迁一次新居了，所以营建一个新的'雁斋'，便成为我当时最为企盼的一件事。这"新雁斋"，位于扬子江与外秦淮河之间的龙江小区阳光广场高教公寓的十一楼，入住以后，我便把它称为"江淮雁斋"。

"风檐展书读，古道照颜色"，这是我素心喜爱的文天祥《正气歌》中的诗句——在清风徐来的屋檐下，开卷阅读前贤往哲的著作，他们的精神风范和道义光辉，顿时与我的颜面相辉映，令人肺腑透亮，面目光鲜。

我在选定搬迁龙江小区阳光广场高教公寓楼的十一层，并以西屋一间作为我心心念念的雁斋所在地之后，除了立即设计并订做十一个顶天立地的大书橱以外，就请得著名篆刻家、乡前辈马士达教授书得"风檐展书读"五字，并专请钤上"读书乐"印，从此成

■ "风檐展书读"（马士达先生墨宝）

为我雁斋的一大景观，来访的朋友没有不欣然在此匾下留影的。

我想，这实在是因为这"风檐展书读，古道照颜色"的高迈境界，对于我和我的朋友们来说，是虽不能至而心向往之的缘故罢！

所谓"江淮雁斋"，特指我于2000年秋冬间迁住的南京河西地区。在老南京人的心目中，这"河西"特指秦淮河之西，而"河东"就是六朝金粉之地了。殊不知，这"河西"同时也就是扬子江东岸与秦淮河西岸的狭长湿地，原非宜人之居。但如今，普及了钢筋混凝土造就的高层建筑技术，听说也就不以为意了。就此眼前说来，我以居家十一层的"江淮雁斋"自署书房，可谓写实。但从更长远和辽阔些的方面来说，我祖父是在青春年少时从靖江移居苏州的，那靖江城就位于淮河和长江之间，那么，所谓"江淮雁斋"也就同时有了些写意的成分，也就是不忘祖德的意思。

■ "猫头鹰书偶：智慧的象征" ——雁斋主人藏品之一

■ "琳琅满目、丰富多彩的中外书偶" ——雁斋主人藏品之一

南大和园小区之"雁斋山居"

因多年前，南京大学本部已从鼓楼区搬迁到位于栖霞区的仙林校区，为教学、科研之便，我也于2018年元旦前夕再度迁入南大和园小区之所谓"雁斋山居"。

尽管十余年来，已先后随缘给宁波天一阁博物馆、腾冲市和顺图书馆、张掖市图书馆，及家乡太仓市图书馆、故乡靖江市图书馆等，送出了自己所著所编及冗余书籍数千册，但仍有一万余册书籍需要搬迁。结果是，搬家车来来回回走了七八趟，花费近万元，才终于把"江淮雁斋"全部移送到了"雁斋山居"。

所谓"雁斋山居"，为和园小区内一幢四联排别墅之西边户，位于桂山之麓。地上三层外，地下还有一层。在装修伊始，即规划了基本布局，是以二楼上二十多平方米的大南间为书房，十多平方米

■"自出机杼，成一家风骨"（林公武先生墨宝）

的北间为书库，不料所有藏书仍然无法尽居于书房及书库之中，只得延展到了负一层的地库。为此添购了一台抽湿机，供阴雨天和黄梅时节启用。

尽管藏书至今仍未井井然有序，但书籍的分类及其空间归属却已基本明晰。大抵二楼书房呈 L 型的两壁新书橱，按照中国历史顺序，依次收藏从先秦以迄清末间的文史书籍，我把"从孔夫子到孙中山"的二百余册《中国思想家评传丛书》也拆开分置于其中。北屋书库，安放了从江淮雁斋搬迁过来的九个老书橱，分别庋藏的是有关北京、上海及江浙地区的地理、历史、文化类书籍。

在一层的客厅及餐厅，不得已也布置了大小书架五六个，可摆放近千册有关中国书文化主题的书籍。至于地库之中，则是文史工具书、人物传记、游记及各地乡土书籍、艺文杂著的天地，自然还包括了满满一橱外国文史方面的书籍。

除了若干篇文章外，《越踪集》（浙江古籍出版社 2018 年版）及

■ 徐雁教授的部分著作书影

《转益集》（文汇出版社 2019 年版）两书，就是我在这雁斋山居里编选成书的。在新的一年里，还将先后推出《芳华集：昨日校花故事》（文汇出版社 2022 年版）及《图书馆阅读推广》（国家图书馆出版社 2022 年版），为全民阅读推广增添新的文化食材。

▲ 徐雁教授推荐书单

- 王余光主编《图书馆阅读推广研究》（朝华出版社 2015 年版）
- 朱永新《造就中国人：阅读与国民教育》（海天出版社 2019 年版）
- 薛冰《书事：近现代版本杂谈》（天津人民出版社 2020 年版）
- 徐雁、钱军、李海燕主编《图书评论与阅读推广》（朝华出版社 2017 年版）
- 徐雁、陈亮、江少莉等主编《全民阅读推广手册》暨《全民阅读参考读本》（海天出版社 2011 年版）
- 王余光、徐雁、李海燕主编《全民阅读知识导航》暨《中国阅读大辞典》（南京大学出版社 2016 年版）
- 林公武、徐雁主编《书香盈室：读书淘书藏书著书四十家言》（福建教育出版社 2019 年版）
- 徐雁、王宗义等主编《全民阅读书香文丛》（上海科学技术文献出版社 2014—2017 年版）
- 王余光主编，徐雁、刘洪权、熊静副主编《中国阅读通史》（安徽教育出版社 2018 年版）
- 王京生、朱永新、徐雁主编《书香中国：全民阅读推广丛书》（海天出版社 2019—2020 年版）

诗曰：

稗官小说有前缘，文献狂胪积万千。

如此书山即堪隐，何须更耗买山钱。

程章灿《题苗怀明简乐斋》

远去的书香

——话说读书与淘书

苗怀明

生于上世纪六十年代末，长在黄淮平原一个小村庄里。学士、硕士、博士学位全在北京师范大学一家学校获得，毕业后一直在南京大学文学院谋生。教书、读书、买书、写书，一辈子都在书中讨生活。出版专著有《二十世纪戏曲文献学述略》《红楼梦研究史论集》《凤起红楼》《中国古代公案小说史论》及《梦断灵山：妙语说西游》《吴梅评传》等。

对于一个读书人来说，有一间书房自然是人生的一大梦想，幸运的是，我经过努力做到了，而且不是一间书房，是一套书房，一套带有小院子的书房。尽管院子很小，房间也只有两间，不过六十平米左右，面积还抵不上人家的一间大书房。

说到书这个字，脑海里想的不是别的，而是层层叠叠堆在地上

■ 苗怀明教授的书房名为"简乐斋"　　　　　■ 苗怀明教授所藏图书

的半屋子书，这些都是近期新买的和朋友惠赠的书，还没来得及上架，也没想好怎么上架，书房实在放不下了，这样凌乱地堆在一起可以看作是一种逃避。

　　书对我来说，已经浪漫不起来，而是现实的苦恼。想要一套放书的别墅，这是我经常开玩笑说的话，其实也是真心话。买书也许不算很难，更难的是为书找到摆放的空间，不知看电子书长大的同学们能否理解这种苦恼，也许在他们看来，这些书一个移动硬盘就可以装下，这种苦恼纯粹是自找的。

　　房间里已经尽可能多地放满了书，两间房屋不用说，通常房间都是三面放书，经过努力，自己做到了四面墙都放书，狭小的阳台和客厅都充分利用起来，见缝插针各放一个书架。书架更是直通天花板，书架的顶上也都堆满书籍。

　　至于摆放，可谓全方位立体型——里外放两层，每一层都上下放满。如果要拿里面一本书，必须把外面的书一层层拿出来。实在没地方放，有些就放在箱子里堆起来。

　　说到藏书，自然会想到读书。来我书房的人几乎每人都问过这个问题：这些书你都看过吗？连我的父母也都这样问。我的回答是：这些书我没有都看过，事实上也不可能都看过，但是我都翻过，需要的时候我可以随时知道需要去找哪本书。

　　当然，这里面带有吹牛的成分，否则也就不会去买那么多复本书了。在我单位的办公室里摆放的书都是复本，这样也好，家里和单位一边一本，用起来也方便。

　　我个人研究的兴趣在文献及学术史，因此本专业的书搜罗面比较广，不是只挑精品买，而是全都买回来，见书就收。有人到我的书房后嘲笑我的书里有不少学术垃圾，这是他们不了解我的研究情况，不了解我买书的路数，站在自己的立场上来说的。

　　就阅读而言，自然是尽可能多地去读，读的书越多越好。比如

书房一景　　　　　　　　　苗怀明教授部分著作

作品及研究资料，要多读细读，对一般的研究论著，则可以挑选一些重要的、经典的，比如鲁迅的《中国小说史略》、王国维的《宋元戏曲史》等就要反复阅读，重要段落达到能背诵的程度。

至于一般书籍，翻翻就可以了，等到使用的时候再去详细阅读其中的某个章节或段落。世界上有那么多的书，即便是专业书，也无法做到每本书都读，只能采取精读和泛读结合的方式。

精读的好处不用说，我特别愿意说一说泛读。

我喜欢把泛读说成翻书。拿到书之后，看看前言、后记，看看目录、作者简介之类，这样比从别的地方看到这本书的介绍要好很多。书翻过之后，会留下较深的印象，等到将来需要的时候，一下就可以想起来。

古代小说、戏曲、说唱方面的著述，我没有全部通读过，但我能见到的都翻过。一般情况下随便说出一本书的名字，我基本可以说出这本书的内容及特点等。

翻书还可以建立全局观，把一个行当的书本翻过一遍之后，可以对整个领域的情况有个系统的了解，其热点何在，薄弱环节何在，心里是有数的，做研究时找题目就容易得多。

带有怀旧色彩或者说有些伤感的还有淘书。淘书的乐趣就在一个"淘"字，从旧书堆里苦苦寻觅，忽然找到一本自己渴望已久的书籍，那种欣喜若狂的乐趣是外人无法想象的。如果财大气粗，到书店一通乱买，藏书数量可以一下暴增，但这不是淘书，是买书。

我的藏书大部分都是自己从旧书店一本一本淘来的。自己本科、硕士和博士阶段的学习都是在北京师范大学完成的，在北京上了十年学，也整整淘了十年书，特别是当地最大的旧书店中国书店，其在北京各个地方的分店全部跑过多遍。

当时已经养成一种生活习惯，每到周末的时候，至少用一个下午或整天，或者琉璃厂，或者小西天、新街口、西单、灯珠口、隆福寺，或结伴，更多的时候是一个人去书店淘书。那时候没有挣钱能力，学费生活费完全靠父母，稍微贵点的书就不舍得买，因此也买了不少残书，后来再一本一本配全，有些一直到现在还没有配全。

就这样，日积月累，还是搜罗了不少书，本科毕业离开北京的时候已经有三十多箱书，博士毕业再次离开北京的时候，已经有一百三十多箱，运到南京的时候，那场面还是很壮观的。

　　毕业之后到南京，正赶上金陵旧书业最后的繁荣，也见证了本地的旧书业从兴盛到衰落的全过程。那个时候，夫子庙、仓巷、南京大学一带有很多旧书店。一到周末，朝天宫到仓巷一带到处都是书摊，不花上一天时间是看不完的。仅仅是南大周围的旧书店，没有一天时间也是看不完的。我的藏书有相当多是在南京淘到的。

　　网络和数字化不仅改变了书籍的形态、传播的渠道，而且改变了我们淘书、藏书乃至读书的方式，也可以说是深深地改变了我们的生活方式与生存状态。

　　我们在享受着现代科技带来的巨大便利的同时，也深深怀念那些传统的生活方式，书香已逐渐淡去，但当下流行的手机阅读这种碎片、肤浅、浮躁的阅读方式就是我们需要的吗？我们找到适合这个时代新要求的理想读书方式了吗？

对于淘书、藏书和读书，面对日新月异的变化，我们有很多话要说，也有很多事情要做。

🔺 苗怀明教授推荐书单

◆ 罗贯中《三国演义》（人民文学出版社 2018 年版）

◆ 施耐庵《水浒传》（人民文学出版社 2018 年版）

◆ 吴承恩《西游记》（人民文学出版社 2018 年版）

◆ 曹雪芹《红楼梦》（人民文学出版社 2018 年版）

◆ 王国维《王国维文学论著三种》（商务印书馆 2010 年版）

◆ 鲁迅《中国小说史略》（上海古籍出版社 1998 年版）

◆ 钱锺书《宋诗选注》（生活·读书·新知三联书店 2002 年版）

◆ 李泽厚《美的历程》（生活·读书·新知三联书店 2009 年版）

◆ 余英时《红楼梦的两个世界》（上海社会科学院出版社 2002 年版）

◆ 陈平原《千古文人侠客梦》（人民文学出版社 1992 年版）

诗曰：

曾经雅恕手摩挲，万里追寻恩义多。

开卷情如回昔日，风吹细水自扬波。

程章灿《题钦文雅恕斋》

奔走聚书倦坐读

钦 文

————

任职于南京大学外国语学院德语系。教授文学史、思想经典、文学选读、媒体形象学、口笔译等课程；研究兴趣在德国近代文学、域外中国形象、中德文学交流、德国出版与阅读文化。业余从事翻译，译作有《论现代和后现代的辩证法》《叔本华及哲学的狂野年代》及《拉贝日记》（合译）。

幼时与父母住在筒子楼里，吃喝拉撒都在一间十几平米的房间里，容不下一个书架。印象里，家里只有几本小说名著和字典，随便放在什么地方。后来父亲分了个两居室，找木匠打了一个书橱，那些书终于有了一个归宿。上了学，几门功课里最喜欢的是语文和历史，父亲虽是理科生，倒也不介意，还鼓励我多读课外书，给我买过一些诗词选本。学校附近有家新华书店，放学后常去逛，母亲每月给我的零花钱大多换成了书。积少成多，于是很自然的有了我自己的书架。

工作后教书，读书买书成了再自然不过的事情。出国学习工作之余，访书仍是我最大的乐趣。一箱箱的书寄回国，根本就没有考虑家里能否放得下。父母和妻子虽然偶尔也会有些怨言，但还是很宽容，想尽一切办法给我的书腾地方，定制了一个又一个书橱。即便如此，那些书还是渐渐占用了家里能够占用的空间，无论是阳台上还是床底下，给家人的生活带来了相当的不便。

南大搬到了仙林校区，规划了教师公寓。原本可以分一套带电梯的房子，可是因为这些书，最后还是点了带阁楼的顶层套房，但是论资排辈下来，只能是没有电梯的房子了。这给搬家带来了很大的麻烦，师傅们最不愿搬的就是死沉的书。满满两车的书卸到楼下的空地上，坐地起价是不可避免的了。为了这些书，

■ 钦文老师的书房名为"雅恕斋"
南京篆刻家孙少斌先生题写

也只能认了。看着师傅们气喘吁吁、浑身是汗，心里其实是很愧疚的。虽然为新居的客厅和书房订制了新的书橱，但终究还是有许多书无法上架，只能大致分类，堆放在阁楼里的各个空间内。即便如此，有了感兴趣的书依旧还是会买，于是又一次一次地搬上搬下。妻子对我说，她近来肩肘越来越使不上劲儿了，怀疑多半是一回回搬书落下的毛病。我相信她说的是真的，心里不是滋味。

有些朋友戏称我是藏书家，其实我心里明白，自己不过是爱买几本书罢了，正如饕餮和美食家是完全不同的两个概念。古今藏书家多为学问家，且精于版本之学。我的书里没有善本古籍，不过是些寻常货色。所买的书要么与专业有关，要么只是出于一时的兴趣。

■ 阁楼上的读书角

■ 钦文老师在书房

■ 手中是诺贝尔奖得主格拉斯的
《我的世纪》（大开本纪念版）

■ 与工作相关的外文图书

　　多年前，我被单位派到德国一所久负盛名的语言学院的汉语部担任教师，没有课的时候我爱去他们那里的图书馆躲清静。图书馆的创立者是一位德国著名的汉学家，所以这里有关中国的藏书颇丰，在此我接触到了许多海外汉学著作以及中国文学的德语译本。我本就对中国文学感兴趣，于是那些德译本便引起了我的兴趣，经常翻阅。自此，我开始关注中国文学在德国的传播状况。很自然的，这类译本成为我去书店淘书的猎物。经年累月，相关的书着实搜罗了不少。与外观简单直白的现当代文学译本相比，德国出版的中国古典文学作品的译本在装帧上要讲究许多，甚至不乏精美的设计。在这一门类里，我还真搜集了一些精品，颇为自得。当然，都是在可以承受的价位下购得的，那些珍稀的版本我是没有的。其中只有很少一部分被我采用纳入那些所谓的论文之中，绝大部分书只是供我摩挲玩赏。仿佛交友，没有利用价值的往往是更可贵的朋友。

多年前，有一阵子，我不愿待在书房里，因为看见四壁和满地

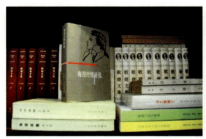
■ 德语文学中译本

■ 德译本杜甫诗选

■ 德译本杜甫诗选内页

■ 海外汉学著作

■ 最喜爱的德语作家冯塔纳的文集
现已转赠给同样喜欢他的一位朋友

■ 书橱里的一套德语文学丛书

的书，心里着实有些惴惴不安，因为理性告诉我，即便是再有两三辈子，这些书也是读不完的。百年之后，该如何安顿它们。我并没有天真到寄望儿孙会去读它们。终究这些书是要散去的，每念及此，不禁颓然。有一回，我在德国一家旧书店里看书，书店老板对我说，新来了一批书，是从一位已故的文学教授家里收来的，或许里面有我想要的书。听到这里，心里不知是个什么滋味。可就在那一刻，我联想到了自己那些书日后的去处。如果它们有幸没有化为纸浆，能够流转到旧书铺里，最后被喜欢的人买回去，这恐怕是上佳的归宿了吧。在几篇类似书话的文章里，我曾读到过，杨宪益、施蛰存先生晚年会让来拜访他的年轻人从书架上挑一些书带走，这也是一种极聪明的做法。西谚云，书自有其命运。我的操心岂不是杞人忧天？于是，现在我又可以安然地坐在书房里了，只是有时候把书拿在手里不一会儿竟打起盹来，唉，岁月不饶人！

▲ 钦文老师推荐书单

- （美）伊沛霞《剑桥插图中国史（第二版）》
  （湖南人民出版社 2018 年版）
- 阴法鲁等主编《中国古代文化史》
  （北京大学出版社 2008 年版）
- 朱东润主编《中国历代文学作品选》三编六卷
  （上海古籍出版社 2008 年版）
- （英）李约瑟原著／柯林·罗南改编《中华科学文明史》
  （上海人民出版社 2019 年版）
- （英）西蒙·普赖斯等《企鹅欧洲史》系列
  （中信出版集团 2018 年起）
- （英）苏珊·伍德福德等《剑桥艺术史》（全八册）
  （译林出版社 2017 年版）
- （英）尼尔·麦格雷戈《德国——一个国家的记忆》
  （重庆大学出版社 2019 年版）
- 叶兆言《南京人》
  （南京大学出版社 2016 年版）
- 张立宪主编《读库》系列
  （新星出版社 2006 年起）
- 《牛津通识读本》丛书（译林出版社 2008 年起）/《斑斓阅读》丛书
  （外语教学与研究出版社 2007 年起）

诗曰：

卡尔巍巍是我师，平生寝馈不相离。

稚儿亦解传嘉业，开口声声马克思。

程章灿《题周嘉昕嘉业斋》

我的三个书房

周嘉昕
———

1982年生人。南京大学哲学系教授、博士研究生导师，南京大学马克思主义社会理论研究中心研究员、南京大学人文社会科学高级研究院兼职研究员、荷兰国际社会史研究所访问学者（2015—2016），并为中国马克思主义哲学史学会理事、江苏省马克思主义理论研究会副秘书长。出版著作五部，参编著作四部，在《哲学研究》《光明日报》等刊物发表论文一百余篇。主要研究方向为马克思主义哲学史、马克思主义哲学经典著作研究、国外马克思主义哲学研究。

对于一位从事人文社会科学研究的学者来说，书房是工作乃至整个生活中最重要的地方。我很幸运自己有三个书房。在这里，我与整个世界相遇了。

第一个书房是我将自己在南大和园陋室的客厅"霸占"下来，改造而成的。为此，我的妻子还曾戏称：感觉我们一家好像都住在我的"studio"里，缺少了一点点家的温馨。随着家中小妹妹的到来，我的这个书房开始逐渐为各种各样的童书和玩具所"蚕食"、占据。我也一点点地缴械投降，把那些最常用的图书资料转移到了哲学楼的工作室，把这里无可

■ 周嘉昕教授的书房名为"嘉业斋"

奈何地当作了自己的书库。不过，这也带来了一个意外的惊喜，当小家伙儿突然有一天咿咿呀呀对我嚷着"马克思"的时候。我想这里如果能够成为他们文明精神、野蛮体魄的地方，也算是一件幸事了。

第二个书房是自己在南京大学哲学系的工作室。非常感谢学校和院系的发展，现在哲学系每一位年轻老师都有了自己独立的工作室。只不过，院系所配发的书架早已远远不能满足日益增长的安置图书资料的需要。为了节省空间，我在这个书房里塞进了各种各样的架子，甚至是工厂仓库用的置物架。尽管看起来不那么美观，甚至会因此被同事嘲笑自己的审美，但是这一切却是那么的趁手。轻轻移步，即可遍览学术春秋。稍稍挪动，便能满足思想饕餮。此外，令我颇感自豪的是：机缘巧合，系楼里挂着历代哲人的肖像，在我

■ 被童书和玩具"蚕食"的书房

■ 咿咿呀呀嚷着"马克思"的
小家伙

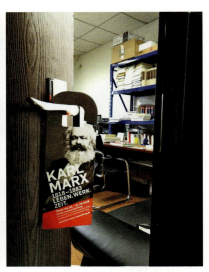

■ 周嘉昕教授在南京大学
哲学楼的工作室

■ 周嘉昕教授在南京大学哲学楼的工作室

这第二个书房的门口，恰恰就是卡尔·马克思。欢迎大家"按图索骥"，到我的工作室来做客。

第三个书房是南京大学图书馆所提供的"数字书房"。近年来，随着研究的拓展和细化，经常需要查阅各种各样的文献资料，不仅有图书，有期刊，还有大量的文献档案。非常感谢图书馆所提供的大量数据库，使得今天查阅这些文献资料变得越来越简单！几年前在 IISG 做访问研究时，曾经专门用了一个下午的时间扫描《德法年鉴》1844 年原版的全文，并为此窃窃自喜。然而，这个寒假封闭在家，却利用图书馆电子数据库，直接下载到了同一版本的电子文献。这又是怎样的一种惊喜！今天，我开始憧憬这样一个书房：阳光洒满室内，一部电脑、一台打印机、一杯清茶、一把舒适的椅子。

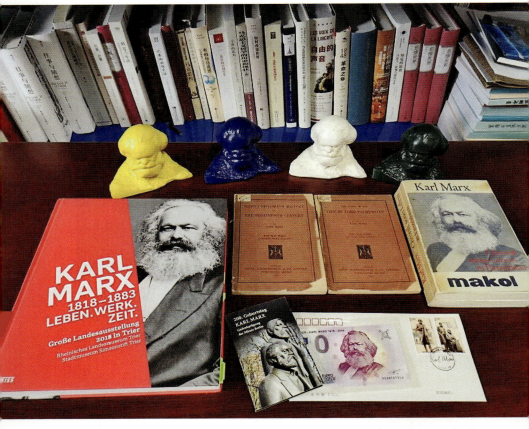

■ 个人藏书，从左至右分别为马克思故居纪念馆《卡尔·马克思1818—1883：生平、著作、时代》纪念画册、爱琳娜·马克思编辑的《十八世纪外交史内幕》和《帕麦斯顿勋爵》英文版初版、阿多拉茨基主编《马克思生平事业年表》1971年再版

▲ 周嘉昕教授推荐书单

- （德）马克思《共产党宣言》
  （人民出版社 2014 年版）
- （德）马克思《资本论》第一卷
  （人民出版社 1975 年版）
- （德）马克思《1844 年经济学哲学手稿》
  （人民出版社 2014 年版）
- 《马克思的壮丽人生——真理的力量：纪念马克思诞辰 200 周年
  主题展览》（中央编译出版社 2019 年版）
- （英）以赛亚·伯林《卡尔·马克思》
  （译林出版社 2018 年版）
- （美）阿尔伯特·赫希曼《欲望与利益：资本主义胜利之前的
  政治争论》（浙江大学出版社 2015 年版）
- （英）罗纳德·米克《劳动价值学说的研究》
  （商务印书馆 2014 年版）
- 孙伯鍨《探索者道路的探索》
  （南京大学出版社 2002 年版）
- 张一兵《回到马克思——经济学语境中的哲学话语》
  （江苏人民出版社 1999 年版）
- 张亮、周嘉昕、孙乐强《理解马克思——卡尔·马克思的生平
  与核心著作导读》（人民出版社 2017 年版）

诗曰：

临水依山四壁书，好从青简论乘除。

何时显敞仙林道，缥帙逶迤到五车。

程章灿《题张志强面壁斋》

相看两不厌，
唯有书书书

张志强
————

1966 年生，江苏南通人。现为南京大学出版研究院常务
副院长，南京大学信息管理学院出版科学系主任、教授、博士
生导师。兼任全国出版专业学位研究生教育指导委员会副主任
委员、台湾淡江大学《教育资料与图书馆学》大陆地区主编、
美国 *Humanities Conference and Journal* 国际顾问等。2003—
2004 年美国哈佛大学哈佛燕京学社访问学者、2007—2008 年
美国哈佛大学费正清中国研究中心图书文化与管理博士后。从
事出版理论与出版史、社会转型与出版发展等方面的研究。国
家社科基金重大项目与江苏省社科基金重大项目首席专家。

已出版《非法出版活动研究》《现代出版学》《20 世纪中
国的出版研究》《中国出版业发展报告：新千年来的中国出版
业》《传递知识》《数字时代的图书》《文化商人》等著译十
余部。获"第三届中国出版政府奖（优秀出版人物奖）"、"第
十二届中国图书奖"、"江苏省哲学社会科学优秀成果"一等

奖、中国高校人文社科优秀成果二等奖、宝钢教师奖等重要奖励二十余项。并曾获国家百千万人才工程国家级人选暨有突出贡献中青年专家、国务院特殊津贴获得者、国家新闻出版总署新闻出版领军人才、南京大学优秀中青年学科带头人等荣誉称号。

我的书房之所以乱，是因为十二年前搬到新居时书无法全部上架，于是就堆在地上。这十多年间就越积越多。我自己有个坏毛病，不准别人动我的书，哪怕再乱也不行。理由是自己知道每本书在什么位置。别人一动，自己就会找不到。每次要整理时，又总冒出事来。就像拖拉作业的学生，越拖，欠得越多；没人催的话，索性不交了。因此，这个书房，除我的个别学生光顾过外，外人很少知道。我也极少跟人道及。乱，不能看，自然是一方面。但另一方面，也是因为我没有特别的藏书，基本是自己平常要用的书，没有宋刻明刊之类的好版本。同时，自己做出版学的研究，知道现在每年新书出版量在两十多万种。如果你要藏书，每年就买百分之一的话，也

■ 张志强教授的部分著作

■ 张志强教授的书柜

得要二千多本。书价年年上涨，但房价上涨更快。你有财力，更要有精力。因此，除非有足够的财力与旺盛的精力，否则你的收藏只是沧海一粟，私藏永远比不过公藏。

但自己还是藏了点书，因为要讲究时间成本。有时去图书馆找书，时间花了不说，还不见得能找到。晚上写东西，需要某个资料，也不可能去图书馆。坏了情绪，大概再无续写的心情。自己不想多说藏书，也是怕别人来借。自己从来不忍拒绝他人。有时一本书借了出去，对方迟迟不还。临到要用时，又想不起来在谁那里，只能坐着生气。

我的小书《面壁斋研书录》（秋禾、雷雨主编《读书台笔丛》之九，江苏教育出版社 2001 年版）里，我曾经说过把书房叫做"面壁斋"的原因。既有写实，也有写意。因为桌子面壁，所以是写实；对自己也有所期望，所以是写意。二十多年前，刚刚在镌刻界崭露头角的石非兄，帮我刻过一方"面壁斋"。我现在还用着。搬家后的书房名，在那个集子里也有预告，叫"临水斋"，同样是

■《面壁斋研书录》书影与印章　■ 季羡林先生题"临水斋"

写实和写意。临近江边，是写实；上善若水，水善利万物而不争，这是写意。1999年11月去北京时，请季羡林先生题了斋名，但一直没有刻个章。仙林校区的房子，拖了五年了，早晚会搬过去。水虽有，但很远。东边的山，离我也不近。南面倒是有座山，不过怎么看都像个小土丘。所以，这个书房叫什么，也希望各位看官能给我出出点子。

我同样是个教书匠。但与他人不同的是，我除了教书，还研究书；培养的学生呢，也大多去了做书的行业；交往最多的朋友，要么是教书的，要么也是做书的。因此，我对书也就有着与常人不一样的感情。

我自己买书的原则是有用、有趣。

有用，自然是与自己的研究相关。我这些年做出版史、出版学学科史等方面的研究，相关的书自然要买的。有些书，买回也不见得读，就是放在那，需要时再拿出来。跟大家一样，总是痛恨"书到用时方恨少"。这些年课多，杂事又多，一本书，拿到手如果不读完，大概率是不会再读，只能等到下次要用时才会拿出来看。我写《20世纪中国的出版研究》时，大部分依靠的就是平常买的那些书。写的过程中，又陆续买了不少，慢慢充实了自己的出版学研究著作专藏。写那本书时，买了不少稀见的本子。如杨家骆的《图书年鉴》，当时国内好像只有国家图书馆收藏，但因为该书太厚，装订脱线，不对外借阅。我在该书中发现杨家骆提出了"出版学"这一名词，从而纠正了日本和韩国学者认为是他们最早提出"出版学"的说法。最近又有学者发现1925年的《南洋周刊》上也有"出版学"这一名词。可以说，这本书为出版学的学科建设做了点小小的贡献。湖北人民出版社在1994年开始出版《中国图书

■ 杨家骆《图书年鉴》书影

年鉴》，曾说该书是"中国第一部图书年鉴"。我曾善意地提醒该书的责编：民国时期就有了《图书年鉴》，贵社的书只能是新中国成立后的第一部。

有趣，是指这本书背后有故事。如果可以做文章的素材或上课用的道具，那就更妙。每本书的背后藏着作者、编者与读者。作者为什么写这本书、出版社为什么出这本书，读者为什么看这本书、藏这本书，都各有道理。有些理是相似的，有些理却很有趣。这当然是仁者见仁智者见智。还有一些书，出版后导致该社被撤销、当事人受处分，将来更是文化史的研究对象。

我每年给本科生开"从甲骨到因特网：书籍的过去、现在与未来"新生研讨课，一直让他们挖掘书背后的故事，追寻他自己与书的记忆，目的是帮助他们建立与书的感情。有了情感依托，他们才会对书有兴趣，才会真正爱书。这要比对他们单纯宣讲书的重要性好多了。当然，这些有趣的故事，有些我已经写了，有的还在肚子里。比如说，我曾经在旧书市场上见到过口袋本的《王云五小字汇》，扉页上印有胡适的《笔画号码歌》。笔画号码也叫"四角号码"。如今，随着汉语拼音的普及，现在的学生已经不知道四角号码是什么了。围绕胡适为什么写《笔画号码歌》，再顺带考证一下"四角号码"的前世今生，背后的故事就很有趣。

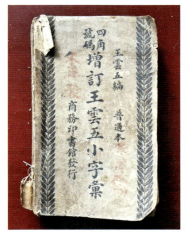

　　买到丁玲的 1949 年版的《桑干河上》,又买到 1953 年版、1980 年版的《太阳照在桑干河上》,再买到龚明德先生 1984 年出版的《〈太阳照在桑干河上〉修改笺评》,加上买到的龚明德为供职单位出的惹了官司的《〈围城〉汇校本》,谈谈现代文学的版本学、汇校本应该如何出才有价值就很有意思。龚明德先生提倡中国现代文学版本的汇校,初始应者寥寥,现在快要成为显学了。这些小文,后来都收在我的《面壁斋研书录》中。

　　有些书,买的时候就想写小文的,但一直没能写成。比如戈公振的《中国报学史》,是第一部研究我国新闻事业发展史的著作,现在已成为新闻史领域的名作。虽然现在翻印本甚多,但寒斋所藏的是 1927 年商务印书馆的初版初印本,上有笔力老道的“仲实 17.9.29 于申”的笔迹,以及“黄元藏印”。显然,这本书是这个名为仲实的人,1928 年 9 月 29 日购于上海。因至今未能考证出原来的藏家黄元

▌1949 年版《桑干河上》、1953 年版《太阳照在桑干河上》、1980 年版
《太阳照在桑干河上》、龚明德的《〈太阳照在桑干河上〉修改笺评》书影

▌《中国报学史》1927 年初版初印本书影

（仲实）是谁，文章也就迟迟未动笔。

　　还有王韬的《弢园尺牍》，光绪二年的初印本，上有"弢园述
从"的印章，我一直怀疑是书贾做伪，也是因为没有时间去验证，
暂且搁着。王力先生曾说一个学者要"龙虫并雕"，我深以为然。

■ 光绪二年《弢园尺牍》书影

寒斋也有若干的签名本。这些签名本的背后，大都凝结着前辈的厚爱与同辈的情谊。

寒斋收藏最多的，当是张人凤先生的签名本。人凤先生是商务印书馆创办人之一张元济先生的贤孙，1940年生，大我二十六岁，属于父辈了。从1992年认识至今，人凤先生每有新作，都会认认真真地题签好，包好，寄给我。每次拿到，都让我这个晚辈受宠若惊。2020年春季抗疫禁足期间，读柳和城先生惠赠的《挑战与机遇——新文化运动中的商务印书馆》，写读书札记时，将人凤先生题赠给我的两部"张元济年谱"找出来的同时，忽而生出近三十年弹指一挥间的感觉。将两本书上的题签拍照发给他，顺带写了一句"一部年谱见证老少友谊"。

近年，人凤先生馈赠我的书上，还会加盖张元济先生的印章，无形之中又添加了书背后的故事。写完这篇文章时，我怕说法不妥，

将初稿发给人凤先生,请他把把关。人凤先生却回我说:"谢谢你的大文提到我的名字。回想 1992 至今已近三十年了,友谊随时间而进。这三十年,你对张元济研究做了许多工作,促成全集出版大事。真应该感谢你。"其实,近三十年来,我的出版史研究得到了人凤先生的种种大力帮助,没料到自己所做的微弱贡献人凤先生竟然牢记于心,只能回复一句"应该的啊,感谢一路有你们"。老辈的学者就是谦逊。2004 年去芝加哥大学拜访钱存训先生。临走前,钱先生题赠了一本新版的《书于竹帛》给我。字迹工整,笔力遒劲。但那句"张志强先生惠正",却让我很惭愧。那年,钱先生已经虚岁九十五了,算起来该是我的祖辈了。每每翻到这本书,就想起与钱先生以及与他的学生们的交往。2015 年 4 月,钱先生以一百零六岁高龄邈归道山,我在南京,无法前去吊唁,但一直想着到他墓地前凭吊一番。2018 年在美时,特意在清明前的 3 月去了一趟芝加哥,到钱先生墓地追思了一下。钱先生的高足马泰来先生从普林斯顿大学退休后住在芝加哥,得知消息后也同去,见面时带了一本他新出的《采铜于山》给我。没想到 2020 年 1 月得到噩耗,马先生也因病去世。

■ 张人凤先生的两部《张元济年谱》签名本

■ 张人凤先生的签名本《张元济日记》，加盖了张元济印章

睹书思人，常常令人惆怅。

至于同辈的签名本，那就更多。好友见面，携一册自己拿得出手的小书，比任何伴手礼更有价值，也更能升华彼此间的友情。2019 年

11 月天府书展期间赴蓉城开会，回宁前多出半天时间。想想与龚明德有十几年未见了。发条短信过去，明德兄力邀中午一起吃饭，并说福

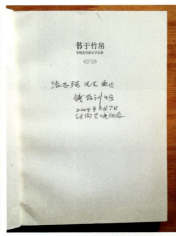

■ 钱存训《书于竹帛》签名本书影

■ 马泰来《采铜于山》签名本书影

建人民出版社的房向东社长也在。席间，他给我们两人各送了一册刚出的《新文学旧事》。该书三十二开本，只一百零六页，薄薄的一册。但书薄情谊深。路上读完，对新文学版本的重要性又多了一层了解。

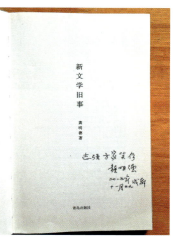

　　寒斋还有一些外文著作的签名本。这些著作，有的我觉得不错，与我的学生们合作，翻译成中文出版了。有的本已列入计划，但版权已被其他出版社拿走。做翻译是一件吃力不讨好的事情。想想没有翻译成的一些书，除了有点遗憾外，也没有特别的后悔。

　　寒斋收藏的一些名家送给名人的签名本背后更有故事。2004年在哈佛期间，无意间得到了朱自清送给海陶玮教授的《经典常谈》签名本。《经典常谈》国内已翻印了无数次，各种版本都有。这个早年的版本，我自己已另有一册。一开始见到时也未加留意。但随后一翻，发现是签名本，便喜出望外。到现在我依然记得自己得到这

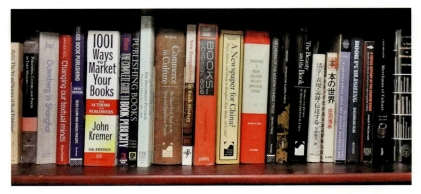

■ 收藏的部分外文图书，内有部分签名本

本书后立马就去了哈佛燕京图书馆。为什么？去找《朱自清日记》，看看朱自清为什么要送书给海陶玮教授。朱自清1947年6月5日的日记中有如下的记载："进城参加海托威尔（Hightower）的午餐会，他曾翻译过《韩诗外传》并研究汉代文学，能说国语。饭菜甚好。与他谈中国文学史。他的夫人也很有风度。"海陶玮教授是哈佛大学东亚系教授，英文名James R. Hightower。当年他曾邀请叶嘉莹先生去哈佛教书，无奈美国签证官不给工作签证。海陶玮教授将叶嘉莹先生安排到加拿大的不列颠哥伦比亚大学教书，奠定了叶教授获得全球声望的基础。朱自清为什么题签上写了海陶玮，而日记中要用音译海托威尔？我到现在也没有弄明白，也害我一直没把这篇文章写出来。另一件在哈佛时让我念念不忘的事是，没买费孝通题签的1939年英国Routledge出的 *Peasant life in China*（《中国农民的生活》）初版本。因是英文，波士顿旧书店的老板识货，索价一千刀（一千美金）。对当时的我而言，这当然非常非常贵。几天后再去，该书已不知被何人购走。现在有了孔夫子旧书网，书商们也学会了

比价。我也就不刻意再去买这些东西了。

　　我现在常常处于矛盾中。一方面，我一直痛恨我的学生们不喜欢逛书店，不喜欢买书；经常苦口婆心地教导他们，自己不买书，将来工作后怎么指望别人来买你做的书？另一方面，我自己又常常告诫自己要克制买书的冲动。书太多了，我还担心楼板会承受不了压力，殃及楼下邻居。有次无聊，把一个两米六高、四十厘米宽、八十厘米长的书架上双层的书全部搬出来称了一下，竟然有二百八十千克。然后数了一下每个房间的书架，算了一下整个重量与承重面积，又与学土木工程的朋友探讨了一下，才稍稍打消了一些顾虑。现在有了电子书，大多数的书足不出户都能找到，也让我有了一点克制自己买书的理由。但这些书只用来查找。真要让自己在手机或电脑上看，除非是文艺类作品，否则还是会选纸质书。这也让我对纸质出版的前景依然很乐观。但我 2020 年做的疫情期间的阅读社会调查的初步结果显示，认为读书在生活中非常重要的人却只有 40% 左右，让我大跌眼镜。看来以前我们批判"书中自有黄金屋""书中自有颜如玉"的后果，在这个数字化时代益发严重。这也是我愿意说说自己与书的故事的另一个原因：书的背后有许许多多的趣事，心存幻想让大家都能爱上读书。

▲ **张志强教授推荐书单**

"前两本是作为一个中国人应该知道的中国书籍的前世今生。后八本选自我每次给一年级本科生开课时推荐的十本书，让初入高等学府大门的学生们看看别人如何读书、做学问。"

- 钱存训《书于竹帛》（上海书店出版社 2004 年版）
- 钱存训著、郑如斯编订《中国纸和印刷文化史》
  （广西师范大学出版社 2004 年版）
- 北大校刊编辑部《精神的魅力》及其续编《青春的北大》
  （北京大学出版社 1988、1998 年版）
- 俞吾金《思考与超越：哲学对话录》（上海人民出版社 1986 年版）
- 季羡林《留德十年》（人民出版社 2008 年版）
- 费孝通《师承·补课·治学》（生活·读书·新知三联书店 2002 年版）
- 冯友兰《三松堂自序》（人民出版社 2008 年版）
- 钱穆《八十忆双亲·师友杂忆》（生活·读书·新知三联书店 2005 年版）
- 唐德刚《胡适口述自传》（安徽教育出版社 1999 年版）与罗尔纲《师门五年记·胡适琐记》（生活·读书·新知三联书店 2006 年版）
- 何炳棣《读史阅世六十年》（广西师范大学出版社 2009 年版）

诗曰：

缩合加成理杳冥，追踪大象入无形。

谁知格物高分子，须读玄玄道德经。

程章灿《题胡文兵思辨斋》

寻径思辨斋

胡文兵
————

　　浙江衢州人氏，1966 年生。1989 年本科毕业于复旦大学材料科学系，1995 年博士毕业于复旦大学高分子科学系，随后留校任讲师。1998—2003 先后留学德国、美国和荷兰从事博士后研究，2003 年应聘南京大学首次全球公开招聘回国任教，现为南京大学化学化工学院高分子系教授，博士生导师。主要从事高分子结晶相关的分子理论模拟和超快热分析研究。2005 年入选教育部新世纪优秀人才培养计划，2008 年获得国家自然科学基金委员会杰出青年科学基金资助，先后获南京大学"唐仲英"特聘教授、校特聘教授和赵世良讲座教授等奖励。2020 年获美国物理学会会士 APS Fellow 称号。目前担任 Springer Nature 出版集团"软物质和生物物质"系列丛书高级编辑，《高分子学报》副主编，《功能高分子学报》、*Chinese Journal of Polymer Science*、*Polymer Crystallization*、*Polymer International* 和 *Molecular Simulation* 期刊编委。

在 *Nature Materials*、*Physics Reports*、*Physical Review Letters*、*Macromolecule*、*Soft Matter* 和 *Polymer* 等国际核心专业期刊发表多篇学术论文，并参与多部专著的章节编写，还编著出版科学出版社教材《高分子物理导论》、Springer 出版社教材 *Polymer Physics: A Molecular Approach* 和化工出版社专著《高分子结晶学原理》。在南京大学主讲本科新生研讨课"大分子——从材料到生命"、本科生专业课"高分子结构与性能"、研究生专业课"有序高分子材料"。

小时候喜欢看书，父母在同一家工厂里工作，于是手头就有了两本借书证，把单位工会图书室的藏书翻了个遍。1985年高考，受到前

■ 胡文兵教授的书房名为"思辨斋"

辈王葆仁先生的科普著作《高分子时代》感召，报考了当时还算比较新鲜的复旦大学高分子专业。虽说各行各业都很重要，我还是很开心选择了这门专业作为自己的学术方向，三十多年来一直没有离开过。

高分子体系是典型的软物质，机理比较复杂，充满了探索的乐趣。在现实世界中也很重要，天然大分子是生命循环所需要的基本物质：核酸负责生命信息的存储和传递，蛋白质负责生命体系的运转和动物生命体的构造，多糖负责生命能量的存储和传递，还参与植物生命体的构造。合成高分子是化学推动人类文明进步的标志：在日常生活中随处可见的橡胶、塑料和纤维大大改善了人类生活品质。特别值得一提的是，高分子材料为医疗卫生健康行业提供了重要保障，最近防疫期间成为战略物资的医用口罩、医用手套、医用防护服、护目镜和呼吸机主要部件，都是聚丙烯等人工合成的高分

■ 胡文兵教授在化学楼里的书房，也是课题组讨论室

子材料所制。学习高分子专业，将来走向社会无论是做产品好还是做学问好，都有很多的发展机会。

中学期间喜欢读武侠小说，乐于沉浸在那种天马行空的想象中。后来读《科学研究的艺术》，了解到想象力与严谨求实的逻辑思维在科研活动中其实是互补的，也就是所谓的"大胆猜想，小心求证"吧。另外，武侠小说里所倡导的那种急公好义精神，也激励我积极参与学术交流活动，努力为学术界发展贡献自己的微薄力量。

▌《科学研究的艺术》

大学期间我从授课老师那里学到了系统的专业知识，平时也喜欢去图书馆广泛阅览期刊和图书，扩大知识面。我从本科毕业论文导师卜海山教授那里，学到了专注执着的科学精神，从此开始从事高分子结晶学研究。研究生期间从科学社会主义课的老师那里，学习了马克思的《1844年经济学和哲学手稿》，获益匪浅。从我的博士生导师于同隐先生那里，学习了扩展做人的胸襟和做学问的眼界。从我的博士后合作导师那里，大大提升了做学问的品味和能力。

在德国做博士后期间，我认真学习了合作导师 Strobl 教授编写的教材 *The Physics of Polymers*，开阔了我的高分子物理研究视野，回国后还与朋友们一起将这本教材翻译成科学出版社中文版《高分子物理学》。在美国做博士后期间，我认真学习了合作导师 Wunderlich 教授撰写的经典三卷本专著 *Macromolecular Physics*，系统掌握了高分子结晶学的基本知识。在荷兰做博士后期间，我认真学习了合作导师 Frenkel 教授及其合作者 Smit 撰写的分子模拟经典教材 *Understanding Molecular Simulation: From Algorithms to Applications*，

■ 胡文兵教授主要撰写、合作翻译、合作编辑和合作撰写的部分著作

■ 胡文兵教授展示他担任副主编的《高分子学报》国庆专辑

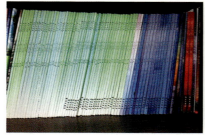

■ 胡文兵教授收藏的高分子学报期刊

■ 胡文兵教授担任高级编辑收藏的 Springer Nature 出版集团"软物质和生物物质"系列丛书部分图书

提升了我从事高分子物理化学理论研究的品味。

　　在繁忙的日常工作中我获取知识的渠道不只局限于读书，国内外学术交流、课程教学、指导学生、查阅文献、浏览专业微信群、审理稿件（期刊论文稿、专著稿和研究生毕业论文）和评审各种基金项目和奖励申请都很有收获。特别值得一提的是我新生研讨课的同学们交流制作的科普网（http：//wbhu.nju.edu.cn/），使我学到了许多新的高分子科普知识。当前科学研究的前沿领域，学科高度交叉融合，需要我们不断地学习各个学科的专业知识。掌握专业知识最好的入门方式，就是读一本该专业的经典著作，甚至去旁听或者网络学习一门专业基础课，如果掌握了基本概念及其理论框架，就比较容易看懂交叉领域的文献，推进自己的研究工作。

　　平时喜欢买书看。在我的人生旅途中，读书不断丰富着我的精神世界。在荷兰留学期间，我告诉我的合作导师 Frenkel 教授（他

▌ 胡文兵教授在学术会议上发表演讲

后来担任剑桥大学化学系主任，是英国皇家学会会员，也是美国和荷兰科学院院士），我在阅读荷兰著名科学家范德瓦尔斯的博士论文（该论文工作获得了 1910 年诺贝尔物理学奖），他请我组织了一次课题组郊游，去距离实验室两公里远的范德瓦尔斯墓，在那里他即兴发表了慷慨激昂的演讲，令人印象深刻，后来我阅读了《范德瓦尔斯及其学派》，才明白自己的研究思想其实一脉传承了范德瓦尔斯学派。参加于同隐先生百岁庆祝活动回来，我阅读了《一个人与一个系科：于同隐传》，明白了作为一名科学工作者，个人必须服务于时代的重要性。《创世纪的第八天：20 世纪分子生物学革命》让我激动于上个世纪发现生物大分子众多重要功能的那个时代。《走进材料科学》和《现代化学史》让我了解一门学科应时代需要而生并能够

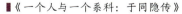

▌《一个人与一个系科：于同隐传》　　　▌《老子今注今译》

把握历史机遇迅速发展壮大的过程。在一次出差路过的机场书店里，我偶然看到了《丝绸之路》，买回来认真阅读，它对理解现代文明的发生发展很有帮助。最近疫情期间，在家品读老子的《道德经》，发现开头几段文字与我的教学和科研经验挺合拍，很高兴能找到一位两千五百多年前的知己。

史梅老师请我给存放图书的讨论室起个书房名，我的第一反应就是"思辨斋"。希望在课题组例行的讨论会上，同学们抬头就看到这三个字，更加主动积极地参与课题讨论，培养科学研究所需要的思辨精神，激发更多的创新思想！

▲ 胡文兵教授推荐书单

- 陈鼓应注译《老子今注今译》
  （商务印书馆 2016 年版）
- （德）卡尔·马克思《1844 年经济学哲学手稿》
  （人民出版社 1979 年版）
- （英）彼得·弗兰科潘《丝绸之路》
  （浙江大学出版社 2016 年版）
- 宋子良、王平《范德瓦尔斯及其学派》
  （华中科技大学出版社 2002 年版）
- 段炼、张剑、张炜《一个人与一个系科：于同隐传》
  （上海交通大学出版社 2016 年版）
- （英）贝弗里奇《科学研究的艺术》
  （科学出版社 1979 年版）

- 王葆仁《高分子时代》
  （科学普及出版社 1963 年版）

- （美）霍勒斯·贾德森《创世纪的第八天：20 世纪分子生物学革命》（上海科学技术出版社 2005 年版）

- （英）罗伯特 W.康《走进材料科学》
  （化学工业出版社 2008 年版）

- （日）广田襄《现代化学史》
  （化学工业出版社 2018 年版）

诗曰：

少年烽火势苍黄，犹记读书为国强。

踏遍沧浪人不老，归来白发意飞扬。

程章灿《题王颖院士书房》

阅读森林与海洋

王　颖

————

　　中国科学院院士，海岸海洋地貌与沉积学家，南京大学教授，中国南海研究协同创新中心主任，海岸与海岛开发教育部重点实验室名誉主任。

　　专长于从海洋动力、地质地貌与沉积多学科结合的途径研究海岸海洋的成因特点、变化趋势与开发利用。在平原海岸、高纬鼓丘海岸以及河海体系与大陆架沉积等方面的研究有杰出贡献，开创在河——海交互作用的现代潮控海岸选建深水大港理论与实践之先例，成功地完成我国三十项深水港址选建，如：唐山曹妃甸深水港、江苏洋口深水港及海南洋浦港等与海岸海洋发展规划。近期研究我国独具特色的"河——海交互作用与古江河大三角洲体系"，致力于南海海域资源环境与海疆权益研究，为祖国的"海洋强国"战略，为海岸海洋学科发展与人才培养贡献力量。

　　荣获江苏省三八红旗手标兵（1983），全国三八红旗手

（1985、2002），获十九项省部级科技进步奖，先后完成专项课题研究报告四十五项，发表中、英文论文二百七十三篇。据2019年斯坦福大学John P.A. Loannidis教授对近二十二年世界十万名科学家成果被引排名，王颖名列第七百三十五位。入榜前一千名的中国科学家一共十位，王颖名列第七位。截止到2021年，主编出版《中国海洋地理》《中国区域海洋学——海洋地貌学》《南黄海辐射沙脊群环境与资源》等专著二十七册。

"人活着要有理想。追求理想，要有刻苦、实干与面对挑战、不断追求的坚持精神。"

——王颖院士

1952年的夏天，和所有高考生一样，十七岁的王颖面临着填志愿的难题。

"你喜欢什么？"

"我喜欢森林，喜欢海洋。"

"那你就学地理吧！"

这样，1952年夏，她第一志愿报了南京大学地理学系，并以高分被录取。

"要把自己的奋斗成长与祖国的发展需要联系在一起！"

——王颖院士

■ 王颖院士与国际沉积学家
新西兰 Terry Healy、荷兰 Augustinus 等在江苏潮滩调查

　　1956年初，国际地理学大会在印度阿里迦穆斯林大学召开，我国派出新中国成立后第一个参加国际学术会议的地理学代表团，刚刚二十岁的王颖是代表团成员之一。中国代表团的报告在会上引起了强烈反响。但同时，王颖也亲眼见到国外学术权威受到尊重，亲耳听到有的外国学生嘲笑我们"英语少少的"。她心里憋了一口气，在日记上写道："我们政治上翻了身，科学上也要翻身啊！我们有几千年的文明史，有得天独厚的地理环境，为什么不能做出具有世界先进水平的成果呢？"代表团团长谢邦定对王颖和研究生陈冠云说："新中国的政治影响，中国的自然环境和悠久的历史，使我们的报告获得了成功，赢得了尊重。但今后我们不能光靠政治影响，老讲五千年的文明史。下次会议，就要靠你们这一代了。要又红又专

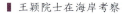
王颖院士在海岸考察

1981 年，王颖院士（右）与加拿大海洋地质学家 G. Vilks 博士（左）剖析大西洋海底沉积孔

啊！"王颖的心潮像海洋一样翻滚，几天的国际学术会议，把她的眼界由小天地扩展到全世界，她追求的目标，不仅是要成为一名地理学家，而且上升到要为国家、民族争光。

1980 年 4 月，加拿大全国海洋会议在 Burlington 举行，一位来自中华人民共和国的女学者庄重地登上讲坛，用英语作关于中国海岸研究的学术报告——她就是王颖。二十四年前在印度召开的那次国际地理学讨论会的情景，王颖永远铭记在心："要又红又专！要又红又专！"她知道，要攀上科学高峰，必须从脚下做起。现在，她终于从淤泥滩走上国际讲坛。

中科院院士，中国海洋学会名誉理事长，PACON International

■ 2001年，王颖院士被授予滑铁卢大学荣誉博士
这是该校首次将这一最高荣誉授予中国学者
她还作为第一个中国学者，在该校毕业典礼上发表了演讲

（太平洋海洋科学技术大会）终身会员，法国地理学会荣誉会员，国际第四纪研究联合会（INQUA）终身荣誉会员，国际地貌学家联合会（IAG）荣誉会员，国际沉积学会（IAS）荣誉会员，中国首位滑铁卢大学环境科学荣誉博士学位获得者……王颖的身上，笼罩着许多光环。

六十多年的时间里，她先后完成专项课题研究报告四十五项，发表论文二百七十三篇，出版了《海岸地貌学》《黄海陆架辐射沙脊群》与《中国海洋地理》等专著二十五册，其中十七部为第一作者或主编的专著。

而这些背后，是多年如一日的不懈努力。当问到研究中所遇的困难时，王颖略微迟疑后答道："每一次都很困难。"

如今，八十五岁的王颖仍坚持每日到校办公，同时任中国南海研究协同创新中心主任，着重工作于海域资源环境与疆界权益，走入一项新的工作领域，她谦逊地表示：自己只是做了国家需要她做的事，希望年轻人能牢记使命，使薪火传递下去。

■ 王颖院士著作

■ 右侧中间照片为王颖院士与加拿大前总督、
前 Waterloo 大学校长 David Johnston 教授合影

■ 右侧下方照片为 2010 年王颖院士与李克强
（时任国务院副总理）握手合影

我最主要的爱好，是调研大海与阅读文艺作品。

小学时，我就喜爱阅读《冰心文集》《寄小读者》及《小朋友》期刊。同时，我也喜爱阅读《格林童话》《鲁滨逊漂流记》等。我姐姐是学中国文学的，何纫秋老师与郑铁军夫妇购置"良友文集"，装订建立"纫辉文库"，给予我丰富的文学阅读宝库。郑铁军精通外文，给我和其女郑廉讲解童话故事，对我影响深远。

中学时期，我已阅读了《西游记》《水浒传》《三国演义》《彭公案》《施公案》等古典小说，我尤其喜欢《红楼梦》，至今仍常常翻阅。我也喜欢阅读巴金的作品，读过他的《家》《春》《秋》，也读过茅盾的《子夜》、老舍的《骆驼祥子》《我这一辈子》《四世同堂》等。同时，我也喜欢外国的文学作品，《简·爱》《安娜·卡列尼娜》，屠格涅夫的《春潮》，高尔基三部曲，《卓娅和舒拉的故事》，以及《远离莫斯科的地方》《钢铁是怎样炼成的》等等。我喜欢看俄国文学作品，尤其是屠格涅夫的小说，还有契诃夫的作品。我曾长期订阅《译文》杂志。

■ 王颖院士家中一景

■ 王颖院士书房一景

大学阶段以及工作以后，仍然爱看文学作品，但没有太多时间，而且趋向于喜爱中国古典文学作品。最近常会购买一些新近出版的网络小说，不那么认真看，主要在假期或入睡前看看，看过即忘了。但是，阅读文学作品确实是我生活中的一个爱好，调剂了我的生活，也成为我生活中一种乐趣！

感　言

热爱大地海洋，

感恩祖国培养。

致力海陆结合，

建设中华强国。

《简·爱》

《四世同堂》

▲ 王颖院士推荐书单

- C.A.M.King. *Beaches and Coast (2nd editor)*. Edward Arnold Press, 1972
- Philip Kearey, Keith A. Klepeis, Frederick J. Vine. *Global Tectonics* (*Third Edition*) . Wiley-Blackwell Press, 2008
- F.P. Shapard. *Submarine Geology (3rd edition)*. Harper & Row, 1973
- James P. Kennett. *Marine Geology*. Prentice-Hall. Inter, 1982
- 王颖、朱大奎编著《海岸地貌学》
  （高等教育出版社 1994 年版）
- 冯士筰等主编《海洋科学导论》
  （高等教育出版社 1999 年版）
- 严恺主编《海岸工程》
  （海洋出版社 2002 年版）
- 孙湘平编著《中国近海区域海洋》
  （海洋出版社 2006 年版）
- 王颖主编《中国区域海洋学——海洋地貌学》
  （海洋出版社 2012 年版）
- 王颖主编，刘瑞玉、苏纪兰副主编《中国海洋地理》
  （科学出版社 2013 年版）

诗曰：

手触牙签兴味长，室中插架目琳琅。

卅年一语相持赠，精读原来是秘方。

程章灿《题张学锋天籁斋》

精读原来是秘方

———

1962 年生，1985 年南京大学历史系考古专业本科毕业，1988 年南京大学历史系中国古代史专业硕士研究生毕业后留校任教。1993 年至 2001 年在日本京都大学攻读博士学位，获京都大学文学博士学位（东洋史学）。现为南京大学历史学院考古文物系教授、博士生导师。兼任中国魏晋南北朝史学会副会长、中国唐史学会理事、三国—隋唐考古专业委员会委员、京都大学客座教授。主要研究方向为汉唐考古及历史研究、东亚古代文化交流史。主要成果有《东晋文化》《中国墓葬史》《汉唐考古与历史研究》，学术论文近百篇，译著三十余种。

人文学科的教师家就是书多。

我住在龙江的高层住宅里，房产证上虽然写着一百零五平

■ 张学锋教授在自家的走廊书房中

方，但进门后三房一厅厨卫加上一条长走廊，算上边边角角总共才八十九平方，要想放进那么多书着实不易。考虑到人醒着的时候在书房里度过的时间应该是最多的，于是将唯一一间朝南有阳光的房间做了书房。四面墙壁，留下一个门道和两扇窗户外，其他空间就全部是书橱和书架了。甚至在一面墙上还设计了简易的密集型书架，以便收纳更多的书籍。书房之外，除主卧为保持极简风格而不置书籍外，次卧、走廊、客厅都放上了书架，甚至连卫生间的坐便器旁都安置了书架，放些医学、养生、烹饪一类的闲书，以便利用那短暂的几分钟。走廊书房在白炽灯光的映照下显得特别温暖，成为寒舍引以为豪的亮点。客厅中除餐桌、餐柜、电视外，亦无其他家具，安置了书架，放些装门面的书籍，还在一个角落专门设置翻阅新书的坐席。家中有个书房客厅，不自觉中赶了个时髦。

■ 常用图书

■ 自行设计的简易密集型书架

■ 走廊书房

■ 客厅书房　　　　　　　　　　　　■ 读闲书小坐

　　学院从鼓楼搬到仙林后，教师终于有了自己的个人研究室，于是家里放书的压力大大减轻，但仅三四年，研究室的书又快塞满了。

　　幸亏我不喜欢藏书，持有的书基本上都是日常使用的。不仅不藏书，而且还喜欢处理旧书。除少数具有纪念意义的书籍外，长期不用或意识到这辈子不可能用到的书就会处理掉，让需要的人去用。也正因为如此，我几乎没有体会过藏书爱好者淘到宝贝后的那种喜悦和欢愉。

　　我只是一个读书的人，因此，今天想聊聊自己在京都大学求学期间的读书感受。

　　1993 年春天去京大之前，我已经在南京大学历史系任教了近五年，也发表了几篇论文，参编了两三种教材，但真正意义上的读书，是从京大开始的。

█ 研究室书架　　█ 走廊书房查阅资料

　　我在京大的专业是东洋史学（Oriental History）。京大东洋史的导师们几乎不会具体指导你什么，但不多的几句话总会让人终生受用。

　　博士入学考试，除常规的外语、文言文训读外，最主要的就是提交一篇四万字（日文）以上的代表作，以便导师组据此判断你是否具有在未来几年内写出博士学位论文并通过答辩获得学位的潜力。砺波护先生是论文的主审，事后他找我去他的研究室，指出了论文中的诸多不足，有一点我至今难忘。砺波先生问："你引了中华书局影印的明刻本《册府元龟》，这几个字，你知道宋本中作何字？"我当时不知道中华书局已经影印出版了《宋本册府元龟》，甚至都不知道有残宋本的存在，彼时的困窘至今难忘。意思相近的话还有永田

■《居延新简》读书会结束后与永田英正先生等合影

英正先生的那句话："这条史料，为什么以这种形式存在于这里？只有首先回答这个问题，下一步的研究才得以展开。"两位先生的切入点不同，但异曲同工，指明了史学研究的正道。

在国内，学生写了篇习作，总希望导师能帮着看看，提提意见。我曾抱着这样的惯性，拿着文稿想请砺波先生看看，希望能得到指点，以便交出更完善的论文。但砺波先生却笑眯眯地说："别忘了你是京大的学生噢，自己的论文自己负责，等发出来了送我本抽印本做个纪念就行了。"

陈寅恪先生 1929 年在《北大学院己巳级史学系毕业生赠言》中言："群趋东邻受国史，神州士夫羞欲死。"虽事隔六十余年，但情势似乎并没有根本的改变，我还是成了令"神州士夫羞欲死"的"群趋"者之一，其中缘由无须多言。

京大除学校的综合图书馆外，各个学部都有丰富的藏书，人文研究所东方部更是收藏丰富。除人文研究所东方部外，其他各馆均可凭有效证件自行入库索书，历届毕业生在办理简单手续后也能入库。人文所之所以不能入库，是因为人文所每位教授个人研究室的图书也在外借之列，因此必须得由管理员去教授室取书。

自己能入库索书，这一点让我非常惊讶。二十世纪八九十年代的南大图书馆及各院系资料室，绝大多数师生是进不了书库的，必须在大厅查出书号，填好索书单，请工作人员入库寻找，不仅费时，而且往往空手而归。记得读本科时，舍友吐槽说，自己查了《后汉书》的书号请柜台工作人员入库寻找，半天后工作人员返回说"么得"。然后听到工作人员对同事表示疑惑，"奇怪，号是一样的，但书不一样"。舍友听了恍然大悟，原来中华版《后汉书》三个字全是繁体字，难怪工作人员不敢取书呢！

学生能自己入库，其意义不局限在找到自己想找的那本书，更重要的是在找书的同时能发现更多自己想读的书，找书、阅读就不再是单线条的，而是全面的了。不经意间看到一本书，取下，立于书架前翻阅，往往就会有意外之喜，甚至醍醐灌顶。

我的阅读地点主要在京大文学部资料室。文学部资料室按学科分为 A—G 七个书库。数年间，我徜徉在各书库之间，除主要阅读东洋史学、考古学、日本史学的藏书外，其他书库及各教授退休后整体捐赠的特藏库中的每一本书，我至少都用右手的食指点触过，因此，自己想读的书在第几书库第几排，心里大致都是有数的。

精深的学术著作往往是研究者一生的学术积累，因此虽然装帧简朴但定价却极高，通常都在人民币七八百

■ 厚重的学术著作

■ 复印装订的学术书籍

元以上，一本书的价格远远超出二十世纪九十年代中国城市居民的月收入。学术著作发行量小，一旦绝版，流入旧书店则价格更高。我自己购买的这类书籍总共也不过四十余种，但对一个留学生来说已捉襟见肘。日本的复印极其便宜，京大附近有好几家自助复印店，最便宜的A4纸一页才四日元，相当于三毛钱。如果从资料室借出一本四百页的学术著作，复印费约六十元，装订费约三十元，如此，原价七八百的书籍，不到一百就能入手了。在京大那几年，我有相当多的时间花在了找书、复印、装订的三点一线上，这类自制的书籍至少有百种以上。

　　与学术著作相比，日本的一般图书则相对便宜，通常在三四百元左右，装帧也比较花哨，其中有好多与自己学科相关的书其实也都是专业性很强的，因此，这一类的书购读得比较多。还有一种更便宜的"文库本"，小开本，便于携带，是外出途中的最佳读物，价格通常在五六十以下，旧书店里的更便宜，通常不到十元。一些学者的专著正式出版多年后，往往还会出版文库本，如小野胜年的《入唐求法巡礼行纪校注》、宫崎市定的《九品官人法研究》、西嶋定生的《秦汉帝国》等都有文库本，甚至连《史记·平准书》《汉

■ 面向广大读者的学术书籍

■ 文库本书籍

书·食货志》译注这类史料校释也有文库本。我曾在兵库县的姬路独协大学兼职五年，每周一到两次往来于京都与姬路之间。独协大学给的是新干线交通费，但我坐 JR 新快速，虽然一个来回路上要花四个小时，但省下来的交通费可以买书，也可以和同朋喝酒，辛苦一点也就在所不辞了。其实途中的这四个小时，至少有两个小时是在阅读，五年间在 JR 新快速上读过的文库本不下百余种。在夕阳下飞驰的车厢里安静地读书，成为今天最美好的回忆之一。

购书、印书、读书之外，在京大期间还有一种学习花费了许多时间，即复印期刊资料。由于借阅、复印极其便利，因此，将各类学术期刊中与自己专业相关的论文复印后按"北朝墓葬""北朝壁画""佛教艺术"等专题分类装盒，便于随时检阅。这一类的整理盒前后总有四五十盒。在网络资源高度丰富的今天，这样的资料收集工作似乎已经失去了意义，然而，走进期刊书库、翻检相关论文、选择复印篇目、借出复印装订、分类入盒这个过程，其实就是一个学者的成长过程，对我而言绝非徒劳。

求学阶段的读书生活给我留下的最宝贵的经验是：一定要精读几种前人的著作。在南大求学期间，虽然精读过部分汉唐史料，但却无暇精读前人著述，真正开始精读是到了京大以后。精读的第一种书是大川富士夫的《六朝江南的豪族社会》，该书 1987 年出版，篇幅近四百页，精读过程

■ 期刊复印资料整理盒

费时一年。书中引用的每一条史料都找出原书来核实，引用的每一篇文献，必须找出来阅读，出现的每一个人名、地名必须对之了解，加上日语单词、语法、惯用法，每一项力争做到无死角。虽然看起来只读了一本书，但涉猎到的历史文献和前人著述却不下百种，而且还完全掌握了日文的学术写作。更重要的是，《六朝江南的豪族社会》精读完后，这部书已不再是大川富士夫的"专"著了，它成了"我"的书。此后精读的还有谷川道雄的《中国中世社会与共同体》、马长寿《碑铭所见前秦至隋初的关中部族》和《偃师杏园唐墓》等几部。

经常跟学生们说，精读一两种专业书籍是跨入学术研究门槛的第一步，有志于继续深造的本科生，这个过程最好在本科阶段就能完成。选书不一定要名人名著，能发现书中的错讹和不足，才是促

■ 学术成果

使你继续读下去的最大动力。

我在京大生活学习了八年，在图书馆、资料室坐了五年冷板凳，五年以后才陆续撰文发表。在接下来的三年间，先后在《中国文化研究所学报》（香港）、《史林》（京都）、《东洋史研究》（京都）、《文史》（北京）、《中国史研究》（北京）、《中国经济史研究》（北京）、《中国史研究》（大邱）、《古代文化》（京都）等学术刊物上发文九篇，在此基础上完成学位论文，通过答辩，取得了京都大学文学博士（东洋史学）学位，学位证编号 168 号。

▲ 张学锋教授推荐书单

• 马长寿《碑铭所见前秦至隋初的关中部族》（中华书局 1985 年版）
  推荐词：传统的历史学研究基本上是基于传世文献展开的，但随着考古学科的发展，地下出土文献越来越丰富，出土文献研究渐成显学，但要将出土文献从"文献"的概念中剥离，使之成为历史研究的"史料"，其间尚需付出更大的努力。马长寿该著虽然利用的是传世碑铭，但其在深厚的历史学背景下利用传世文献以外的实物史料的方法，非常值得出土文献的研究和利用者借鉴。类似的推荐书目还有鲁惟一《汉代行政记录》（于振波等译，广西师范大学出版社 2006 年）、永田英正《居延汉简研究》（张学锋译，广西师范大学出版社 2007 年）利用出土简牍对汉代的"文书行政"展开的研究，传统史学研究不曾关注亦难以解决的问题因此迎刃而解。

- 唐长孺《魏晋南北朝隋唐史三论》（武汉大学出版社 1992 年版）

  推荐词：该书是唐长孺晚年口述由弟子精心整理的巨著，凝聚了作者平生对汉唐历史变迁的认识，是研读中古历史的高级入门书。正像著者创立的武汉大学中国三至九世纪研究所的所名那样，魏晋至隋唐的三至九世纪，是著者的历史研究中最重要的历史分期概念。在精读此书的基础上，可以继续研读其《魏晋南北朝史论丛》（含续编、拾遗）等专著，了解其对具体历史史实的精深研究。

- （日）宫崎市定《亚洲史论考》

  （张学锋、马云超等译，上海古籍出版社 2017 年版）

  推荐词：宫崎市定是东洋史学者，主要成果虽然集中在中国史领域，但从其最重要的论文集《亚洲史论考》这个书名中就可以看出，他的史学视野至少是亚洲史的，推而广之，无疑又是世界史的。如何在亚洲史甚至世界史的框架内来认识并研究漫长的中国历史，阅读这部《亚洲史论考》应该是前提。在此基础上进一步阅读其《九品官人法研究》（韩昇、刘建英译，中华书局 2008 年）等学术专著，对专业水平的提升大有帮助。

- 沈从文《中国古代服饰研究》（增订本）（商务印书馆 1992 年版）

  推荐词：《中国古代服饰研究》（香港商务印书馆 1981 年初版），充分利用考古实物资料，结合历史文献，令人信服地将中国历代的服饰演变诠释得十分详尽周密，是一本成功利用考古资料为历史学尤其是古代社会生活史和民族文化史研究服务的最佳样书。

诗曰：

无涯有路聚粮功，高挂云帆万里风。

著作逾身等闲事，射鲸碧海挽长弓。

程章灿《题张伯伟百一砚斋》

我的读书生活

张伯伟

————

南京大学文学博士。现任南京大学特聘教授、域外汉籍研究所所长。曾任日本京都大学、韩国外国语大学、台湾大学、香港科技大学、香港浸会大学客座教授。著有《中国古代文学批评方法研究》《全唐五代诗格汇考》《清代诗话东传略论稿》《东亚汉籍研究论集》《作为方法的汉文化圈》《域外汉籍研究入门》《东亚汉文学研究的方法与实践》等；主编《中国诗学》《域外汉籍研究集刊》《中华大典·文学理论分典》《朝鲜时代书目丛刊》《朝鲜时代女性诗文集全编》《日本世说新语注释集成》等。

新冠疫情在全球蔓延，一时居家成为所有人的生活常态，而要在心理上构筑坚固的防疫工事，最好的材料就是读书。中国古人有

张伯伟教授的书房名为"百一砚斋"

日诵《孝经》以驱疫者，朝鲜时代儒家有读《孟子》百遍以抗疫者，日本京都大学所在地"百万遍"，也缘于十四世纪知恩寺第八代住持念佛百万遍以止疫者。这些并不是东亚汉文化圈中独有的现象。古希腊雅典城中也曾多次爆发大小不等的瘟疫，人多逃离，而苏格拉底凭藉其阅读身处城中而不染疫，后来被法国作家蒙田在其《随笔集》中大肆宣扬了一番。东西方传统如此，那么疫情期间，图书馆和书店就是最应有所作为的单位。意大利最早开放的与公众生活密切相关的几个有限场所中，书店即占其一。今年4月15日出版的《台大图书馆馆讯》，也以"阅读，是最坚强的心灵防疫"为主题。所以，当史梅馆长对我说，南大图书馆正在进行"上书房行走——走进南大人书房"的活动，并邀我撰文参与的时候，尽管我既有很多工作在忙，又总以一个都市中的"隐修者"（hermit）自认，还是用允诺来"报答春光无限意"。

从二十岁上大学到现在，我的生活可以用六个字概括，即读书、教书、写书，在这篇文章中，就专写我的读书生活。如果将二十、

■ 张伯伟教授著作

四十和六十分别代表读书生活的三个阶段，也就可以用三句诗来形容各阶段的特征。

一、"补读平生未见书"

定是祖上积德（他们的工作是医师和教师），我顺利通过 1977 年的高考，并于次年二月从赤脚农民变为穿皮鞋的人，进入南京大学中文系学习。从此再也没有离开过大学校园，过上了"惟与书册为伍"的幸福生活。这里借用了一个王国维的说法，大学时代读到他的自我陈述，其中"余平生惟与书册为伍，故最爱而最难舍去者，亦惟此耳"，真是"于我心有戚戚焉"。

题目的"补读平生未见书"是清人彭玉麟之句，原来表达的是一个饱读诗书之人，即便到了晚年，也还要"趁我余光秉烛"再读新书。我少小失学，丙午祸起，才是小学一年级下。上学期末的老师评语，无论操行或学业都还是优，这学期就等而下之了，记得有这么两句："不认识父亲的反动本质，不能与反动父亲划清界限。"中小学阶段，就是在动乱岁月中度过的，读得最熟的是《毛主席语录》和《毛主席诗词》，到现在也还能大段背诵，其运用自如的程度可以达到春秋时人在外交场合"赋诗言志"的水平。所以，进入大学要"补读平生未见书"，这些书本该是在进大学前就要读的，是真正的"补读"。

要想"补读"也不容易，因为经过"文革"的扫除一切牛鬼蛇神，凡属封（中国传统文化）资（西方文化）修（苏联文化），一律倒入"历史的垃圾箱"（dustbin of history）——这个概念我们原先都以为出自马克思，后来发现是出自一位英国作家、下院议员奥古斯丁·比勒尔（Augustine Birrell）。虽然进了大学，却仍然陷入"书荒"之中。好在过去的"毒草"正被逐渐认定为"重放的鲜花"，每周日新华书店都会限量出售。所以南京街头的周日凌晨，就反复出现一道抢眼的风景线，上午八点之前的新华书店门口，总是排起一条壮观的购书"人龙"，手上还多拿着自备的英文单词本。这样的队伍中当然少不了我，因为不知道有什么书，轮到自己能买到什么书，所以买书行为就变成无预设、无目的，只要是新印的旧籍，到手便买。那时书价虽便宜，但资金更有限，往往需要节衣缩食以购之。但后来我得到海外亲戚的帮助，可以在香港（后来延伸到台湾）购书，既有古籍的影印和整理本，也有研究著作，就基本解决了我的"书荒"问题。

1984 年硕士毕业，本打算考复旦大学郭绍虞先生招收的"中国文学批评史"专业博士生，先去上海拜访王运熙先生了解相关情况，并送了两篇自己的文章（算是一种"行卷"，其中一篇是《锺嵘诗品谢灵运条疏证》）。谈到港台国外的中国文学批评史研究，王先生拿出纸笔，要我写一些相关研究书目，我就一下子写出近二十本，包括书名、作者和出版社。九十年代初两岸学术交流开始，台湾学者很惊讶于我对他们的研究著作如数家珍，其实就是因为曾经辗转托一位当时台大中文系在读的研究生开列过一份书单（只知道是女性，年龄与我相仿，后来我在台大中文系客座时数番打听未果），将台湾学术界具有代表性的著作逐一购读。与我研究专业密切的一套好书，是广文书局从"国立中央图书馆"借出善本书稿影印的《古今诗话续编》，都是较为稀见的稿本、抄本及精校本。比如宋代诗话，就有前辈如郭绍虞、罗根泽等硕学先生未曾知见的明抄本《风月堂诗话》《西清诗话》《北山诗话》等，可补郭绍虞《宋诗话考》之不足。元明时代的诗法类著作，也同样不易寻觅。1994年初复旦大学陈尚君教授拟考证《二十四诗品》非司空图作，有一重要参考材料《诗家一指》，他在上海遍觅不得，而这套书中的朱绂《名家诗法汇编》正载录《诗家一指》，我听说后就复印寄赠给他。十多年前同门蒋寅与原台湾某大学W先生打笔仗，W先生暗讽蒋寅所述若干清诗话取自其书，似乎有些清诗话在大陆各图书馆未有收藏。蒋寅便正告W先生，这些清诗话是他八十年代在南大攻读博士学位期间，从我的藏书中借阅的，也就是《古今诗话续编》本。

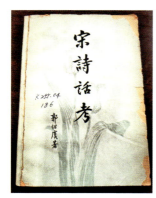

《宋诗话考》

在网络资源未能发达的时代，去图书馆找书、看书非但不是一件易事，往往还要蒙受精神上的羞辱和管理人员的无端刁难。我之所以发狠购书，其实也是受到了严重刺激。上面提到的《锺嵘诗品谢灵运条疏证》一文，写于1982年7月，那时临近暑假，在某个夏日傍晚，我到学校图书馆查阅刘敬叔《异苑》，管理员以"快下班"为由拒不取书，我说"现在还没到下班时间"，他却给了我两句这样

《古今诗话续编》

《异苑》

《大藏经》

的讽刺:"怎么啦?你的书明天就要出版啦?"还是在学校图书馆的遭遇,当时书橱里陈列着一套日本《大正新修大藏经》,但橱门紧锁,我想要翻阅了解,管理员问"你要看哪一册",我怎么知道自己要看哪一册,就是想先大致浏览一下,管理员认为我"存心捣乱",不予启篇。后来我自己得到一套《大藏经》,可随时恣意翻阅,畅快之情,无与伦比。

事后回想,如果不是图书管理员的蛮横无礼,我也许就不会有这些图书收藏。推而广之,人生中的许多挫折和磨难,有时也真如塞翁失马焉知非福。今日南大图书馆风气大转,古籍部管理人员大多有博士、硕士学位,对读者也是彬彬有礼,若用毛泽东的两句词来形容,正可谓"萧瑟秋风今又是,换了人间"。

（标记） 书房一景

二、"狂胪文献耗中年"

这个题目取自龚自珍的诗《猛忆》，下句"亦是今生后起缘"，断章取义，用来形容我中年的读书生活。

还是在 1979 年读大学的时候，在先师程千帆先生的课堂上，听他提及日僧空海的《文镜秘府论》，对域外汉籍有了最初的印象。1984 年底到 1985 年初，我在香港三个月，买到一册台湾黎明文化公司出版的韩国许世旭的博士论文《韩中诗话渊源考》，第一次知道在朝鲜半岛历史上有那么多用汉文撰写的诗话。1992 年 7 月，我利用暑假去京都大学访学五十天，也参加一项"京都周边汉籍旧钞本调查"工作，并走访了名古屋的蓬左文库、东京的东洋文库、内阁文库、东京大学文学部小仓文库等，第一次亲眼目睹大量的日本、朝

（页脚） 我的读书生活 | 097

鲜和越南等地的汉籍。1997 年 5 月，应韩国国际交流财团的邀请，我在韩国作三个月的研究，开始大量购置韩国汉籍。其中《韩国文集丛刊》前一百六十巨册，是妻子曹虹赞助购买的（当时她在韩国高丽大学客座）。其间认识了几个来自越南的学者，所以在 1998 年 8 月又去越南河内汉喃研究院访书。2000 年 8 月到 2001 年 3 月，我在京都大学客座。2003 年 4 月到 2004 年 3 月，又在韩国外国语大学客座。由于这两次客座获得较高的经济待遇，所以倾其所有，在购书上勉强可做到心想事成。每次舶载回国的书籍，几乎可以"吨"计。

　　二十年前，我在南京大学建立了世界上第一个"域外汉籍研究所"，并发愿以个人藏书为基础建立其资料库（这是效仿日本花园大学禅文化研究所首任所长柳田圣山教授，那儿的资料库里很多是其个人藏书，最珍贵的是"复印本"）。所以，我购买的书，是以常见书、基本书为主，涵括四部。四十岁前后的生活，很接近于龚定庵、王静庵的两句诗，龚诗即如标题，王诗则为"但解购书那计读"，一

■《文镜秘府论》

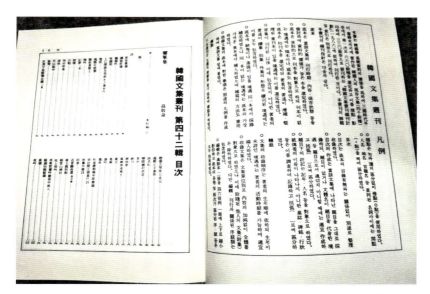

《韩国文集丛刊》

张伯伟教授家书库照片

时便戏以"二庵"自号。起初，研究所的书百分之百是我的私藏（但公用），其后，渐渐得到学校和院系的支持，我要怀着感激之情提到以下的名字：蒋树声校长在离任前从校长经费中拨出二十万支持研究所，这在南大历史上绝无仅有；张异宾副校长拨款支持《域外汉籍研究集刊》创刊号的出版；系主任赵宪章教授给了研究所第一间办公室；高研院院长周宪教授给研究所配备了专门的书库；文学院院长丁帆教授及其继任徐兴无教授，更是给予了持久的慷慨无私的资助，使得研究所书库的容量如陶渊明诗所谓"桑麻日已长，我土日已广"。现在的书库，"私藏"大约仅占百分之三十，其整体规模应可想而知。

黄季刚先生把学者应读之书分为三类，即根柢书、门径书、资

■ 域外汉籍研究所

粮书。以汉文化圈中汉字文献的整体来看，根柢书全在中国。我的专业是中国古代文学，但在读书期间，由于老师的引导和榜样的作用，能不以集部自限，还是阅读了一些四部经典，在根柢上稍有基础。所以从整体上把握汉文化圈，域外汉籍就大多属于我的"资粮书"。读资粮书，就不仅需要有如庄子所谓"适千里者，三月聚粮"的锱铢积累，也需要有如禅家所谓"一口吸尽西江水"的豪迈气魄，重要的是如孟子所谓"先立乎其大者，则其小者弗能夺也"。元人乔吉有制曲六字诀，即"凤头、猪肚、豹尾"，其含义是"起要美丽，中要浩荡，结要响亮"。四十岁以后的读书生活，充分满足了我的"猪肚"渴望。少小失学的遗憾，纵然无法弥补，至此也可一扫而空。

■ 域外汉籍研究所　　　　　　　　　　　■ 查找书籍

張伯偉教授妻子曹虹教授攝照　　　　　　張伯偉、曹虹教授夫婦
並題，照片攝于 2018 年 1 月

詩曰：

陋室擁書硯墨香，

一觴一詠擬仙鄉。

行年周甲欣逢復，

戲摸等身著述量。

（曹虹《題外子六十歲生日照》）

九十年代的中国，"域外汉籍"还少有人知，在东亚各国，对自身汉籍也不甚重视。我从 1992 年开始，根据自己的学术敏感，认定这是二十一世纪的新学问，于是购置文献，建立研究所，创办学术刊物，编纂研究丛书和资料丛书，主持规模不等的研讨会，并且在许多重要杂志上刊登论文，目的除了推动这一研究领域的兴起进步，也要为后人尽量铺平前进的道路，努力画出必要的航标。读书的成果化作论文和著作，以中文、日文、韩文、英文公之于众。如今，这一领域的意义虽然不能说已得到充分理解，但这些文献的重要已经被越来越多的人认识。回想当年在行进途中遭遇的种种讥讽、打压，有时不免高傲地悄悄以庄子"之二虫又何知"自我激励，而在探索道上得到的中外友人的种种温暖、鼓舞，必然是"中心藏之，何日忘之"。如今域外汉籍不仅在东亚，而且在欧美也日益受到学术界的关注，今年在美国 Cambria 出版社新出的两本书，是我与两位美国学者共编，即 *Reexamining the Sinosphere: Cultural Transmissions and Transformations in East Asia* 和 *Rethinking the Sinosphere: Poetics*，*Aesthetics and Identity Formation*，正代表了国际学术界对这一领域的最新研究成果。

三、"昏眼难禁书诱引"

古人往往以"白驹过隙"来形容时光流逝之速，韩愈年未四十，已自叹"视茫茫而发苍苍"，孔融也曾为"五十之年，忽焉已至"而感怀，如今我是年逾花甲的老人，最堪形容者无过于钱锺书的这两句诗："昏眼难禁书诱引，衰躯惟赖药维持。"三十年前钱氏收到千帆师新著，修书答复，曾自引这两句云："尊著入手心痒，欲读难罢，不能顾惜昏花老眼矣。唐人《杂纂》所谓'猫儿见热油，又爱又怕'

▌张伯伟教授书房

者。"兹援作本节标题。

读书人的本质，就是对于新知的无穷渴望，对于真理的不倦探寻。疫情居家，在他人如何感受不得而知，在我则可心无旁骛，一意阅读。从前胡适曾经梦想自己被关在一个四壁皆书的监狱里，终日除了读书还是读书。法国十三世纪哲学家理查德·德·富尔尼瓦（Richard de Fournival）曾经将理想的图书馆比作"关锁的园"（a garden inclosed），是个出自《旧约·雅歌》的比喻。而这几个月的生活，让我拥有了他们的梦想。

疫情是原因之一，促使我读了三本美国科学家的著作，依次为汉斯·辛瑟尔（Hans Zinsser）《老鼠、虱子和历史》，出版于 1935 年；威廉·麦克尼尔（William H. McNeill）《瘟疫与人》，出版于 1976 年；贾雷德·戴蒙德（Jared Diamond）《枪炮、病菌与钢铁》，出版于 2005 年。这些著作表达的基本看法，就是一场瘟疫很可能极大地改变人类历史的进程。很显然，我们眼下遇到的这场疫情是百年来最大规模因而也是最为严重的，所以，历史进程将因此而改变，

■《老鼠、虱子和历史》　　　■《瘟疫与人》　　■《枪炮、病菌与钢铁》

几乎是注定的。我们没理由乐观地说"明天会更好"，但我们更不忍说末日即将来临。人文学者应该做些什么，以便在最大限度内使未来不太糟糕，这，也许是读书后必须引发的思考。人文学者的最大长处，本该是对于文本的理解，而理解文本，最终是要通向对不同的人和不同文明的理解。然而在这场疫情中，我看到太多的人，中国的和外国的，对自己所知不多或全无所知的问题发表轻率的议论，这其中有一些著名的学者，也有大量普通的民众和少数无良的政客。对民众不必苛求，对政客不值得期待，学者岂可如此？

不妨想想法国作家蒙田，无论面对过往历史还是经典文本，甚至只是时事热点，他从来不会逞口快、瞎议论，而是从各个不同角度去做反复思考。这根基于他时刻提醒自己的座右铭——"我知道什么"？而这样的思想传统，在西方追溯起来，出自古希腊的苏格拉底，也就是著名的"他知道他什么都不知道"。苏格拉底当然知道得很多，但总是能自觉意识到自己的"不知道"，这恰恰代表了其思想的批判性和开放性，面对人生和世界的种种问题，他总是愿意不断地重新开始。孔子说："温故而知新，可以为师矣。"以孔子的眼光看来，即便在自己非常熟悉的世界中，即便面对自以为充分理解的文本，也不存在终极的、一劳永逸的答案，反而拥有从熟悉中获得新知的潜能。中西哲人在这方面为我们树立了一个典范。"昏眼"老人"难禁"书的"诱引"，或许能让自己的思想不易固化，而始终保持自由的心灵活力吧。

以一本 *Educated: A Memoir* 荣登《纽约时报》畅销书榜的美国作家塔拉·韦斯特弗（Tara Westover），是个 1986 年出生的年轻人，她在接受《福布斯杂志》的访谈时说了一段话："教育意味着获得不同的视角，理解不同的人、经历和历史。……教育不应该使你的偏见变得更顽固。如果人们受过教育，他们应该变得不那么确定，而不是更确定。他们应该多听，少说，对差异满怀激情，热爱那些不同于他们的想法。"每次读到这里，我总是深切地感受到，成长和成熟是不可以年龄为标准作机械地衡量的。

▲ 张伯伟教授推荐书单

- 杨伯峻《论语译注》(中华书局 2009 年版)

  推荐词：《论语》是中国人的《圣经》，不读则不配当大学生，读了不做等于没读。

- 杨伯峻《孟子译注》(中华书局 2005 年版)

  推荐词：哪怕只是读其中《公孙丑》篇的"浩然章"，也能体会到正义的力量。

- 陈鼓应《庄子今注今译》(中华书局 2009 年版)

  推荐词：读过《庄子》，听到袞袞诸公的"炎炎大言"，你会发笑；看到滚滚红尘中的世间百态，你会悲悯。

- 余嘉锡《世说新语笺疏》(修订本)(上海古籍出版社 1993 年版)

  推荐词：读《世说》，随时能发现生活中的优雅，并且因为你而使生活更优雅。

- 张若虚《春江花月夜》

  推荐词：这不是一本书而只是一首诗，但"孤篇横绝，竟为大家"，从中理解时间和爱。

- 张伯伟《临济录》译释(东方出版社 2018 年版)

  推荐词：你想成为一个"随处作主，立处皆真"的人吗？

- 司马光《资治通鉴》（中华书局 2011 年版）

  推荐词：历史会有很多似曾相识的场景，面对生活就多一点释然。

- （英）乔治·奥威尔《一九八四》（译林出版社 2010 年版）

  推荐词：让我忧伤地联想起纳博科夫最后一部俄语小说《天赋》中的话："一个关于生活本身不得不模仿正为它所谴责的艺术的恰当例证。"

- （以）尤瓦尔·赫拉利《人类简史：从动物到上帝》

  （中信出版集团 2017 年版）

  推荐词：人类好不容易从动物界超越而出，为什么还想重新回到其中？懒得动脑的人啊，你要警惕。

- （美）贾雷德·戴蒙德《枪炮、病菌与钢铁：人类社会的命运》

  （上海译文出版社 2006 年版）

  推荐词：一个有资格获诺贝尔文学奖的自然科学家的著作，疫情期间阅读别有会心。

诗曰:

重重堆案复盈几，合筑坚城壁四围。

尤物平生何所爱? 好书啤酒海明威。

程章灿《题徐海东厢房》

书架一角的故事

徐　海

江苏凤凰出版传媒股份有限公司总编辑兼江苏人民出版社社长、编审。南京大学法学学士、文学硕士，马里兰大学公共政策硕士。江苏省有突出贡献的中青年专家。参与撰写和翻译图书三部，发表论文三十余篇，组织多部国家级项目的策划和出版。研究领域：出版政策、文化政策以及知识产权法。

　　此刻，我存放图书的地方在"两案四地"。一"案"是单位所在地的湖南路凤凰广场。它的 A 座九楼是老东家江苏人民出版社，那里有我很多未搬出的书；它的 B 座二十六楼是我现在的办公室，有我从人民出版社带来的书、各地出版社和好友寄我的书，以及调阅的凤凰旗下各出版社的新书。另外一"案"是芦席营的家里，那里也有两地存书处。家里有个书房，二十年前打了书柜，放了很多书，

办公室书房一角

■ 办公室的书桌

■ 女儿卧室的小书架

但是因为到现在还有些有味道，加上又是朝北，房间小，我于是很少去看书，更多情况是在找书。女儿朝南的房间大，也有个小书柜。她出国留学后房间基本被我包办，架子上经常放置我随时或近期常翻阅的书。"两案四地"是套用惯例说法的谐音，好在房产商宣传新房常用"本案"，我套用"案"也不能算错。

我的书放得很乱，没有规律，像市场经济，用得多的书放在一起，不常用的自然被冷落。但最初是有规律的，是准备按照计划经济的模式去设计的：上面有玻璃门的放常看的书，下面木头门放不经常看的书，或可以倒下来平放的大部头书。上面玻璃柜，原计划是国学类一个书架，西方人文社科类一个书架，外文类图书一个书架（有我爱人的大学教科书和阅读的书、女儿的外文书，以及八十年代"外文书店"二楼"内部交流部"用"钱"和书店"交流"的翻版书），还有一个书架放闲书和文学书，也包括那些曾经下架的"不健康"但"毒性"不强的书，如《废都》。

■ 南京大学校友徐海先生

领导干部西方经济学读本

刘海藩 主编

中国财政经济出版社

■ 这是一本我反复读的书

每一本都有故事。如果有足够的时间和精力，我可以写一本书，书名是《我为什么买这些书？》，但这只是假设，我估计这一辈子也不会写，估计也不会有人写。不过如果真有人写，我倒是很愿意出版。我所能说的仅仅是书架一角的故事。但因为有很多角，我只能选择部分来介绍。

放有两个塑料杯的书柜透露了我的部分

■ 书房一角

阅读趣味。在一本很破的海明威《太阳照样升起》原版书上方，横放着两本清史通俗书《清宫八大奇案》和《千古文字狱》（清代卷）。

我的一大爱好是读清史，当然不是正史。我读了很多这方面的书。写清朝文字狱的书大概买了十本，都读过，其中包括《〈大义觉迷录〉谈》《〈名教罪人〉谈》《清朝文字狱》《戴名世论稿》等。我对清宫故事感兴趣，四大奇案、八大奇案、十二大奇案、十五大奇案等等。读的遍数最多的是二十世纪八十年代香港中华书局出版的、金性尧先生撰写的《清代宫廷政变》。

这些"不良嗜好"，还带动了我更"低俗"的阅读趣味，比如我还喜欢读黄山书社出版的《清朝奇案大观》，对那里面三教九流、贩

《清代宫廷政变录》

夫走卒、家长里短的烂事极为好奇。诸如此类还包括我买的冯骥才的《一百个人的十年》，以及《雨花》杂志编写的《新世说》（当然是八十年代编，今天不会编），乃至我非常喜欢的《儒林外史》，大抵都属于这一类。我前年编辑出版王晓华先生的《老杆子》，很大程度上是受了我多年较低阅读口味的"毒害"。因为喜欢清宫故事，还

《清朝奇案大观》

■ 这是我很喜欢、也是自己做责任编辑的书——《老杆子》

刺激我对《红楼梦》作者家事和版本的兴趣，看了王蒙、高阳和刘再复的三本红学书，但仅仅是从"探案"角度去阅读的。

我比较喜欢读海明威的书，喜欢他那简约、短促但韵味十足的句子。我买了海明威大部分书的中文版和英文版。架子上的这本破书，是我的第一本海明威原版书，来源有故事。我曾经在微信

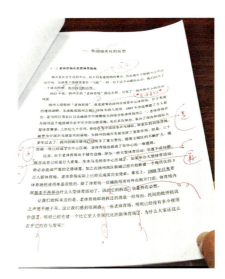

■ 编辑《公园城市》时对书稿进行修改

上韶过，我大学有位同学叫盛建明，好学有趣，成绩优异，本科毕业后继续读南大硕士，后到中美中心继续读书。巧合的是他女朋友和我老婆（当时也是女朋友）是北外同学，我老婆分配回到南京，他老婆还在北外读研。盛同学 89 年后不顺利，情绪低落加上体内荷尔蒙水平反复审升，便经常到我家来吃饭聊天，我自然也经常去看他。和他同室居住的是一位美国小伙子。美国人不喝热水，中国的自来水又没法喝，于是老美每天将水瓶塞拔掉等待自然冷却（那个时候我们还视冰箱为奢侈品，需要两年不吃不喝才能买上现在旧货市场都不能看到的单门冰箱），而盛建明以为他忘了盖，每次都好心地给盖上。老美很恼火，以为我同学捉弄他，很生气，过了很长时间才消除误会。我常去的时候他们关系已不错。我每次去都会打开他桌上很破的《太阳照样升起》翻看。多次后，他说："我学期结束

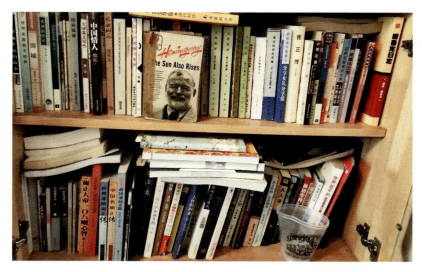

第一本海明威原版书

116

后留给你吧。"我当然喜出望外，但没敢答应。谁知道他毕业离开南京后果然将此书留给了我。大家读出了中国古代季子挂剑的故事了吧？

这时可以带出书架里两个塑料啤酒杯的故事了。2009 年我在美国读书一年，2010 年新年寒假爱人来美探亲。我们玩遍了东西海岸，于是飞到迈阿密，租车开三小时、跨过无数大大小小的岛屿，到美国最南端、距古巴九十海里的 key West。那里是美国著名的 1 号公路起点，也有海明威的故居。我和爱人在海明威生前常去的酒吧喝啤酒。啤酒好喝极了，人也友好极了。喝完我们便把空啤酒杯带回来纪念。整整十年，眨眼间飞驰而过。

我喜欢比较同一图书的各种版本。即使是出版间隔时间很短，我也喜欢保存精装本。常常是精装本后出，于是我往往拥有两个

▌徐海先生与妻子

版本。比如漓江版的《局外人·鼠疫》和人文社上中下三本平装的《红楼梦》及精装的上下两本的《红楼梦》。译林出版社最近出版了精装本《社会契约论》，于是我就有了译林硬皮、软皮版《社会契约论》和何兆武商务平装版《社会契约论》。顺便说一句，前文讲到的我同学盛建明，大学时就喜欢读《社会契约论》。大学时我送过他同学皆知的对联："法精神常读，契约论熟记。"横批是"也读政府论"。至于他当时是否吃透，我现在有点怀疑。我天资愚钝，只是到后来很迟很迟才越来越感受到这几本著作的不朽伟力，而我在大学时比较喜欢读较为浅显的《九三年》。

在我的书柜里，大概有十个以上《论语》的版本，七个《乌合之众》的版本，还有包括最新版在内的五个版本的《回到马克思》。一百二十八开口袋本《论语百句》是孔子基金会送的。五六年前，我

■《局外人·鼠疫》和《红楼梦》　　■《论语》和《道德经》

们常去北京人定湖凤凰台饭店，孔子基金会也在饭店里办公。基金会给每个房客和食客免费送袖珍版《论语》和《道德经》，其他人不要的统统归我。尽管我十分疑惑于孔子基金会居然也送《道德经》，但我还是每次照拿不误，在回南京的高铁上，一次又一次津津有味地傻看。

大家或许可以看到我单位书架上放在一起的四本关于第三条道路的图书，包括吉登斯的《全球时代的民族国家》。我年轻时幼稚可笑，一度被布莱尔提出的"新英国新道路"即所谓的"第三条道路"所毒害。这四本书随我多次搬家，就是为了检测当时所谓的"新道路"是否经得起时间长河的检验。二十多年过去了，现在看来，所谓的"新道路"其实是一条折腾路。

书架故事实在多。电子时代虽然不是纸短情长，但时间太短，否则我会写一本书。

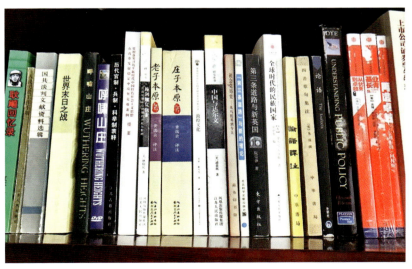

■ 关于第三条道路的图书

▲ 徐海先生推荐书单

- （法）卢梭《社会契约论》
  （译林出版社 2019 年版）
- （德）马克思、恩格斯《共产党宣言》
  （人民出版社 2014 年版）
- （美）阿伦特《艾希曼在耶路撒冷》
  （译林出版社 2017 年版）
- 吴敬梓《儒林外史》
  （译林出版社 2020 年版）
- 朱熹《四书章句集注》
  （中华书局 1983 年版）
- 曹雪芹《红楼梦》（脂砚斋批评本，上下）
  （凤凰出版社 2017 年版）
- 余华《活着》
  （作家出版社 2012 年版）
- 杨栋梁等《近代以来日本的中国观》
  （江苏人民出版社 2012 年版）
- 辛弃疾《辛弃疾集》
  （凤凰出版社 2014 年版）
- Mankiw. *Microeconomics*（Fourth Edition）. Thomson

诗曰：

高山厚地探遐幽，秘册天书刻石头。

明月作灯星作幕，揭开岩页读寰球。

程章灿《题沈树忠院士天地居》

广阔天地，地层为书

沈树忠

中国科学院院士，地层古生物学家，国际地层委员会副主席，南京大学地球科学与工程学院教授、博士生导师，南京大学"生物演化与环境科教融合中心"主任。

在建立全球年代地层界线方面作出了实质性贡献，是二叠系六个"金钉子"的主要贡献者之一。他担任国际地层委员会二叠纪分会主席八年，长期从事全球二叠系研究，在生物地层学、化学地层学、年代地层学、生物古地理、生物多样性演变模式等方面取得系列成果。为二叠纪多重地层学序列的建立和全球对比、二叠纪末生物大灭绝环境演变等研究作出了重要贡献。

曾获国家自然科学二等奖（2010）和省科技进步一等奖（2008）各一项、国家六部委颁发的优秀回国人员成就奖（2003）、江苏省高层次人才突出贡献奖（2011）、李四光地质科学奖（2015）等。2019年获国际地层学领域最高奖——国际地层委员会个人突出贡献奖，成为首位获得此奖项的亚洲科学家。

过去三十年时间里，先后发表专著（合著和组织编辑）二十部、在国内外知名学术期刊发表重要论文三百五十余篇。包括《科学》（*Science*）、《科学进展》（*Science Advances*）、《美国科学院院报》（*PANS*）、《地质学》（*Geology*）、《地球与行星科学通讯》（*EPSL*）等国际著名学术刊物，其中发表在 *Science* 上的成果入选《2012 和 2020 年度中国科学十大进展》。多项学术成果被编入国内外多所大学教材。先后主持了十余项国家级重要项目，其中包括科技部 973 项目，国家自然科学基金委重大项目，创新群体、杰出青年基金等。

我的办公室在地球科学与工程学院朱共山楼四楼。这里虽然是办公室，但是也兼具书房和化石标本室的作用。

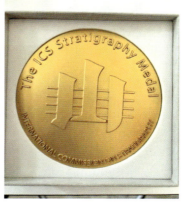

■ 2019 年，米兰，沈树忠院士获国际地层学个人突出贡献奖（ICS Medal）

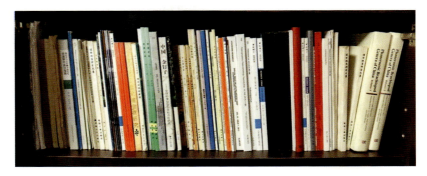

　　每天早晨来到办公室第一件事就是点开邮箱，查看各大学术期刊发来的最新论文目录和摘要，然后选择感兴趣的文章下载。一般外文的文章读一二篇时间就过去了。对于大多数理科院系老师来说，大部分时间都用来搞科研，做学术。挤出时间读一读其他学科的书籍是很奢侈的一件事。阅读多专于本专业的论文和专著，因此我的藏书大部分都是专业相关的学术著作。

　　我常跟学生说做学问最基本的是读文献。及时了解研究方向的最新动态才能跟得上学术前卫的步伐，最新的文献反映学科研究进展和最新的成果。很多学术研究还强调国际语言，不仅要阅读中文文献，而且要大量阅读外文文献，尤其是英语，甚至俄语、日语也非常重要。在我的工作室，

书柜一角

■ 沈树忠院士的资料柜　　■ 学者姓名首字母 M—N 的文献资料

有一墙书柜是专门用于收集全球学者研究成果、论文资料的。我习惯将他们按照学者姓名的首字母排列，书柜从上至下、从左至右按照作者姓名首字母从 A 到 Z 这样来排序，并在文件夹侧面检索标签上写上学者的全名，以便查阅。每当他们有最新的论文发表，我就会选择打印装订补充到相应文件夹中。就这样，日积月累，积累了很多国际同行的重要成果文献。

学术之余，尤其是早晨和睡觉前，我常常喜欢阅读一些科普书。这些科普读物一般也是与地层古生物学相关的。比如在国外出差时购买的一本讲恐龙的书——《恐龙帝国兴衰录》，这本书追溯了恐龙从起源到称霸地球再到最终销声匿迹的兴衰历程，作者讲述了研究过程中激动人心的经历以及前沿的研究思路和方法，生动有趣而又不失学术严谨的叙述让我百读不厌，每次出差都会随身携带，以便在途中翻看。还有达尔文的《物种起源》也是我很喜欢的经典读物。我平时阅读多是外文书，大部分是英文，除此以外也有少量日文书。即便是科普读物，也会习惯用荧光笔在阅读时圈圈点点做些标记，以便在需要的时候查阅。

　　我的书房除了存放书籍和资料，还被当作化石标本"临时仓库"，这些化石来自世界各地，等待进一步整理研究，因为空间有限，所以还有大量的化石标本存放在隔壁的实验室里。

■ 沈树忠院士

　　作为一位地层古生物学家，不仅要读万卷书，还要行万里路。

　　地球上的一层层石头，就如同天书中的一页页纸张。化石及其中的信息，不仅可以还原时间坐标系，还蕴含着当时的生活环境信息。地层学家的工作就是要破译这本石头天书中隐藏的密码。如果把地层比作书页，那么里面蕴藏的化石宝藏就是书上精彩的插图和文字。神奇的大自然正是这一本本藏书的作者。这颗浩瀚宇宙之中的蔚蓝星球正是每一位地层学家的"大书房"。

■ 沈树忠院士工作至今的野外记录本

地层学研究不单单只是囿于"小书房"里看文献、写论文，更重要的是走出去，到"大书房"中游历与博览。到野外实地考察，测剖面、挖化石、采样品，获取真实宝贵的一手资料。在我的书柜上，有一格是专门用于存放野外记录本的。每一本笔记都承载着野外工作的回忆，其中最早的一本可追溯到 1989 年我博士刚毕业参加工作的时候。美国、亚美尼亚、伊朗、缅甸、巴基斯坦、太原、蒙古、凤山、云贵、新疆、秦岭、广西……近些年，我又前前后后到过一些地方开展野外科考工作，在我的这间"大书房"里挖掘宝藏。

地层学的科研之路是艰辛的，需要吃苦耐劳的品质和甘坐冷板凳的精神。尽管如此，一块好的化石、一个好的数据、一个新的发现都会带来一种特殊的满足感和幸福感，所有的疲劳和辛苦都不复存在，如同爱书者读到了一本好书。

当年报考研究生的时候，地层古生物学是一门非常小众的学科，需要背的知识点又很繁多，因此愿意报考的人数很少。对于我来说却是一个充满吸引力的学科，我想试一试。1989 年我在中国矿业大学完成博士学业并留校任教。至今已三十余年，从陌生到熟悉，慢慢慢扎根于地层古生物研究领域，逐渐爱上了这门"冷门"的学科。

1994 年第一次西藏科考是我学术生涯的一次重要转折点，那次西藏之行改变了我的科研轨迹。

那年我三十四岁，接到赴西藏科考邀请，兴奋地想去做点研究。那是第一次坐飞机，从南京经成都转机飞拉萨，一个人再从拉萨坐了两天一夜的汽车到达很偏远的古错兵站与国际队伍汇合，之后一起进入当时世界八千米以上高峰之一的希夏邦马峰，开始了近一个月的野外考察。我早期的成果基本都是在西藏做出来的，那次西藏之行对日后的学术生涯影响深远。

1996 年，我被教育部选派赴日本留学，后来到澳大利亚读博士后。1998 年，金玉玕院士问我愿不愿意回国做研究，我经过激烈思想斗争后决定回国。2000 年，我回到祖国，开始潜心研究二叠纪古生物学与地层学。

▌1994 年在西藏希夏邦马峰与国际野外考察队合影
（前排左一：沈树忠院士）

■ 沈树忠与加拿大学者在西藏聂拉木色龙剖面交流工作

■ 西藏定日曲布剖面、书页似的地层露头，远处山谷后为珠穆朗玛峰
左一沈树忠院士在做野外记录

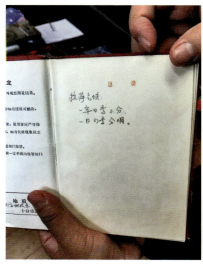

■ 拉萨气候：一年四季不分，
一日四季分明

■ 1994 年沈树忠院士
在西藏野外工作笔记

　　在地质学上，"金钉子"是定义和区别全球不同年代所形成地层的唯一标准，就像历史学家把人类的历史划分为不同时期（朝代）那样，地质学家按地球所有岩石形成时代（时间）的先后，建立一套年代地层单位系统。类似每一人类历史时期包含一定的人类活动内容和事件那样，每一个时间地层单位则包括在这个时间间隔内地球上所发生的种种故事。

　　通过团队多年的深入研究和努力，使得二叠系两个"金钉子"最终落户中国。它们如同两枚金色"书签"牢牢地卡在地层书页之间，如今，中国已建立了十一颗"金钉子"，与意大利并列第一。"金钉子"是一个国家地学研究成果达到世界领先水平的标志，其获取的难度和意义绝不亚于奥运金牌。

在地层古生物学者的眼里，这些大家眼中光秃秃的石头更像是一册册等待解读的自然历史著作，它们充满神秘和挑战。"路漫漫其修远兮，吾将上下而求索"，正是这份坚定执着的信念，全球各国学者不畏艰难险阻，走过漫漫山川平原，穿越茫茫沙漠戈壁，攀登几千米的悬岩峭壁，只为一探地球演化的奥秘。

广阔天地，地层为书。胸怀天下，世界即是我们的书房。

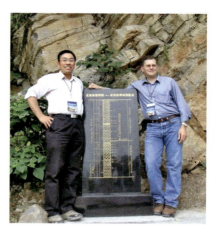

■ 全球吴家坪阶—长兴阶界线层型
左：沈树忠院士 右：加拿大学者 Charles Henderson

■ 沈树忠院士在煤山标准剖面讲解二叠纪末生物大灭绝及其环境变化过程

▲ 沈树忠院士推荐书单

- （英）查尔斯·达尔文《物种起源（插图收藏版）》
  （译林出版社 2018 年版）
- "10000 个科学难题"地球科学编委会编《10000 个科学难题·地球科学卷》（科学出版社 2010 年版）
- 汪品先等《地球系统与演变》
  （科学出版社 2018 年版）
- 高福主编《*Science* 125 个前沿问题解读（上、下册）》
  （科学出版社 2019 年版）
- （美）史蒂芬·杰·古尔德《奇妙的生命：布尔吉斯页岩中的生命故事》（江苏科学技术出版社 2008 年版）
- （美）Erwin, Douglas. *The Great Paleozoic Crisis: Life and Death in the Permian*. Columbia University Press, 1993
- （美）Douglas H. *EXTINCTION*. Princeton University, 2015
- （英）A. Hallam, P.B. Wignall. MASS EXTINCTIONS AND THEIR AFTERMATH. Oxford University Press, 1997
- （美）Sepkoski, David, Ruse, Michael. *THE PALEOBIOLOGICAL REVOLUTION — Essays on the Growth of Modern Paleontology*. University Of Chicago Press, 2015
- （美）Steve Brusatte. *The RISE and FALL of the DINOSAURS*. Harper Collins US, 2018

诗曰：

门望钟山好结庐，当年三徙邺侯居。

牙签万卷安排定，瘦蠹如今饱有余。

程章灿《题丁帆瘦蠹斋》

我在「下书房行走」

丁　帆

————

　　1952 年 5 月出生于苏州，现为南京大学文学院教授，南京大学学术委员会委员。国家社科基金项目评审委员，国务院学位委员会中文学科组第四、五届成员，中国现代文学研究学会会长，中国作家协会理论委员会副主任，《中国现代文学丛刊》主编，《扬子江评论》主编。

　　论著有《中国乡土小说史》、《中国西部现代文学史》、《中国新文学史》、《中国新世纪乡土小说转型研究》、《中华人民共和国文学史论》（五卷）、《中华民国文学史论》（一卷）、《寻觅知识分子的良知》、《"颂歌"与"战歌"的时代》等十余种，编著五十余种。有散文随笔《江南悲歌》《天下美食》《人间风景》《先生素描》《知识分子的幽灵》等十种。获得过国家教学成果一等奖一项、国家社科二等奖两项、江苏省社科一等奖两项，及其它多种奖项。培养博士百名（包括海外），硕士百余名，博士后七人。

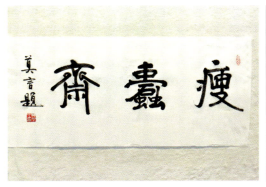

▌丁帆教授的书房名为"瘦蠹斋"　　　　　▌丁帆教授

　　博尔赫斯说：如果有天堂，那应该是图书馆的模样。图书馆太大，书房足以抚慰我们的心灵。

　　是的，每一个读书人最大的梦想都无过于有一个宁静而舒适的私密空间，书房无论大小，有书则灵，藏书不谈多少，喜欢就行。

　　我的书房可不敢称"上书房"，那都是清代道光后"帝师"翁同龢之流行走的地方，所以我一次次换书房，最后两次都选择了"下书房"——地下室书房。

　　我的书籍在读书人群中还算是稍多一点的，连杂志算起来总有两万余册，虽然每一次搬家都要处理掉一批书籍，但总是觉得书房不够用，家人说我一次次的换房不是为人着想，而是首先考虑为书购房，此言倒是切中要害，换房的目的就是扩张书房的空间。照理说那些平常用不着的书籍就应该淘汰掉，但每一次搬家都是不能忍痛割爱，尤其是那些几十年前的旧书流向到旧书网上去被拍卖，心中有说不出的滋味，殊不知，一个嗜书如命的读书人是难以割舍与之血肉相连的书籍的，其实世上并无一本无用的书籍，即使再差再

■ 书房一角

■ 丁帆教授不忍丢弃的书籍

坏的书，也有其史学价值，那是一种时代思想陈迹的再现。书籍如子，弃子之人乃不可交也，我的原则是，只有实出无奈，才选择弃刊不弃书之下策。

当然，一个读书人一旦嗜书如命，他就会有一种强烈的书籍占有欲，此乃藏书家本能的原始冲动罢。小时候我们兄弟俩把所有的零用钱都交到了新华书店的连环画柜台上了，买来成套的连环画就用一个大纸箱装起来，渐渐地就有了一箱书，小朋友来看可以，但绝不能拿走，我们深知借走的书一般是要不回来的。于是，邻家的大哥竟然把我们家当作图书馆，有时看到深夜都不肯回家。也许从少年时代开始的书籍占有欲便促成了我日后的藏书癖。

到了文革时期各地图书馆开始焚书时，我们就假以"革命小将"的名义"火中取书"，从"挑高箩"（沿街收购破烂的敲锣人）手里加价收回一些"封资修"的书籍，在那个书籍惹祸罹难的时代里，这种无意识收书癖则是养成了读书人爱书的良好习惯。那些被判为"封资修"的书籍一俟化为灰烬，一个渴望读书的少年便心如刀绞，那时许多借口"供批判用"被抢救出来的书籍，却成了我们那一代懵懂少年开蒙的读物。然而，用这种手段获取的书籍毕竟甚少，满足不了我们对这些"封资修"书籍的窥视欲，所以，到图书馆"偷书"去！这成为那时一些青少年读书人中流行的半公开窃书行为，如其被烧掉，倒不如让红色革命接班人拿来"供批判用"。直至中央文件下达，各个图书馆都被贴上了封条后，"窃书"便转入了地下活动，穿窬之盗出没图书馆似乎不是那个时代的耻辱，"偷书不为窃"成为一种启蒙者的雅事。我一直认为我们那一代许多人之所以能够成为大大小小的"作家"，就是因为他们把大量偷盗来的书籍（当然绝大多数都是世界名著中的小说作品）当作下乡插队时的精神主粮了，在那个没有书籍阅读的时代里，相互传阅窃来的"黄色书籍"成为知青生活中的一道靓丽的风景线，它甚至成功地阻遏了许多知青因精神空虚而自杀的念头，虽然书中没有黄金屋，但是书中自有颜如玉却是千真万确的道理。

待到上大学读书时，我的藏书柜就移到了双人床的"上层建筑"上了，一排又一排的书籍整齐地码在我的头顶，睡觉也踏实，似乎在睡梦中也能遥望那"灿烂的星空"。

上个世纪八十年代，当我第一次分到一室半一厅的住房时，那个不足十平米的房间就成为我的卧室兼书房，一爿半墙面全是到顶的书架，层层叠叠塞满了书籍，凡是有空地的地方都堆满了书籍，除了一张小床和一个办公桌外，几无插足之地，然而，这个小小的空间让我感到了一种莫名的充实感和富足感。

九十年代我在鼓楼的大钟亭小区分到了两室一厅的居室，由于书籍已经太多，十分渴望有一间较大的书房，适逢外语系的一位老师在锁金村有一套三室一厅的居室想换到市中心来，我们一拍即合。于是便有了自己平生第一个较大的独立书房，虽然上班较远，但是那种读书人坐拥书房的愉悦感，却有了每天让你在梦中笑醒的幸福。

我之所以较早地介入了商品房交易，就是野心勃勃地想再换一个大书房。2003年我卖掉了锁金村的房子，第一次去购商品房，目的就是想满足扩建书房的私欲，现有的那十几平米的书房已经被堆积如山的书籍弄得无处行走了，便毫不犹豫地选择了城乡结合部月牙湖的一个跃层，那真的是一个"上书房"，跃层是十二楼，楼上六十多平的大部分空间都被我打成了顶天立地的书柜，走廊拐角处有大大小小不规则的书橱，两个木匠师傅干了整整两个月才完工。每天读书写作后，推开后门，站在阳台上远眺月牙湖紫金山，倒也是"上书房"的一道惬意十足的风景画面。一个负责家庭生活类杂志的学生还专门来拍摄了这个他们以为有读书人浪漫气息的"上书房"。本以为这就是我人生书房的最后驿站了，殊不知，南大东迁仙林，由于上班太远，便又一次动了迁"上书房"的念头。

说实话，仙林和园公寓房最大面积的房子约一百四十四平米，虽然还有个四十平的阁楼，但做书房还是小了，根本就无法"请书入阁"。也是天意，2008 年是世界经济大萧条的年份，房子卖不出去，适逢仙林学则路招商依云溪谷小区的销售经理是新闻系朋友 F 君的硕士，她找到我，让我做一个广告，折价销售一套"别墅"给我，让我"房心大动"。当时有两种选择：一个是双拼别墅，一个是"叠加别墅"。我仔细考察了一下，双拼别墅是便于生活型的，也很气派，但没有一个大开间可以做整体书房的空间，而那个便宜一百多万的"叠加

■ 偶尔涂鸦的画案之一

■ 二楼书房一角

别墅"却有一个大客厅，更重要的是买一二层者有一个带大天窗的六十八平米的地下室，于是，我便毅然决然地动了建"下书房"的念想。仍然是实用型的顶天立地书柜环绕四周，看起来倒也有几分小小图书馆的气势。那年江苏电视台做文人书房的节目，找到仙林来拍摄，我又说了此生恐怕就要在此了此残生的话，谁想天意竟不然，南大和园别墅的建设又一次动摇了我"安书立命"的念头。

看到房屋图纸的那一刻，我就又"房心荡漾"起来，动了建设一个更大"下书房"的欲念，装修设计时我执意把半地下室再向南头院落里扩出两米多，将"下书房"变成一百五十平米的大空间，企图将我仙林办公室那间书房里堆满的书籍移到这个大书房里来。关于书柜的设计，本来是本着美观实用去的，但是由于设计师的失

■ 丁帆教授书房一角

误，弄成了美观而不适用的类型，书架的每一层的高度与宽度浪费了许多空间，足足少放了几千本书，储书的功能大大降低了，好在还有一间储藏室，足以堆上几吨书籍了。为了解决地下室梅雨季节返潮的问题，我特意买了一个大功率的抽湿机，去年夏天测试效果极好。我不担心地下室抽湿的问题，这在依云溪谷"下书房"里就不是问题了，何况和园是半地下的建筑，一年试下来，因为通风甚好，梅雨季节几乎并不需要多开抽湿机，"下书房"干燥得很呢。

说起自己的藏书，大致都是专业书籍和相关人文学科的书籍，当然是囊括了文史哲，以及文化艺术和社会学的一些书籍，按照归类，我是设想摆放在这几个区域：文学类、历史类、哲学类、社会学类、文化类、艺术类和语言类，当然还要另设一个工具书类。就庞大驳杂的文学类而言，我喜欢按照自己的取书的喜好和习惯排放，则设置这样几种归类法：文学作品类（作家赠送的书籍专辟一处）、中外文学论著类（中外理论分开，学者赠送书籍专辟一处）、文学史类、文学批评类（含中外古今批评史）、中国古代作品类、中国古代文论类，再就是将所有的作家与学者的全集和文集归为一类。当然还会设置一个自己觉得是"珍本"的藏书柜，那是一般秘而不宣的"秘史传书"。

可惜搬入和园已经一年了，又恰遇疫情，我办公室旁那间书房里的书籍还没有正式"入籍"，所有的书籍还没有真正归类分目，正期待它们等待集结号吹响的那一天。

周作人到底是一个心中有鬼的读书人，不够光明正大，也不够阳光开朗，竟然说出了"自己的书房不可给人家看见，因为这是危险的事，怕被看去了自己的心思"的话来。我却以为这冬暖夏凉的"下书房"正是好友喝茶、饮酒、抽烟聊天聚会的好去处，是畅所欲

■ 疫情期间十万字论文所用书籍

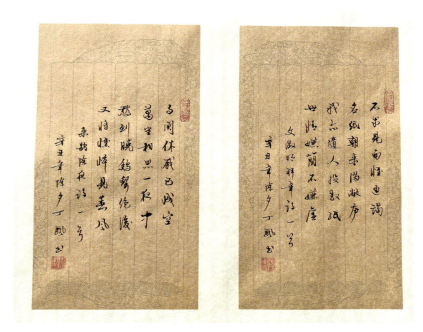

言交流阅读人生经验的私密空间，只有那一柜私密危险的藏书是不可随意示人的，除此而外，尽情乱翻也。

在这样的"下书房行走"，应该是我人生的最后驿站了，此言不虚。

▲ 丁帆教授推荐书单

- 上海博物馆编《博物馆与古希腊文明》
  （北京大学出版社 2016 年版）
- 丛文俊等《中国书法史》
  （江苏教育出版社 2002 年版）
- （英）奥兰多·费吉斯《克里米亚战争：被遗忘的帝国博弈》
  （南京大学出版社 2018 年版）
- 谷羽、王亚民编译《俄罗斯白银时代文学史》
  （敦煌文艺出版社 2006 年版）
- （美）克里夫顿·费迪曼、约翰·S.梅杰《一生的读书计划》
  （译林出版社 2013 年版）
- （英）肯尼斯·克拉克《克拉克艺术史文集》
  （译林出版社 2021 年版）
- （丹）勃兰兑斯《十九世纪文学主流：全 6 册》
  （人民文学出版社 2018 年版）
- （德）塞巴斯蒂安·哈夫纳《从俾斯麦到希特勒》
  （译林出版社 2015 年版）
- （美）菲利普·罗思《人性的污秽》
  （译林出版社 2011 年版）
- 彭诗琅《诺贝尔文学奖金库（全五卷）》
  （中国社会出版社 1998 年版）
- （英）以赛亚·柏林《柏林书信集》
  （译林出版社 2019 年版）

诗曰：

覆篑真成万卷山，卜居最喜在山间。

感君不杀书头意，夜半山灵叩梦关。

程章灿《题张鑫龙希艮斋》

随情所适，谨始慎终

——我的读书小感

张鑫龙

祖籍江西上饶余干县，1993 年 2 月生人。2015 年南开大学通信工程专业学士，2018 年山东大学中国古典文献学专业硕士，目前在南京大学师从程章灿教授攻读中国古典文献学博士学位。

我本科读的是通信工程专业，大量购买文史类书籍的时间相对比较晚。大二的时候想学"国文"，但不知道怎么下手，转专业也失败了。想起高中语文的"语言文字类"选修教材上专门介绍过的《声律启蒙》一书，这书高中的时候就买了，但没仔细读过，只浏览过"一东""二冬""三江""七阳"这几处，这时才翻出来细读。后来陆陆续续读了《笠翁对韵》《千字文》《千家诗》《弟子规》《幼学琼林》《龙文鞭影》这几本，还有就是市面上类似于《快乐国学一本通》这

146

样的书，就自认是"启蒙"了。现在回思，还挺可笑的，《幼学》《龙文》两本书买的都是不知道哪家出版社出的六十四开的小本，真所谓"麻沙本"是也。

本科第一次买像样一点的大部头的书，是出于一次巧合。某天在百度搜索一个

■ 张鑫龙

书名，应该是《夷坚志》这本书。前几条搜索结果中，有一条链接到孔夫子旧书网的拍卖。我点开一看，大喜过望，是一套《四库全书精品文存》，二十九本书（缺了一册）竟然这么便宜，于是参拍，最终竞拍成功，以五百元（包含八十元运费）将它收入囊中。

此前买书都是在亚马逊网站，连京东和当当都不知道。这是我第一次知道了孔夫子旧书网的存在，从此"一发而不可收"，开始了大量购书的征程。当时还特地在 QQ 空间里发了一条"说说"："自打认识了孔夫子，我想我可以高兴地从睡梦中醒来。"这一是由于我已然决定跨考中文系的硕士，二是由于旁听了杨洪升老师的目录版本学和任德魁老师的文学文献学等课程，多知道了很多书名。于是陆续买了一些大书，比如上海古籍《十三经注疏》（二册）、上海书店《二十五史》（十二册）、中华书局《资治通鉴》（二十册）、岳麓书社《续资治通鉴》（三册）、凤凰出版社《战国策集注汇考》（三册）、河北教育《太平御览》（八册，陆续补全的）、中华书局《四库全书总目》等等。

当然，以上明显是属于挑好看的说，数量不是很多。买的大多

本科毕业寄书装箱时的部分书单

数书其实还是杂七杂八的货色，连岳麓书社《包青天奇案》这样的书我都买了，而且认认真真看过两遍。当时也不太挑出版社，连《全唐诗》《全宋词》这样的书，买的都是延边人民出版社的，不过是图价格便宜而已。毕竟本科时无心本专业，勉强每年拿个二等奖学金，一年的奖金是三千五百元，拿了三年，一万多块除去生活费，基本都砸在买书上。最后寄了十二箱共七百斤书到山东大学读硕士。当时装箱的时候，还特地抄了一个目录。

读硕士的时候，因为学习研究的需要，买的书更多了，也更偏学术性了，不像读本科时瞎买。而且也知道要根据研究的需要针对性地买书。比如硕士论文研究的是一本全文用小篆写的书，于是就买了很多《说文解字》相关的书籍，"《说文》四大家"的书都买了，还有研究类的著作等等。平时主要在杜泽逊教授的校经处校经，学习历练。此地英才荟萃，我处其间，与众豪杰朝夕过从，获益良多。大家除了切磋学问之外，也经常互相分享书讯，什么京东、当当又搞促销啦，什么中国图书网又团购啦……于是成批成批地买书。记得当时山大录制慕课，我给师娘审《昭明文选导读》课程的视频，拿了几千块工资。随即碰上大促销，还没捂热呢，就全部砸在京东上买书了。

读硕期间购书之最可记者，当属 2016 年 10 月"一掷千金"，一次性从孔夫子旧书网某店铺买入中华书局《新编诸子集成》和《续编》共八十三册。书到之时，欣喜若狂，特地清理出宿舍书架三层以储之，还专门写了一篇《得〈新编诸子集成〉正续编小记》："特辟陋架之三层，爱储鸿宝于四序。旁无尘杂，对晨夕之风月；心有千古，感贤哲之睿思。亦散怀之佳观，赏心之乐事也！"

整个硕士期间，也不知道买了多少书，反正最后寄到南京大学读博时，一共是五十箱，打印的快递单足有两三人高，总重量是 1 665 kg，运费花了二千五百块。我当时找我姐赞助一点，她一听运费，立刻就把我骂得狗血喷头，当然赞助最后还是给了。

曾经有一个学妹，听闻我书比较多，问过我："师兄，你那些书

▌所购《新编诸子集成》及《续编》 ▌硕士毕业寄书时打印的快递单

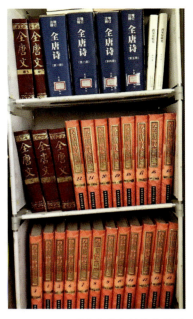
《全唐文新编》等书

都看过吗？"我笑着说："哪能都看过啊，哈哈。这样的疑问，古人亦不能免。明代人汪道昆家里插架数万卷，一次他家中来客，见此情景，就问汪道昆是不是都看过，汪道昆说：'汉高取天下，属意者三杰耳。'他的意思是说，人生所用的书，只需要熟悉数本即可，就好比汉高祖取天下，主要靠张良、萧何、韩信三杰，其他的当然多多益善。"

后来知道黄侃先生有著名的"勿杀书头"的说法，他读书从来都是一字一字仔仔细细地读，我很受触动，心中极为敬佩这样的人，自此就一直拿来作为标杆和准绳，用时髦的话说就是"立 flag"。

可是事与愿违是避免不了的，立起来的 flag 也是常常会倒掉的。有很多书还是在我的手中被"杀头"了，愧对先贤。比如《御定历代赋汇》（吉林出版集团影印《摛藻堂四库全书》本）和《全唐文新编》（周绍良主编，吉林文史出版社）。看《全唐文》算是稍微受了钱锺书的"刺激"，他的《管锥编》问世后，说还有论《全唐文》等书五种的札记因病意懒而不能急就；而看《御定历代赋汇》则是因为我稍爱辞赋，古语云："能读千赋则善赋。"但终是少年轻狂，不知深浅，学力不逮，眼高手低，以致早早杀了书头。

虽然如此，读的过程中还是践行着一字一字仔仔细细读的标准来的，差可慰我之心。

但人生还是要咬牙啃几本大书的，日本学者泷川资言的《史记会注考证》是我认认真真全本啃完的第一部大书，十表、八书都没放过。看这套书倒也不是说出于学术研究的需要或者什么其他的原因，纯粹是想啃大书，秉承"多识前言往行"的教诲。《史记》的伟大不用我多说，而据说《史记》研究的最好著作就是《史记会注考证》，于是选定了这个书。

后来还陆续啃了《四库全书总目》《世说新语笺疏》《文史通义校注》等书，其他已经开始啃但仍在继续中的就不列举了。

我一直坚信，持"勿杀书头"之念自然是极好的，但这也给我造成了很大的困扰。一本书读完了，不是我最高兴的时候，而是我最纠结的时候，因为要挑下一本书读了。我总是战战兢兢地反复权衡，问自己是否有足够的"大块时间"去把下一本书看完。我对所谓的"碎片时间阅读"不敢全然赞同，碎片时间阅读，对于消遣类读物、技巧类读物是可以的，但阅读古书，岂能指望碎片时间？顺

■ 通读的《史记会注考证》　　　■ 读《世说新语笺疏》跋文

其自然地这也和做学问或者写论文有些冲突了，一方面，一旦开始读一本书，必须要求自己把它全部读完；另一方面，论文又逼着你四处"清风乱翻书"式地择其所需找资料，二者似乎很难兼顾，所以这个坎一时半会儿还比较难迈。

书太多还有另一个麻烦就是可能会"危及生命"。我因为书太多，宿舍的柜子放不下。"侵占"舍友的领地、阳台上的储物柜放满，空间还是不足。于是只好买简易书架放在床上摆书。某天凌晨四点，随着一声巨响，我床上的书架倒了。砸在我的腿上，幸好书架不是木头的，而且有毯子挡着，没有大碍，仅仅蹭破点膝盖上的皮。我爬起来的第一件事是拍照留念，毕竟这绝对是一次极为难得的经历。还顺手发个朋友圈，聊供大家一乐。

▲ 张鑫龙同学推荐书单

♦ 司马迁撰、（日）泷川资言考证《史记会注考证》
 （新世界出版社 2009 年版／上海古籍出版社 2015 年版）
♦ 永瑢等《四库全书总目》（中华书局 1965 年版）
♦ 俞樾等《古书疑义举例五种》（中华书局 1956 年版）
♦ 余嘉锡《世说新语笺疏》（《中华国学文库》本，中华书局 2011 年版）
♦ 钱锺书《谈艺录》（《中国现代学术名著丛书》本，商务印书馆 2011 年版）

诗曰：

二水三山在望中，书帷日拂宋唐风。

夜阑客至知谁是，杜少陵和苏长公。

程章灿《题莫砺锋宁钝斋》

我的四个书房

莫砺锋

———

1949 年生于江苏无锡，1966 年毕业于苏州中学，后下乡务农十年。1984 年获南京大学文学博士，现为南京大学文科资深教授，教育部社会科学委员会委员，中国宋代文学学会会长，中国唐代文学学会常务顾问，著有《莫砺锋文集》十卷。

我幼时全家人常年挤在一间住房内，家中一共也没有几本书，当然无所谓"书房"。插队务农期间，我有一间专属自己的茅屋，室内放着锄头、镰刀等农具，以及储存稻谷、麦子的大缸，家具只有一张床和一条兼作桌、椅的长条板凳。我把几册马、列的书陈列在长凳上，把带有"封资修"倾向的十多本书秘藏在褥子底下。我的正业是种地，插秧割稻之余才能读点书，"封资修"的书则只能偷偷地读。"书房"这个词，离我非常遥远。

154

1979 年，我考进南京大学读研，成为一个专业的读书人。我的宿舍在南园十三舍二〇八室，五人一间，但有三位室友家在南京，平时很少露面，二〇八室便为我与同门张三夕共享。除了到教室去上课，或是到图书馆去读不能外借的线装书，我俩每天都待在宿舍里看书。我们的两张床铺靠着窗户，两床之间放着两

■ 莫砺锋与程千帆先生及松浦友久先生

■ 程先生替我购买的第一本书

■ 好低廉的书价

张小书桌和两张方凳，此外就针插不进了。宿舍里没有书橱或书架，我们的藏书都堆在床上，沿墙码成一排，笑称自己是"年年岁岁一床书"。

开学不久，导师程千帆先生到宿舍来看我们，一进屋便对我们的藏书一目了然。尤其是我，藏书不足三十本，有一半还是与专业无关的英文书。先生问我："你就这几本藏书？"我回答说是。先生就说："你们还是要购置一些常用书。"此后先生曾几次建议我们购置某些必备之书，例如《全唐诗》。徐有富与张三夕两位同门便都买了，我除了每月三十五元的助学金别无经济来源，一部《全唐诗》要六十多元，我实在买不起。有时先生还会自作主张地代我们买点书，当然都是挑书价低廉的。比如有一本《陈垣史源学杂文》，书价是零点二九元，此书现在仍然插在我的书架上。

十三舍二○八室虽然简陋，却是一间名副其实的书房，因为我与三夕从早到晚都在室内读书。我们达成一个不成文的默契：读书时不闲聊。我们黎明即起，夜里十一时熄灯就睡。除了结伴到食堂去用餐，以及晚饭后到北园稍事散步（邻舍生赵中方曾嘲笑我俩"散步抄近路"），从早到晚都在埋头读书，虽然相对而坐，却不交一言。三夕比我年轻五岁，但他少年老成，极有定力。每当我忍不住要想与他说句闲话，总是看到他全神贯注状若入定，便赶快凝神收心。我在那两年里真的读了不少书，好好地"恶补"了一番。

1982 年我开始攻博，次年女儿降临人间。当时我在南大只有一间三人合住的博士生宿舍，家则安置在妻子从单位里分到的一套房子里。房子在马鞍山路十号，一间十平米的房间加上一间二平米的厨房，卫生间与邻居合用。我母亲到南京来帮着照料，但她不会骑车，也不认识路。于是煤、米、菜肴都得由我采买，奶糕、蜂蜜等物还要穿过半个南京城到夫子庙才能买到，我只好从宿舍搬回家中居住，来协助母亲和妻子料理家务。三代四口把房间挤得水泄不通，我的一张小书桌踞缩在各色杂物的重围之中。我坐在书桌前撰写博士论文时，一伸手便能抓到晾在绳子上的尿布。还好女儿幼时经常呼呼大睡，我不必像马克思那样在儿女的啼哭声中写《资本论》。在以后的几年里，马鞍山路十号便是我的书房。

那真是一间寒碜的书房！我常用的书全都

■ 莫砺锋夫妇与经常呼呼大睡的女儿

堆在书桌和一个竹制小书架上，不太常用的便捆起来塞在床底下。墙上虽然钉着几块木板做成架子，却堆满了瓶瓶罐罐，绝无书籍的容身之处。女儿渐渐长大了，她不满于把玩具摊在床上，便觊觎我的书桌。她把积木搭在书桌的边缘，还不断地要求我把胳膊往里移，我只好尽量蜷缩全身。她歪歪扭扭地搭成一座危如累卵的高塔，便得意地邀请我回头观赏。有时我敷衍说"好"，她就大声抗议："你看还没看呢，就说好！"有时我一不小心碰倒了她的高塔，更会遭到妻女的联合抗议。但不管如何寒碜，马鞍山路十号毕竟是我完成博士论文和《杜甫评传》等著作的地方，是我平生的第二个书房。

莫砺锋夫妇与觊觎书桌的女儿

■ 完成于第二个书房的著作 ■ 写于第二个书房的原稿

1993 年，我当上了"博士生导师"，有资格住进南大的"博导楼"，移居到南秀村二十五号六〇六室。"博导楼"其实也相当寒碜，一套房子的建筑面积只有七十九平米。我对门的邻居是物理系的邢定钰先生，四楼的邻居是化学系的陈洪渊先生，不久他们评上了院士，便乔迁进条件更好的院士楼。文科没有院士，"博导楼"就是文科教师最高档的宿舍，我无法得陇望蜀。然而房子虽小，却是"三室一厅"的

■ 第三个书房

结构，我可以理直气壮地拥有一间"半独立"的书房。说是"半独立"，因为它还兼着起居间、客厅之任。

初进中学的女儿也有了专属于她的小房间，里面放着一个小书架。不过女儿有时会溜进我的书房来踢毽子，还会抬起脑袋窥视我的书橱。后来我赴韩国任教，妻子来信说："本周收到松浦友久的信和他送你的一本《节奏的美学》，信中说，去年送你的此书初版本'印刷错误之处颇多'，这次重版已一一改过，故又寄上，望将前本丢弃。我正疑惑并未收到初版本，可咪说她见过的，并走到你的书橱前去找，不一会儿便找来了。真不知此书橱竟是谁人之书橱！""咪"便是妻子对女儿的昵称。

有了这间书房，我读书写稿都比较从容自在了。我便开始放手购书，不久就把顶天立地占了一面墙的书橱给塞满了。其余的书只能沿墙堆放，很快堆积成山，并漫延到卧室的床底下去。我的购书计划戛然而止，找书也变得麻烦无比，我哪能记得某本书的准确位置呀！况且即使我记得该书是在书堆的某个部位，要把它掏出来也太费周折。有时用了九牛二虎之力挖开书山，却发现该书并不在我记得的位置，简直懊恼欲死。于是只要想找的书是深埋在书堆之中，我就立马下楼，骑车飞奔到系资料室去查阅，反倒能节省不少时间。

妻子下班回家，我便向她诉苦，不料她反而大喜。她认为我先下到一楼再爬上六楼，又骑车到校园来回一次，等于是锻炼身体，"省得你成天坐在书桌前一动不动"！

我本来想在南秀村二十五号一直住下去，虽然它面积太小无法藏书，但校园近在咫尺，上课、借书都很方便。可是几年后中文系和图书馆古籍部相继迁往城东的仙林校区，南秀村的区域优势顿时消失。我与妻子跟房产中介打过几番交道，便于 2009 年移居城东的美林东苑，女儿则飘洋过海去自糊其口了。

新居是二手房，装修之简朴深合我俩之意，我们入住之前只需粉刷墙壁，并尽可能多地在墙上打书架。我终于有了一间真正的书房，它不再兼作客厅、起居室或储藏间之任。窗外则一片绿荫，常

■ 莫砺锋夫妇看望飘洋过海的女儿

■ 莫砺锋教授与学生在第四个书房

有小鸟在枝头啭鸣。每当我坐在窗前,"众鸟欣有托,吾亦爱吾庐"二句陶诗便涌现心头。书架多了,我可以随心所欲地购书。像《全宋诗》那样多达七十二巨册的大部头典籍,也堂堂正正地登堂入室站立架头。当然,迄今为止,我的藏书乏善可陈。总量尚不足万册,又没有任何珍本书。我一向只读常见书,对珍本敬而远之,更不会费心搜罗。

值得一提的是杜甫在我家的独特地位。客厅书架的顶端安放着两尊杜甫瓷像,都是来自诗圣故里的赠品。一尊作常见的持卷远眺状,另一尊的造型独具匠心:杜甫不是俯瞰大地,而是举头望天,基座上刻着"月是故乡明"五字。客厅壁上有一幅题着"清秋燕子故飞飞"的杜甫诗意画,是老友林继中的手笔。

走进书房,便看到高文先生的墨宝,上书其诗一首:"杨王卢骆当时体,稷契皋夔一辈人。自掣鲸鱼来碧海,少陵野老更无伦。"靠

杜甫瓷像　　　　林继中绘杜甫诗意

高文先生墨宝

近书桌的书架上，整整两排都是各种杜集，当然都是一些常见注本，只有韩国"以会文化社"翻刻的《纂注分类杜诗》较为罕见。此书初刻于朝鲜世宗二十六年（1444），堪称域外最早编纂的杜诗全注本，可惜书中充满了"伪苏注"，我写完《杜诗伪苏注研究》一文后就将它束之高阁了。

南大图书馆在其公众号上开了一个"上书房行走"的专栏，程章灿馆长让我写篇短文谈谈自己的书房，我素有"羁鸟恋旧林"之习，便一连谈了四个书房。程馆长还允诺为我的斋名题诗一首，那么我的书房有什么斋名吗？前面三个根本没有，因为它们都是一身多任，杂乱不堪，任何斋名都会"名不正则言不顺"。只有美林东苑的这间是纯粹的书房，但我最初也没想到要起斋名。原因很简单，我本是个俗人，何必附庸风雅？到了2012年，凤凰出版社的总编姜小青先生约我出一本随笔集，收进该社的"学人随笔"丛书，并说其中包括孙绍振先生的《玉泉书屋审美沉思录》、顾农先生的《四望亭文史随笔》等，希望我也以斋名为书题。凭空起个斋名无从着手，我便联想自己的姓名先取个自号。当年先父给我起名"砺锋"，是连同"莫"这个姓氏一起考虑的。先父一心希望我愚钝得福，故嘱我切勿砥砺锋芒，我也一直恪守父训。没想到近年来常常有人问我的名字是否与"宝剑锋从磨砺出"这句话有关，我反复解释不胜其烦，不如自号"宁钝翁"即"宁愿愚钝的老翁"，以绝他人之疑。"宁钝翁"的书斋便是"宁钝斋"，我的那本随笔集从而题作《宁钝斋杂著》。"宁钝翁"也可解作"南京的愚钝老翁"，我取此号时年逾耳顺，如今年过古稀，且已在南京城里住了

■ 催生斋名的小书　　　　　　　　　　　　　　　　　　　■ 莫砺锋书房斋联

三四十年，以此自号不算僭越。

我没在书房里设置斋名匾额，但挂着篆书名家丛文俊兄所书斋联："青灯有味云影天光半亩水，白发多情霜晨月夕六朝山。"联文乃我自拟，其中隐含一个愚钝老翁在六朝故都的书斋中自得其乐之意。李清照自道书斋之乐说："甘心老是乡矣！"此言深得我心。

我的四个书房是我从"青椒"变成老教师的人生道路的一串轨迹，中国的大学教师好像都有类似的经历，这是无法改变的宿命。但我还是痴痴地想，要是让属于"后浪"的"青椒"们提前二三十年拥有我的第四个书房，那该多好！

▲ 莫砺锋教授推荐书单

- 杨伯峻《论语译注》（中华书局 2006 年版）
- 杨伯峻《孟子译注》（中华书局 2008 年版）
- 莫砺锋、徐兴无主编《国学文选》（凤凰出版社 2020 年版）
- 黎靖德编《朱子语类》（中华书局 1986 年版）
- 程千帆、沈祖棻注评《古诗今选》（凤凰出版社 2010 年版）
- 莫砺锋《杜甫评传》（南京大学出版社 2019 年版）
- 莫砺锋、童强《杜甫诗选》（商务印书馆 2018 年版）
- 莫砺锋《漫话东坡》（凤凰出版社 2008 年版）
- 王水照、朱刚《苏轼诗词文选评》（上海古籍出版社 2019 年版）
- 莫砺锋《莫砺锋诗话》（北京大学出版社 2012 年版）

诗曰：

拥书南面乐无涯，藜火多情照岁华。

最爱晴窗对春景，庭中开遍李桃花。

程章灿《题李良玉不言斋》

书房与人生

李良玉
———

1951 年生，江苏海安市人，历史学博士、南京大学历史学院教授、博士生导师。主要研究领域为中国近现代思想史、中华民国史、社会史、史料学、中国当代史，著有《动荡时代的知识分子》《新编中国通史（民国卷）》《柳叶集·李良玉博士生教育文录》《柳叶集·李良玉博士生教育文录（续编）》《转型时代的思想与文化》以及《李良玉史学文选》等六卷本文集，合计著述约五百多万字。

有一个自己的书房，曾经是当代知识分子很长时间里的一个梦想。南大老师普遍有了比较像样的书房，应该是二十世纪九十年代后期以来的事情，是龙江的高教新村和阳光广场的高层宿舍楼建成之后，特别是仙林的"和园"建成之后。五十年代后期到九十年代后期的大约四十年里，老师们的学问，大多是在逼仄的房间里熬出来的。老师们的住房条件逐步改善，书房梦终于实现，见证了改革开放逐步惠及教育的过程。饮水思源，我们应当感谢这个时代。

我住过好几个南大宿舍区，每次搬家，最艰巨的任务是搬书。记得从渊声巷搬到高教新村，搬家公司的师傅看到满屋子大箱小箱的书，气愤地

■ 李良玉教授在书房

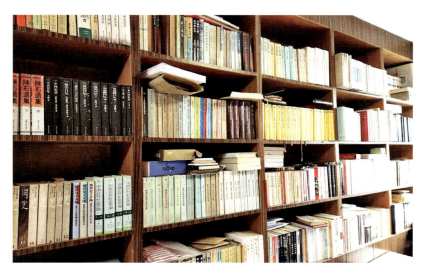

■ 书房一角

■ 鼓楼区"最美家庭"全家照

叫起来：这哪里是搬家，简直是搬图书馆。他们拒绝承运，扬长而去。不得已，临时重找了一家公司才把家搬走。这是生平第一次感觉书多是缺点。现在不同了，每每有社会人士走进书房，总有一番惊讶。去年社区几位官员上门慰问太太，看到书房大为赞叹。后来他们把我们家庭申报为鼓楼区"最美书香润德家庭"。我知道，这个"最美家庭"一半是因为太太热心社区义务活动，一半是因为社区官员被我的书多感动了。

　　严格意义上的阅读，始于上山下乡当知青。"文革"期间没有什么书，除了从家里带去的少量旧版小说之外，就是读报纸文章。最大动机是模仿别人的写作方法。不谈动机是否正当，学习的饥渴是值得纪念的。有一次，骑车四十多里，去县城买浩然的《艳阳天》读。后来他出版《金光大道》，也是第一时间买了读。还有一次，写了一篇大队工作的报道，下午五点多写成，立马骑车赶往县城，把稿子递进县广播站。第二天，果然广播了。我在报纸上发表第一篇文章，是在 1970 年 5 月，同年 7 月又发了一篇。这些几近无厘头的文章，是读报纸悟到了写作窍门的结果。对"文革"作品，包括对自己的反思，成为前几年指导任玲玲老师研究浩然的遥远的思想基因。她的博士论文——《浩然与当代文学的政治化写作》，对极"左"文学现象的检讨，是相当出色的。

■ 学生为李良玉教授七十岁祝寿所赠寿幅

　　南大图书馆和历史系资料室、小间化住房时期的拥挤空间和现在相对舒适的家庭书房，是我的三个读书场所。我把图书馆和资料室称之为大书房，把小间化住房称之为准书房，把现在稍微称心的家庭书房称之为小书房。如果以八小时睡眠计，每天休息要用三分之一的时间。其余的时间，大约有五分之三要在书房里度过。书房是一个文科学人最重要的生命载体之一。

　　我曾经在校图书馆的过期期刊室读完馆藏的全套《解放日报》（延安版）、《人民日报》（晋冀鲁豫版）、《新华日报》（重庆版），至今

书房一角

还保留着大量的读书笔记。为了弄清大跃进时期"共产主义是天堂，人民公社是桥梁"这个口号的来源，曾经带着三个硕士研究生去图书馆查了两天报纸。正是在读报的过程中，我顺便阅读和重新思考了大跃进时期的奇葩的"新民歌"运动，当场指定一个学生以此为硕士论文选题。后来是史星宇——我的关门女硕士做了这个题。那一年，她从硕士论文中抽出来的文章，在省社科联的学术大会上得了一等奖。我的文章——《关于中国当代史研究中的利用档案问题》发表于2010年。关于这个口号的梳理，当年还是一个蛮新的成果，不知道至今有没有更新的发现？至于我在文章中使用的历史档案，今天恐怕已经无从查阅了。那两天里，校图书馆的老师温和、周到而又体贴。我没有问他们的姓名，但他们是以"南大图书馆"的名字刻在我的心上的。

在我还是个学生的时候，历史系资料室的倪友春、严仲仪老师就不顾禁忌，悄悄把《斯大林时代》《我的奋斗》《第三帝国的兴亡》

2008年1月11日和导师
蔡少卿先生摄于南园

工作笔记

等书，以及丘吉尔、赫鲁晓夫、朱可夫等人的回忆录借给我看。正是这些阅读，告诉了我许多历史的真相，学会了分辨"文革"时期"两报一刊"社论和中央广播电台"新闻联播"。2016年，有一次接受访谈，我谈到了大学时代受到的影响：

"是大学的课堂、图书馆，特别是老师，给了我们知识和价值，使我们在不断吸收优秀校园文化养分的过程中塑造自己的世界观，初步形成了民主科学的知识观念，从而摆脱了过去长期极'左'教育所造成的意识形态羁绊，而站在国家、民族和人民痛苦生活的角度，观察和理解社会与时代。虽然当时还不能站在更自觉、更理性的立场上辨析'文革'，但是，与'文革'基本对立的思维已经形成。"

留校工作以来，已经四十四年了。1977到1998年的前二十二年，我是在"准书房"里读书的；1998到当下的后二十二年，是在"小书房"里读书的。我还会在小书房读下去，直到读不动了为止。

"准书房"的读书很艰难，特别是只有一间住房的时候。住进小户型之后才稍微好了一些。由于拥挤，只有两只书橱，两张书架。大量的书是装在纸箱里或者捆扎起来塞在床底下、堆在角落里的。

■ 太太当年用过的眼罩

■ 时住渊声巷，摄于 1994 年

有时候，把一本不知道塞在哪里的书找出来，要弄到天翻地覆的程度。除了自己的藏书，从校系图书馆借回来的大量书籍，也都是蜷在蜗居中读的。

一家人，一间房，实在难以周旋。白天还好，太太上班，孩子上学，我看书或者去上课，大家互不干涉。矛盾集中在晚上。孩子做好作业，上床睡觉，我才能接着看书。孩子做作业，我们不能大声讲话；我看书，他们不能多聊天。夜很深了，台灯刺眼，太太经常难以入眠。有一天，她高兴地从外头带回来两副眼罩。一只草绿色，一只黑色，有松紧带，戴上可以把眼睛瞒起来。不少时候，太太都是戴着眼罩进入梦乡的。我在"准书房"时期写的许多论文，1990 年出版的十八万字的《动荡时代的知识分子》，1996 年出版的四十五万字的《新编中国通史》第四册，都是写好后太太帮助誊抄的。

"小书房"的读书是惬意的。搬进了宽敞的高层新居，孩子读大学了，不住家里了；读书积累凝聚升华，写作得心应手。我已经发表了大约一百六十篇文章，其中，一百二十篇发表于 1998 年之后。中国当代史是这个时期大力拓展的有影响的领

■ 大约有四十四种文摘类书刊转载
过李良玉老师的文章
其中《新华文摘》全文转载五篇，
论点摘编一篇
《人大报刊复印资料》转载二十一
篇，分布在七个学科

域。2000 年以来，指导博士、硕士生读书的文字大约有一百二十万字，包括各种通信、谈话、评语、发言，等等，多数是在"小书房"里写下的。

我的命运与书房息息相关。一切工作的劳累与欢乐，一切思想的约束与放飞，一切修业的蹉跎与成功，或许都离不开书房。书房虽小，却是一个深邃而又美丽的大世界。

书房是宁静的。大学老师，尤其是文科老师，由于没有单位的办公室书房，家庭就是藏书、生活、办公三合一的空间，因此，求静就是一个重要的生活原则。安静、沉潜、孤独是书房应有的气质。宁静是一种淡定，是一种坚定，是一种禅定。这是一种长期坚持才能养成的习惯。

■ 李良玉教授与小孙女合影

书房是温馨的。在这里，也会有家人谈心的时刻；刚刚学会走路的小孙女，也会摇摇摆摆地走进来，张开双手，要我抱一抱；朋友光临，也会清茶一杯，或娓娓道来，或放言无忌，甚而结伴而出，呼朋引类，吃喝于酒楼；碰到疑难之后，枯坐有时，百思而不得其解，冷不丁，也会豁然开朗起来。书房里还有一种快乐，就是接到学生的喜报："老师，我要结婚了！""老师，我的孩子出生了！""老师，我提教授了！"许多年来，这些绵绵不断的喜讯，使我的书房从来充满了人情和故事。

书房是有精神的。有几档书架上，摆满了师友签名赠送的著作。没有人能统计其中浸润着作者多少汗水和神思。有两本书是当代学人精神风貌的生动展现。

一本是导师蔡少卿先生签名赐我的自述——《社会史家的学术春秋》，2016年出版，记录了他的学术人生。这是学校开展有关教授的口述史活动的成果之一。蔡先生不用电脑，完全靠手写。他在"后记"中说："我带着病痛，经过一年多的努力，终于写出了这部二十余万字的回忆录。"2015年蔡先生已经八十二岁高龄了，并且身患重病。这种超群的毅力，来源于一生刻苦努力养成的坚忍不拔的意志。

一本是中文系卞孝萱先生签名赐我的大作——《现代国学大师学记》，2006年出版，卞先生时年八十有二。这本书汇集了他二十年对十二位现代国学大师的研究，指陈贡献，弘扬方法，"独抒心得，

■ 李良玉教授（右一）与导师蔡少卿先生（左三）合照

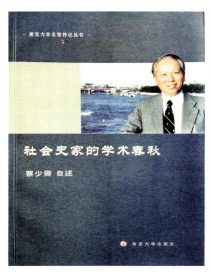

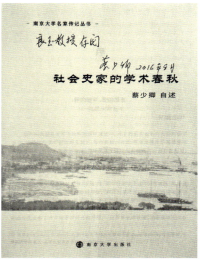

▌《社会史家的学术春秋》

■《现代国学大师学记》

不与一般撰述雷同"。封底的折页上，卞先生写了以下一段话：

"此稿是我二十年来研究国学之结晶。一字一句，皆反复推敲，无空话、大话。每篇皆力求特色，谈别人所未谈，表达自己的见解，非人云亦云。与目前浮躁之学风，是鲜明对比。"

读了这样的文字，谁都会感到震撼。卞先生、蔡先生都在八十多岁的时候，还在写作和出版自己的著作，这是他们把毕生精力奉献给学术事业的证明。他们的书，是他们生命的绝唱。我把他们这种孜孜不倦的努力，概括为一种学人的"书房精神"。它是南大，也是所有现代著名大学最重要的精神基础。

书房是富有的。我的书房里不仅有书，而且有日常工作产生的各种文献、器物——包括大量纸质书信、电子文档、笔记、证书、照片、音频、视频、光盘、磁带、文书和其他实物。几十种音频、视频光盘，是我在各种学术讲座、会议、答辩会、读书会、个别谈话中发言的录音录像。二十多本工作笔记，是我指导研究生读书的手记。电子文档包括十卷本的《博士生学习参考资料》，合计五百多万字，经过整理，现已改名《博士论文札记》准备出版。它是2000年以后我的历届博士、硕士在读书活动中形成的原始素材，是他们求知和进步过程的印证，也是他们的历史荣誉。2015年9月，我和江苏省档案馆签订了捐赠协议，将分期捐赠上述全部文献、器物。

在捐赠协议的通用文本之外，我还草拟并和馆方商定了附加条款，具体规定了这些捐品的开放查阅办法。目前已经捐出了三批，预计全部捐赠将在未来三年左右的时间内完成。

这就是我的书房，在这里，我感恩一切。

■ 音频资料

■ 博士论文札记

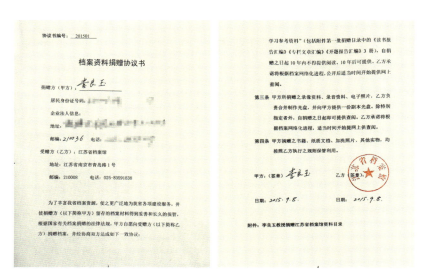

■ 捐赠协议

▲ 李良玉教授推荐书单

- 张舜徽《中国文献学》
  （上海古籍出版社 2016 年版）
- 荣新江《学术训练与学术规范》
  （北京大学出版社 2016 年版）
- 宋楚瑜《如何写学术论文》
  （北京大学出版社、九洲出版社 2014 年版）
- （美）塞缪尔·P·亨廷顿《变动社会的政治秩序》
  （上海译文出版社 1989 年版）
- （美）汉娜·阿伦特《极权主义的起源》
  （生活·读书·新知三联书店 2014 年版）
- （法）古斯塔夫·勒庞《乌合之众》
  （广西师范大学出版社 2015 年版）
- 蔡少卿《中国近代会党史研究》
  （中华书局 1987 年版）
- 费孝通《乡土中国》
  （作家出版社 2019 年版）
- 李锐《庐山会议实录》
  （河南人民出版社 2001 年版）
- 林语堂《生活的艺术》
  （海南文艺出版社 2018 年版）

诗曰：

堂上蚕房识字初，庭中玉树叶扶疏。

而今回首分啼笑，犹记传抄半部书。

程章灿《题吴小山思书斋》

思书斋

——我与书的成长故事

吴小山

—————

1964 年生于江苏如东，1994 年在北京师范大学获得理学博士，现为南京大学物理学教授、博士生导师，享受国务院特殊津贴专家，入选教育部新世纪人才培养计划，主要从事 X 射线结构表征、人工微结构材料性能研究，曾获江苏省科技进步奖、教育部自然科学奖、江苏省教学成果奖、第八届江苏省青年科技奖、国家教学成果奖等多项奖励，担任中国物理学会固体缺陷专业委员会副理事长兼秘书长、国际 IEEE 磁学会南京分会主席等学术兼职。

我现在有很多书，很多很少看的书，甚至还没问津的书。

在我的记忆里，我渴望有书，有可以读的书。七十年代开始上学时，条件很差，没有教室，没有课桌、没有座椅，也没有书，没

有书包，更没有书房。教室是一个很大、很空的房间，是类似草棚的那种，散发着霉味、桑叶味和蚕屎味。课桌是一块木板，很大的大木板，架在两个长条树干上，也散发着各种味道。座椅是从家里带来的四条短腿的小板凳，凳腿参差不齐，也不稳定。书倒是有，散发着油墨的味道，几页纸装订而成，印象中是线装的，就像妈妈缝的鞋底一个边，长方形，尺寸大概是 10 cm×15 cm。书上印的字很大，一页纸只有几个字，记得通常是五个字，出现频率最多的词语是"万岁"。书包也有，妈妈找了一块不规整的布条（有时用毛巾，那就算是很高的待遇了），用剪刀修剪一下，折叠后，两侧缝上，留一个可以放书、放笔进去的口。至于书房，就谈不上了，只能说，书在哪里，哪里就是书房，通常书会扔在床（用我们的方言说，也许应该叫铺）上。这大概就是我印象中读书的家底。

■ 书房一角　　　　　　　　　■ 吴小山教授在书房

　　我上的小学，记得名字叫新民民办小学，用的是村上（那个时候叫大队）公用的房子，养蚕的季节是蚕房，不养蚕的时候就是我们的学堂，我们的教室。学堂里有五个年级，每个年级两个班，我是二班，应该算是差班，当时我们都很羡慕能进一班的同学。上课是分批分时进行的，一二年级一个课堂，三四年级一个课堂，五年级单独一个课堂。

■ 我第一所小学（一二年级）原址，现在已是盖起小楼的农家

还是说说书的故事吧。一班同学的书比我们书大，那是长方形三十二开本的，有漂亮的封面，上面有两个大字："语文""算术"。我的书也是长方形，相比而言，是横着的，而且小很多，没有封面。每页只有五个大字。我一直想不起来，一班同学的书里面写的是什么，也许我就没有看到过，反正没有印象了。

到了三年级，我也终于有书了，因为我换了学校，新的学校名叫西陵小学。印象比较深刻的是，我心里羡慕一个三年级的班级，我看到班上的同学都有我想要的书，很想进这个班，但老师不同意，我站在门口哭着不肯走，老师叫来我妈妈，我妈妈也劝不动我，老师只好让我考试，说只要考及格就可以进去上课，我不记得考了什么，好像得了六十分，我就进这个教室读书了。

■ 在我的第二所小学（三四五年级）原址
建设为当地一个肉类加工冷冻厂

除了课本，那时几乎找不到课外书。偶尔听说有什么有趣的书，同学之间都是花大力气传阅，昼夜不停地看。记得上初中时，一个很要好的同学有一天神秘地拿来一叠手抄本，对我说我一定喜欢看，我起初以为是什么作文或作业，包好了放进书包里，结果回家一个整夜没有睡觉，一直看到天亮后父亲喊我去上学。不过，手抄本不完整，后面的内容也没有再弄到，一直是遗憾，直到进大学了，终于找到这本书：《青春之歌》。《啼笑姻缘》也是不完整的手抄本，不过后来也没有再去找出来看，在我心里这一直是一个残缺不全的故事，也是挺不错的感觉。

　　那时为了给别人分享，我也会把手抄本再抄一遍，分享给自己的好朋友，有一次袁老师（语文老师）竟然在班上表扬我说写字进步很快！通过这样的方式，我也读了一些课外书，尽管不多，回想起来也很有意义。其实，还有一类抄本就是试卷，当时没有课外参考书，只有从不同地方弄来的模拟题、练习题，我们也经常用笔抄下来分享给别人，或者自己留着慢慢消化。有时是几个同学分工，

■ 吴小山教授的老家

事后再拼凑在一起，成为一个完整的试卷或课外参考书。那时家里或手边除了课本，就是写得很不工整的抄本，是没有多余书籍的，也根本不知道书房是啥样子。所幸我算术（数学）比较突出，不需要那么多书来支撑，只要有考卷就满足了，用成绩来证明就行了。

因为书少，读书就比较专注，对书上内容就比较用心去体会，理解就比较透彻，这对于学习理科可能特别重要。理科的公式比较多，越是高深的理论，公式越是简单。我们现在知道很多公式只有三个变量：$F=ma$；$E=Mc^2$；$U=IR$；甚至只是一个恒等式（守恒定律）。但理科不仅仅是公式，更重要的是对公式中每个字母的认识，对公式背后的物理规律、物理图像、公式成立的边界条件的理解，什么场合怎么使用公式，我们记住的不是字母等式，是对物理图像的理解、对自然规律的理解。没有参考书，你就可以在脑海中做各种假设去理解公式，以及公式使用的情景。所以要么你读很多参考书，读专家们从不同视角做出的理解，当然也要思考；要么你多思考，多假设，多体会。参考书少对理科也不一定是坏事，可以让我养成举一反三、精读细读、勤思冥思的习惯。我读书速度慢，理解也慢，语言表达直率；所以我很敬佩很多文科的同学，他们读书速度很快，对内容的掌握也

■ 书房查阅资料

很快，而且出口成章、应对自如，语言能力超强。相比而言，我有点木讷。

初高中以后，我成绩突然变好了，尤其是理科，也成了当时两个小学中最出色的校友之一：幸运考取大学。在大学里有很多书，很多想读却一直没能读到的书：从文学名著，诸如《红楼梦》《水浒传》《围城》等，到历史演义，如《三国演义》《隋唐演义》《明史演义》等；从革命小说，如《红岩》《钢铁是怎样炼成的》《铁道游击队》等，到言情小说、武侠小说，诸如琼瑶系列、金庸系列、梁羽生系列等，什么书都读，而且熬夜读，曾经一天一本小说，二十四小时不离手。记得当时金庸的小说、琼瑶的小说，都是日夜兼程完成阅读的。首先是故事情节引人入胜，其次是语言优美，读起来舒畅，有如身临其境。第一次看《围城》，也是连续三十小时读完的，后来有机会又读了两次，因为太喜欢了。

读研究生期间，我更多关注课题相关文献资料，经常蹲在图书馆查找各种相关文献，从主题词查找，到索引，再到杂志，到全文，然后复印了带回宿舍读。我读文献很认真，也很仔细，经常在复印的文

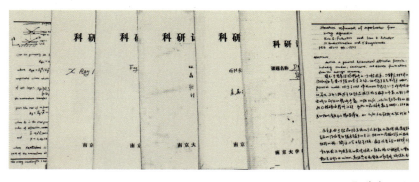

■ 读书记录

献上做各种记号，并把重要的内容摘录到笔记本上，分门别类，便于分析和思考，过一段时间我还会把笔记内容整理一次，形成读书记录。

当时经济拮据，一个偶然的机会，竟然用六元人民币特价在北京劳动人民文化宫买到一部《英汉技术词典》，如获至宝。那时我刚读研，英语又不好，专业英语更是如同牛头马面，不知所云，这本词典对我太重要了：首先是查索引，刚开始，几乎每个词都去查，到后来，经常随手一翻就能翻到我要查的词汇位置。其次，查文献中的单词，一开始的单词，感觉都认识，但意思总是别扭，把握不准，这个词典帮了大忙，让我进入了文献中的科技世界。我刚开始查所有单词，再翻译成中文，甚至还请导师看一遍，这样的好处是很快就可以了解这个专业领域。

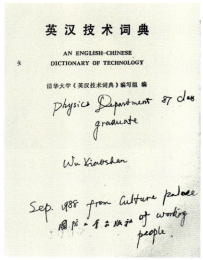

▌1988 年在劳动人民文化宫以六元特价购买的《英汉科技词典》

记得在《应用物理杂志》(美国)投稿,审稿人很认真,几乎对我每句话、每个单词都修改,可是,我看不懂审稿人的修改,多亏这本词典让我弄懂审稿人的意思,顺利投稿。这本词典陪伴我多年,从北京到南京,对我起初科研成果的取得起到很大作用,成为我多年的老朋友,从硕士、博士、博士后,到在南大成为讲师、副教授、教授,一直跟随我。虽然现在封面已经破损严重,以及现在都用电子词典,或者百度翻译,不再使用纸质词典,但这本词典对我的成长起到很重要的作用,至今仍存放在家里,留作永久纪念。

■ 参加第六届国际铁电畴会议与会议主席冯端先生
在会议海报前合影

　　随着我们国家的富强,我现在不愁没有书了,几乎见到喜欢的书就买,买了不少书,有些都没有来得及看。我现在有两个书房(办公室、家里的),有很多书,有的在书架上,也有的装在纸箱里,

▍2003 年向南京大学校长蒋树声教授汇报实验室工作

有些是新书，有些是以前想买没有买的书，有些是以前读过的书、教材。装在纸箱里的是早年的课本、教辅书之类的，那是尘封的记忆，虽用不上了，也舍不得丢弃。

我最早上的那两个小学的学堂都不在了，蚕房也大变样。去年春节前回家，专程到老地方看了一下。新民小学所在地变成了当地居民的房子和农田，田中小苗青青一片；西陵小学现在成了当地发家致富用地，原地盖起了肉类加工厂的冷库，据说这个冷库的肉发往附近好几个省，效益不错。一切都和记忆中不一样了，只有梦里依旧。

▲ 吴小山教授推荐书单

* 曹雪芹《红楼梦》
  （浙江文艺出版社 1993 年版）
* 曾国藩《曾国藩家书》
  （中央编译出版社 2011 年版）
* 金泽灿编《胡雪岩全传》
  （现代出版社 2011 年版）
* 老舍《四世同堂》
  （人民文学出版社 1998 年版）
* 钱锺书《围城》
  （人民文学出版社 1980 年版）
* 王小波《我的精神家园》
  （中国人民大学出版社 2006 年版）
* （美）海明威《老人与海》
  （人民文学出版社 2012 年版）
* （英）达尔文《物种起源》
  （北京时代华文书局 2019 年版）
* （英）韦尔斯《全球通史》
  （民主与建设出版社 2016 年版）
* （法）司汤达《红与黑》
  （北方文艺出版社 2012 年版）

诗曰：

尘满冷摊人少知，携归邺架乐相随。

有缘最是淮安道，正午淘书忘渴饥。

程章灿《题翟学伟思缘斋》

变动中的书房

翟学伟

————

1960 年生，法学硕士、史学博士，教育部长江学者特聘教授（2015—2019）。曾任南京大学社会学院心理学系创系主任；现任南京大学社会学院社会学系主任。兼任中国社会心理学会副会长；《开放时代》、《中国社会心理学评论》、《本土心理学研究》（台湾）等学术刊物编委。长期致力于社会学与社会心理学的本土化研究。著有《中国人行动的逻辑》（三联书店 2017 年版）、《中国人的关系原理》（北京大学出版社 2011 年版）、《人情、面子与权力的再生产》（北京大学出版社 2013 年版）、《中国人的脸面观》（桂冠图书公司 1995 年版，北京大学 2013 年版）等。曾主持国家社会科学基金重大招标项目"我国社会信用制度研究"，现为国家社会科学基金重大项目"儒家道德的社会化路径"首席专家。

书房对我而言不只是一个实体性的房间，更不是那种三面墙壁摆放着书架，里面分门别类地装载着五颜六色书籍的工作空间。讨论书房，其实在某种程度上是讨论我们这一代知识分子的境遇，是在反映读书人这一特定人群从物质环境到生活方式上的演变。

■ 书房一角

生于五六十年代的学者大都经历过从无房，到有房；从有房到改善；再从改善到房子越住越大的过程。书房自然是随着这一改变从无到有，从一个书架到整个一间屋子，从一摞摞装书的纸箱到摆出一个大阵势来的过程。我曾在第一本拙作《中国人行动的逻辑》（2000 年第一版，2001 年第二版，2017 年第三版）的后记中，描述过我们这一代人当年到南京大学来工作时的情景。那个时候根本想不到书房的事，而是整天盘算着什么时候能有一套属于自己的房子（因为那个时期还没有商品房买卖）。

▌《中国人行动的逻辑》

当时每一个到南大来报到的年轻老师，都会在落户时被问及在南京是否有房。如果是家在外地的无房户，学校就会把这些老师安置到筒子楼的集体宿舍里。我住的集体宿舍，是先按楼层划分单身男女，然后再每三人一间。比较受限的是，每一幢集体宿舍的一楼还设一传达室，里面装一台控制整楼每间房用电量的设备。说起来这种设备是为了防止有人烧电炉，其实无形中也控制了各种家电的

198

使用，所以住在集体宿舍的人，不要说连放书架的地方都没有，除了开灯不受影响，就是想看电视，楼下保险丝都会断。实在想看，那就得对传达室的大爷点头哈腰，然后送点香烟茶叶之类，他会单独给你的房间换上粗一点的保险丝。那时住在楼里的年轻老师，几乎个个都到了该结婚的年龄，而无房子就意味着结不了婚。有些大龄青年等不下去，只好抢占集体宿舍，也就是或协商或粗暴地把另外两个老师的床架拆了，在宿舍里过起了小家庭生活。有的家庭，孩子也降生在那里，一直住到孩子上学的年龄也没等到学校分房。

那么我们能不能去系里办公呢，也不能，因为所谓系里的老师空间只叠加在走道里的铁皮信箱，连一张办公桌都没有，完全不是国外和港台地区学者所拥有的那种把自己书房和室合二为一的教授工作室；再说，我们平时也不想去其他地方办公，得守在家里，以防另外两个老师带着房产处的工作人员上门，强行恢复他们的床位。所以我在书的后记中这样写道：

"许多大陆知识分子做学问的环境相当地艰苦，且不谈买不起书，查不到资料这些研究上的问题，就是连放几册书的空间都没有，一家人挤在一间小房子里，吃喝拉撒睡，工作、学习、娱乐全在这里。在这样的环境里，没有个人空间，无法认真思考，而是要学会考虑别人，比如你要写文章，太太要看电视怎么办；你要用桌子，她们要做（改）作业怎么办；你要挑灯夜读，她们要睡觉怎么办。有时自己刚有了思路，但在忙完家务后就忘记了，有时你计划好了今天写什么，但你发现房间里有太太的客人，而且就坐在你要写作的椅子上……"

那个时候大学教师做研究，除了本职工作和学术兴趣外，并无考核要求。之所以我们能在如此困苦的情况下一心向学，其强大的

■ 翟学伟教授在龙江住时的书房　　　　　　　■ 翟学伟教授与女儿合照

动力之一就是想早点评上职称，提前进入学校排队分房的行列，当然也期待拥有一间属于自己的书房，哪怕先有一个属于自己的完整书架和书桌也行。

从书架到书房再到架设电脑，转而变成电子阅读器，算是书房一次次质的飞跃了。比如当我真的有一天拥有了自己的书房时，我有很长一段时间沉浸在乐此不疲的购书过程中。虽说这个习惯开始是在当学生时养成的，感到逛书店要比坐在教室听课更加惬意和有收获。可真正开始大量购书，还是在有了自己的房子之后。那一段时期，逛书店、淘书、关注相关出版信息等，成了日常生活的一部分。即使出差，首先想到的也是逛一逛当地的书店。因此，北京、上海、武汉、郑州、苏州、香港、台北等等地方的大大小小书店，都留下过我的足迹，乃至于家门口的小书店，甚至小城市里那种破烂不堪的书店通常也不放过。

记得有一次出差南通县，在县城新华书店看到了一套完整的钟叔河主编的《走向世界丛书》，当时嫌贵，又以为这辈子也不会去读，所以错过了，现在想来很可惜。我最冒险的一次购书经历是放

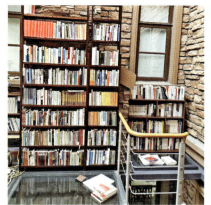

■ 阳光房的书架　　　　　　　■ 摆弄青花瓷片的地方

暑假期间从南京坐长途汽车去连云港，中午时分汽车停靠在淮安市郊的一个停车场，司机让乘客下车吃饭。我得知此次停车时间大概是二十分钟，竟然放开胆子冲出停车场，叫了一辆脚踏三轮车（那个时候那样的小城市没有其他交通工具），直奔位于市中心的一家新华书店，也碰巧那样的小城市书店竟然有卖许烺光写的《美国人与中国人》，我毫不犹豫地买下后跳上三轮车返回停车场，正好看到长途汽车已经启动了。还有一次在上海复旦大学周围那一大片区域，我花了整整一天时间在好几家小书店里淘书，也佩服店主对其书籍版本的钻研，在他们的推荐下购得了本不打算买的书。

当然，还有一些时候是为了找书，跑过很多书店。比如我的《梁漱溟全集》中缺的后面几部，记得是在北京韬奋书店配齐的；《鲁迅全集》中的《鲁迅全集补遗》（天津人民出版社）是在天津的书店买到的。购书的地方和摊位去多了，自然会有一些奇特的发现，比如我有一次在公交车站遇见高华，便告诉他我看到地摊上在卖他

■ 和园家书房一角

的《红太阳是怎样升起的》盗版，他听了很感兴趣，让我下次见到时帮他买一套（被印成了上下两册），可惜还没来得及再找，他就去世了；还有一次我在大行宫附近的一个小书店里竟然发现有我早已获悉但却无缘得到的台湾版《中国人丛书》，另外还有卖唐德刚的台湾版《晚清七十年》，感到非常惊讶，即刻付账收入囊中。又想起有一次好像是在山西路军人俱乐部门口的艺术

▮ 翟学伟教授

书店里看到一本江苏教育出版社出的《梁漱溟论教育思想》，当时没打算买，但却意外发现这书原是准备寄给他本人的，因为版权页上贴个条子，上面印有此书印了多少册，稿费多少，并赫然写着梁漱溟的家庭住址，顿生好奇心，有种捡漏的喜悦，当即把书买了；最近一次购书是在仙林南大和园门口的商业街二楼，一个必须穿过招商银行才能到达的小书房，有个十几平米，书架里放着汉宝德的台湾版谈建筑美学的书，问起此书来自何处店员也不知哪来的，我自然乐不可支地买下来了。

随着一趟又一趟地把各地收罗的书往家搬，最终就不是添置书架，而是在装修房子时布置书房了。直到有一天，我住在了仙林，因为周围无书店可逛，也就有很长一段时间不再买书了。可没想到的是，这竟然不是我个人购书乐趣变了，而是时代变了。此时，实体书店纷纷倒闭，网络购书开始流行。我从下一代人那里得知他们

■ 翟学伟教授在南大商学院讲演

■ 翟学伟教授著作

基本上只看电子书，很少再买纸质书，甚至当在一次小型学术会议上，邀请我的汪丁丁告诉我，他那大裤子口袋里装着的那个小阅读器里储存着几万册电子图书（包括英文书和论文）时，我深切地感到，或许我们的实体书房概念快要消亡了。

当然，我自己是不会因为电子时代的到来而放弃书房的，更培养不起来读电子书的习惯。显然，每种阅读习惯一旦养成都很难改变，就好比我在旧书店中买到的民国竖排版书，或者木刻版古籍，往往很难读得下去，即使买到台湾版新书，如果是竖排版，也没有想读的欲望。看来，书究竟如何阅读，亦是有时代性的。或许，我们自以为得意的书房，只是我们这一代读书人的生活写照，它也会因时代的改变而逝去，至少我们的后人不会如此这般热衷。当然，这也让我对文史研究者们肃然起敬，且不论他们要做的选题是什么，单就能把竖排的、甚至没有标点的古籍读下去，已经不易了。而电子书，看起来是现在纸质书的延伸，但阅读障碍也一样会存在。

如今，我的书房随着房子的扩大，工作环境的扩张，也不再是"一间屋子"的概念了。我现在可以在不同的空间中"张牙舞爪"地摆放出我各个时期用过的、不再看的，有重要价值的和正在用着的各种书籍，它们分散在我的重点书房，院系办公室书房，不常住的

▍院系办公室书房

■ 墙角书架

房子里的书房，搭建出来的阳光房书房里，甚至在我一个小小的厕所马桶边也没忘记放上一个小书架，保证我在任何时候都有书可读。

所以，如果让我谈谈我的书房，我只能说：我不仅仅是"上书房行走"，反倒是书房随我走过了一个值得记录的时代。在此，我还想展示一下更为久远的文人书房用品，借以说明书房的变迁。

■ 古人文房用品

■ 民国文人改用墨盒写字

■ 文人书画时的竹制镇纸

■ 竹雕人物笔筒

■ 精美的青白玉墨床

▲ 翟学伟教授推荐书单

- （美）明恩溥《中国人的气质》
  （上海三联书店 2007 年版）
- 费孝通《乡土中国》
  （三联书店 1985 年版）
- （美）许烺光《美国人与中国人》
  （浙江人民出版社 2017 年版）
- （德）马克斯·韦伯《儒教与道教》
  （江苏人民出版社 1993 年版）
- （法）朱利安《从存有到生活：欧洲思想与中国思想的间距》
  （东方出版社 2018 年版）
- 李国文《中国人的教训》
  （北京大学出版社 2015 年版）
- 侯旭东《宠：信——任型君臣关系与西汉历史的展开》
  （北京师范大学出版社 2018 年版）
- 余英时《中国文化史通释》
  （三联书店 2012 年版）
- 赵汀阳《天下的当代性》
  （中信出版社 2016 年版）
- （美）郝大维、安乐哲《汉哲学思维的文化探源》
  （江苏人民出版社 1999 年版）

诗曰：

门前翠竹影扶疏，壁列缣缃女史庐。

时有清风窗外至，闲看花草乱翻书。

程章灿《题黄茬浅草居》

无事花草，闲来翻书

黄　荭

───────

南京大学文学博士，巴黎第三大学-新索邦文学博士，南京大学法语系教授、博士生导师，南京大学人文社会科学高级研究院兼职研究员，广东外语外贸大学云山讲座学者，国际杜拉斯学会会员，中国外国文学学会法国文学研究分会常务理事，江苏省外文学会理事，南京译协理事，南京作协理事。著有《经过》《闲来翻书》《转身，相遇》《杜拉斯的小音乐》《一种文学生活》《玛格丽特杜拉斯：写作的暗房》；主编《圣艾克絮佩里作品》全集；主要译作有《外面的世界Ⅱ》《玫瑰的回忆》《小王子》《人类的大地》《花事》《然而》《解读杜拉斯》《爱如何降临》《对面的疯子》《秋之蝇》《战斗的海狸》《萨冈之恋》《星期天》《冷水中的一点阳光》《岁月的力量》《爱、谎言与写作：杜拉斯影像记》《薛定谔之猫》《雨鼓》《苏菲的烦恼》《多拉·布吕代》《猫的私人词典》《写给杜拉斯的信》《夜航》《猫语者》《童年》等。

■ 黄荭教授

■ 书房一角

我的生活很简单：一日三餐，无事花草，闲来翻书。

我的经历也很简单：读书，译书，教书，穿插着舞文弄墨，给几家报纸杂志写点着边际不着边际的文章。

只要有一个厨房、一个（装满食物的）冰箱、一个堆满书的书房就可以不知昏晓地"宅"在家里，开窗或不开窗，都是字里行间的"别有洞天"。

我不是一个单纯的读者，翻书在我，多半有双重的含义，是随手翻，也常常是随手译。偶尔翻书累了，寂寥了，我便呼朋唤友，洗手下厨弄几样家常小菜，一碟酱油肉、一盘椒盐虾、一锅昂刺鱼酸菜炖豆腐，烫一把鸡毛菜，最后剥几个糖炒栗子，切几块生脆生脆的蜜瓜，一壶铁观音或是普罗旺斯的花草茶，八卦当年文事今年风月，谁理谁谁不理谁谁又理谁，谁理得清楚谁是谁？

从某种意义上说，是阅读经验定格了我对人、对事、对生活的看法，而我居然也在别人的故事、别人的文字里找到了属于自己的声音、自己的书。说到底我只是一个跟在作者身后亦步亦趋的读者：作者创造，我再创造，作者思想，我再思想，自以为是"我注六经"，殊不知多的是"六经注我"。我努力让自己学会谦卑，对所读的每一本好书和坏书都心存感激。

"有病不求药，无聊才读书。"我知道自己自始至终爱上的不过是一个"无聊的消遣"，虽然手里抓着的已是青春的尾巴，我仍然愿意

桌上花草与《花事》

"用一朵花开的时间"，去邂逅一本书的浪漫。

　　这是我给《闲来翻书》写的题记中的文字，从 2000 年硕士毕业留校任教以来，这应该是我这二十年生活的写照了。"无事花草，闲来翻书"也一直是我的微信签名，我喜欢这样看似一成不变的日子，这种十年如一日的错觉，似乎时间变慢了，生命被拉长了。

■ 黄荭教授与书　　　　　　　■ 和三个今年毕业的硕士生合影

　　从小就爱看书，从小就爱养花弄草，所以终于等到要买和园的房子时就盼望有一个可以晒得到阳光的大书房和顶楼一个可以种花草的大露台（记得当初点房的时候，在电梯和露台之间挣扎了很久，最终还是点了没有电梯的顶楼的房子，满足了空中小花园的梦想）。

　　书房本来是户型中的次卧，我把和阳台隔开的玻璃门拆去，让木工师傅打了一个大书架把它和客厅的阳台隔开，这样书房变大了，也更敞亮了。住在鼓楼陶园宿舍的时候我就已经有不少书，记得 2010 年找了一家搬家公司从鼓楼搬到仙林和园的时候，几个搬家工人一直吐槽我的书太多太沉，又没有电梯，上一趟楼就抱怨一趟，最后不擅长讨价还价的我也只能由着他们"坐地起价"了。

■ 种花草的大露台　　　　　　　　　　■ 花草

　　　　　　　　　　　　　　　　　　■ 花草

214

▌花草　　　　　　　▌下雪天在露台堆雪人

▌书房一角

　　书越来越多，书房是放不下了，于是一些不用的书就放在地下室的书橱里，还放不下，于是家里能摆书架的地方就都见缝插针地摆了书架，次卧、阳台、阁楼、过道……有时候一时兴起忽然想找一本闲书，又不记得放哪儿了，于是各个房间楼上楼下一通乱窜。

■ 阁楼

■ 阳台

■ 关于杜拉斯的书

■ 黄荭教授写的、译的、编的、
参与写作的书和杂志

■ 关于杜拉斯的书

家中最好找的书应该就是关于杜拉斯的书，摆满了书房的一个书橱，外文的、中文的、不同出版社的、作家作品和学术研究专著、杂志……毕竟是自己研究了二十多年并且还要一直研究下去的作家。另一个书橱放的是自己写的、译的、编的、参与写作的书和杂志，有一点敝帚自珍的意思，也仿佛是这么多年光阴的一个记录，没有虚度。

　　其他一些重要的法国作家，像萨特、波伏瓦、圣艾克絮佩里、科莱特、内米洛夫斯基、勒克莱齐奥、昆德拉、莫迪亚诺、布朗肖、巴塔耶也都归置在一起，占了书架一格两格的空间，其他按照年代、国别、体裁、出版社、工具书去归置，也有一些特殊的分类，比如我的学生翻译编写的书放在一起，花花草草的书放在一起，文学批评、翻译研究、教学用书也分门别类排放。

■ 次卧的书架

■ 花与书　　　　■ 黄荭教授指导的大创小分队

　　感觉最好的排列方式就是自己心中有数，查找起来方便，但偶尔换个排列组合方式，把书架上的书重新归整归整也是一件挺有意思的事，知识的拼图会呈现出另一番面貌，关于世界的阐释似乎又有了新的路径。自然也会看到书架上还有不少自己还没来得及翻看，甚至连塑封都没拆开的书，那是一种既满足又惶恐的复杂情绪，浮上心头的是庄子的"吾生也有涯，而知也无涯。以有涯随无涯，殆已"！或马拉美的诗句"肉体真可悲，唉！万卷书也读累"。

　　今年是非常特殊的一年，在全球蔓延的疫情的影响下，每个人都可能会有一时的软弱，感觉自己是一座孤岛，而阅读是一根神奇的精神纽带，连接着此地和别处的生活，让我们在孤独的阅读中不再感到孤独，面对一样的境遇，感受不同文字和文学的力量，用一样的勇气，一样的坚持。

代表世界文学之都南京参加联
合国教科文组织的"阅读之夜"

单向街书店文学奖

■ 读书分享会

▲ 黄荭教授推荐书单

- 黄荭《经过》（黄山书社 2009 年版）

  推荐词（毕飞宇）：这本书可爱极了，你可以躺着看，你也可以歪着看，你还可以边走边看，——如果你对中法文化的交界处抱有敬意，你不妨正襟危坐。

- 黄荭《闲来翻书》（上海书店出版社 2010 年版）

  推荐词（许倬云）：黄荭可以随手抓一个题目就信手发挥，这个"闲"功夫了得。"一花一世界，一树一菩提"，禅之境界。印象皆虚，陈述也未必实。空有之间，有原是空，执着空，又到底不能无住。于是，只有闲闲，或可无所住。

- 黄荭《一种文学生活》（河南大学出版社 2018 年版）

  第四届单向街书店文学奖 2018 年度批评《一种文学生活》的颁奖词：批评其实不仅仅是一种文体或是某种特殊的属于专家的场域，而是一种认识世界的路径，真正的批评者可以结合自身的兴趣去体验作品与生活之间微妙的联系，并且带来新的观察视角。在黄荭的作品当中，读者能够明显的感受到文学就是另一个维度的真实，文学和生活是紧紧地联系在一起，它们是彼此的回声。

- （法）圣艾克絮佩里著、黄荭译《小王子》（作家出版社 2008 年版）

- （法）圣艾克絮佩里著、黄荭译《人类的大地》（作家出版社 2015 年版）

- （法）圣艾克絮佩里著、黄荭译《夜航》（作家出版社 2017 年版）

- （法）克里斯多夫·吉利安著、黄荭译《小王子插图百科全书》（湖南少年儿童出版社 2021 年版）

- （法）菲利普·福雷著、黄荭译《然而》（北京图书馆出版社 2007 年版）

  推荐词（梁文道《开卷八分钟》）:《然而》的作者菲利普·福雷在法国非常有名的一个小说家。这本书你也可以把它当成小说，但也可以某种程度当成一个文学的散论，是一个日记，是一个小说，是一个游记，是一些人物分析综合于一体的一种奇特的书写的类型。

- （法）菲利普·福雷斯特著、黄荭译《薛定谔之猫》
  （海天出版社 2014 年版）

  推荐词（王德威）：这是一本悲伤的书，也是一本穿越悲伤的书。细腻，神奇，深情。福雷斯特的小说直面创痛，思考救赎，却不轻易承诺救赎。重要的是，他让我们在生命的混沌中，看见"别的东西"。

- （法）科莱特著、黄荭译《花事》（华东师范大学 2019 年版）

诗曰：

潘江陆海逝滔滔，剩有诗文散郁陶。

一缕乡愁无处系，清风明月且挥毫。

程章灿《题张明取毫斋》

书房的乡愁

张　明

───────

1965 年出生于江苏无锡，南京大学中文系 1989 届中国古代散文专业硕士研究生，曾任南京大学学生会主席、全国学联副主席。毕业后在海军最高学府海军指挥学院工作十八年，海军大校军衔。2008 年转业至江苏省统计局工作，现任副局长、局党组成员。省作家协会会员，著有散文随笔集十余部。

1989 年夏，我从南京大学研究生院毕业，到海军指挥学院报到。搬行李时，书成了最大的麻烦。在学校，除有一个竹子的书架外，我的书堆满了空着的上铺。虽然没有能够继续从事我学习的古代文学专业，但多年积下的文史哲书籍一本都舍不得丢弃。最后，请人用一辆三轮车把书拉到了半山园。我在两人合住的宿舍里放了一个单位发的书架，其他的书都暂时存放在仓库里。

▇ 张明先生学生时期照片

▇ 张明（左）先生是 1983 年江苏省高考文科状元

1992 年结婚后，我分到一个三十多平米的单室套。便花"重资"买了三个书橱排列在一面墙边，起居、读书都在同一空间内。说是"重资"一点不夸张，一个书橱要五百元，我的工资才不到二百元，全靠父母的资助。一年后女儿出生，她的哭闹使我无法静心读书，于是，好几年里，我都是在卫生间架一张小圆桌，就着一盏台灯读写。所以，周作人所说的"入厕读书"我是略有些体会的。虽然卫生间里的写作诞生了我的第一本散文集《在城市的边缘》，颇有些成就感，但随着书越积越多，拥有一间自己书房的愿望也越来越强烈。

1997 年，我终于分到一套两居室住房，虽然只有五十多平米，但终于有相互隔开的两个房间了，这在当时真不是一般的改善。妻女住一间，另一间便是我的卧室兼书房了。虽然还不是完整的书房，但终于有自己独立空间的喜悦至今仍能触摸！情难自禁的我写下一篇《一间自己的屋子》，这样说道："晚饭过后，走进自己的屋子，随手关上门，就有一种和身后的世界全然隔开的感觉，世上仿佛只剩下了这一间屋子，和这屋子里的我。我在这里读书，和古今中外的书生学人谈心；我在这里铺开稿纸，让思绪在笔端尽情流泻。"这可以算是我的第一个书房吧！在这间书房里，我完成了四本散文集的写作。

■ 部分著作

　　虽然我从事的是政治工作，但做学生时养成的买书的习惯难以改变，节假日还常常去新华书店和杨公井古籍书店买书。慢慢从单室套带来的三个书橱已不堪重负，床下、地上都堆满了书。于是，2002 年，我贷款买了一套一百零三平米的商品房。我在自己的卧室里，辟出一面墙打了一排书橱，虽然仍不是独立的书房，但大部的书已可以归位。书房是南向的，窗是大大的明窗，当阳光钻进窗户，书橱被映照出的那份敞亮使我的每一个细胞都快乐地跳跃。那种富可敌国的感觉实在是无比美妙，虽南面为王而不易也！在这第二个书房里，转业待安置赋闲两年的我，写出了《温柔的挣扎》《第二种生活》两本散文集。

张明先生和女儿在书房，摄于 2003 年

　　2006 年，部队在马群建经济适用房。那时的马群还比较偏僻，愿意去的人不多。但我看到房子宽大，有一百六十平米，足可以辟出一间书房，便毫不犹豫地买了下来。我建了一个十多平米的独立书房，在两面墙上打满了顶天立地的书架，几千册的藏书终于有了安身之地。书架当然没有书橱漂亮，也极易招灰，但更加质朴实用。这两个大书架，成了我的住所不同于人的别样风景，为朋友们啧啧称赞，也使我始终沐浴在怡人的书香中。犹记得书搬来时，大大小小的纸盒、包装袋堆满了客厅。我从中午开始，按书名首字拼音一本本往书架上放，待全部放完已是午夜。万籁俱寂，唯有我的书房灯火通明。腰酸背疼的我，看着满屋子的书，居然毫无睡意，不舍关灯，就这样一夜无眠。在第三个书房里，我完成了散文集《穿越城市》，荣列教育部和《光明日报》联合举办的"中国高校出版社书榜"。

前几年，我又在河西新购了商品房。痴心不改，本性难移，我把一个房间用作了书房。这次我的设计更加新颖实用，不仅房内两面墙打满了书架，而且，书房的门口没有做门，用两个双面的书架做了隔断。这样，既充分利用空间打了书架，又使书房和客厅连成一体，散发出我熟悉的文化气息。会做木工活的父亲还特意为我做了个脚梯，这样攀高爬下取放书籍就非常方便。这第四个书房，成了朋友们最爱带孩子来感受的小型图书馆。

如何对得起书这么多年来对我的滋养？我颇费思量。最后，我决定把数千册书作个分类，让不同类别的书在书架上找到自己的宜居位置。为了激励自己不废诗文，我在书架上设了"师友著述"一栏，把老师、同学和友人的著作置于一处。导师王气中先生，程千帆、周勋初、卞孝萱、吴翠芬先生的著作；亦师亦学长的莫砺锋、

■ 张明先生在书房

■ 书房一角

■ 书房一角

■ 书房一角

■ 部分师友著作

张伯伟、曹虹、程章灿教授的著作，都整齐地排列在这里。在研读的同时，常常生起对母校、对大师、对老师的亲切回忆，仿佛听到他们的教诲和忠告，便收起倦怠的心，关上窗外的喧嚣，孜孜投入清风寂寞的夜读和孤灯映照的写作。

"遑遑三十载，书剑两无成。"从学校毕业后我一直从事行政工作，但始终提醒自己无论角色如何变换，都要一辈子做个学生，一辈子认真做功课。我不是学者，做不了什么大学问，只是写一些浅斟低唱的小文，所以我的书房不堂皇，更无珍本，只是我做功课的地方。每当我坐在书房里打开电脑或铺开稿纸，求学时做功课的情景就会重现眼前，我仿佛又回归了作为学生的我，心里感到无垠的宁静。我用书房牵系着学校和老师，联系着读书和写作，维系着自己的精神家园。书房里，有我出发的初心，有我永远的乡愁。

■ 张明先生在书房

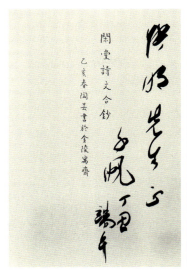

闲堂诗文合钞

乙亥春陶芸书於金陵寓齋

■ 程千帆先生赠书

周勋初 著

中国文学批评
小史

Zhong guo wen xue
Pi ping xiao shi

■ 周勋初先生赠书

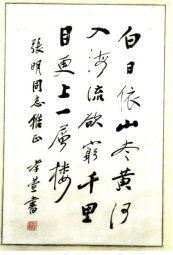

■ 1986、2009 年，程先生、卞先生书赠

▲ 张明先生推荐书单

- 杨伯峻《论语译注》
  （中华书局 2006 年版）
- 杨伯峻《孟子译注》
  （中华书局 2008 年版）
- 郑振铎《插图本中国文学史》
  （人民文学出版社 1957 年版）
- 沈祖棻原著、程千帆笺注《沈祖棻诗词集》
  （江苏古籍出版社 1994 年版）
- 周勋初《中国文学批评小史》
  （复旦大学出版社 2007 年版）
- 卞孝萱《现代国学大师学记》
  （中华书局 2006 年版）

诗曰：

有书悦目觉情亲，爱拂千秋纸上尘。

莫道冰澌才半解，明朝两岸绿杨春。

程章灿《题张辰宇半解斋》

目及之处，尽书也

张辰宇
————

1966 年 10 月生，于 1995 年在日本德岛大学获博士学位，现为南京大学生命科学学院教授、院长。主要研究生物医药的基础和应用。方向大致为 microRNA、线粒体功能和人体及细胞能量代谢，特别是开创了"细胞外 RNA"的研究和应用新领域，形成了生物学南京学派"细胞外 RNA 是物种间共进化和适应的媒介"的理论。曾获长江学者、国家杰青等奖励。

书房的名字叫"半解斋"，有三个层面的意思，一是我自己看书都是一知半解，对专业和自然的研究了解就更是一知半解的 n 次方根了；二是这些书籍表露出来的作者对世界的看法也是一知半解、我们接收到的信息又要减低；三是自然界、老天爷或者说佛祖上帝能够让渺小的某个人类个体真正对某个方面有一知半解的理解，就

已经是格外垂青了。故称为"半解斋"。

　　我是爷爷奶奶带大的。作为现在有证可考的耕读世家第五代传人的我，偏巧不巧，出生在 1966 年 10 月份，作为第四代传人的父亲，那时很不幸地正在享受蹲地下室并强制劳动批斗的待遇，我只好和第三代传人，我的爷爷奶奶住在过去家族厨房改建的屋子里，开始了中式传统启蒙教育。

　　记忆里，除了原厨房巨大的面积，满屋可见的挂毛巾、搭窗帘等的架子是我从未谋面的书画的遗骸——卷轴，以及我受到嘲笑的——爷爷奶奶他们每天必然捯饬得板板正正、裤子必有裤线才出门的老派知识分子的素养习惯外，能够在无上岗证时证明曾经是耕读世家的，是书！满屋子的书！既有已经发黄了，碰上去就像要碎掉的线装书，也有近现代的竖排、横排的印刷书，还有一堆小人书，真可谓：目及之处，尽书也。

▌ 张辰宇教授及其夫人参加傅聪先生钢琴演奏会
与傅聪先生合影图
照片摄于 1997 年

▌ 1999 年中国女足在世界杯半决赛中，以 5∶0 战胜丹麦队
张辰宇教授和波士顿的朋友一起去现场加油
此照片被摄入当日的"波士顿环球报"的报道里

我和小我六岁的弟弟就在这厨房、客厅、卧室、当然还是书房为一体的地方，度过了我快乐的童年。童年的书房帮我养成了不为任何目的读闲书的"不良习惯"，读书已经成为我如吃饭喝水一样的生理需要。因随时可能都需要，那工作室般的专用书房应该不利于我的放松和休息吧。

快乐的童年结束于十岁时，我到了父母亲工作的雪国冰城，开始了生命的第二个阶段，其后和他们共同生活了五年。在这五年里，虽然住房从一间房子到两间，直至三间，但我家和整个院子99%的新工人阶级一样，房间的功能剔除了厨房，但加上了工作室。我和我的小伙伴们的家里一般都是一书架、一书架父母的专业书！父母们每天下班后总是要用这些书架里的书进行工作。虽然也是目及之处，尽书也，但这些书对我来说，无甚趣味，并且父母要求不能看闲书，只能看课本，初中的看完了，看高中的，数理化看完了，练大小楷，平时还总有我们想在背后对着脑袋拍一板砖的别人家的孩子作对照，那才真叫苦啊。

也有例外。比如哈工大曾经唯一的极右分子和他孙子家是三宿舍的，第一次到他们家玩，王冰就得意地指着几书架的书，"我爷爷的这些书咱们院谁家都没有的，是'二十四史'！知道什么是'二十四史'吗？"他拿出一本爱惜地用袖子擦了一下，"知道中华书局吗？"

"我爷爷有线装的。"空气刹那间凝固了。"不过好像只有十几本。"

甜蜜的友好的充满理解但明显带有惋惜色彩的空气迎面扑来，"你看我爷爷虽然快买齐了，但还只差十几本。"

二十多年后的一天，那时，我们的爷爷奶奶都已经去世了。酒酣耳热之时，王冰忽然严肃并有些庄严地对我和另外几个发小宣告："前两天，我终于补齐了那一整套'二十四史'。"

▋ 张辰宇教授与其日本老板（博士导师、日本内分泌学会原会长，德岛大学原校长）合影

"我和我太太驱车八百英里，去看他（正在访问俄亥俄州立大学）。"

——张辰宇

再比如当时住在四宿舍的，文革中做放射性实验，使得一只眼睛总是戴着一个黑眼罩，被韦尔乔称为老海盗的秦伯伯和他儿子秦柏家里堆满了专业书，另一半是闲书，还有他们家被下乡时为了种好田，买的很多本诸如如何种稻子、如何养猪、如何防治鸡瘟等等有趣的书籍，以及好几担在乡下便宜收购的文物。在那个堆满了书、乱七八糟的房间里，或曰书房里，老秦柏成长为一个饱读诗书、多子多福的愦老，儒商，在跨越了三十年各干各的岁月后，我们成为了合作者。

至于文学心、医生命的，当时住在红眼楼，后来成为我家邻居的医生画家韦尔乔，终生都生活在被书侵占了 3/4 房间、2/3 床的，集工作室和卧室为一体的综合生存室里，无问西

张辰宇教授与其老板合影
照片摄于 2011 年

东。尔乔虽然享受作为资深崇拜者的我对他文学、英语以及绘画才能的膜拜（最崇拜者是老于，一个高大威猛的博士警察，是我老娘的学生），但多次愤愤地指出，他跟和他一样不自信的我弟与秦柏在一起更放松，我那"无知者无畏"的超自信情绪会放大他的不自信。我曾正确地评述，他的无数本书，对于他的综合生存室，以及他自己的心理，都像是坦克上的防弹瓦，每增加一片，他自己就安心一分。或许我可以写外一篇"尔乔的书房"，主要叙述他太太和他公子尚未出现在他人生之前的传奇，而他太太和尔乔认识，如果我没有记错的话，是秦柏他妈介绍的吧。下笔至此，眼中口中鼻中突然一起冒出咖喱干豆腐丝的色泽香气，这是三十多年前我吃了无数次的尔乔的拿手菜，拿出手机，1393645×××× ，号码犹在，却已经十三年不打了。

"当时我刚出国，尔乔写一手漂亮的王羲之兰亭序体的硬笔书法，他特别遗憾不会写毛笔字，但他父亲，一位化学家，毛笔书法特别棒。"

——张辰宇

■ 韦尔乔1964年生于哈尔滨，医生，画家。韦尔乔一生为十余本书配图近五千幅，其作品被用作马原、周国平、韩少功等作家、学者书籍的配图。2007年因患肺癌不幸辞世。

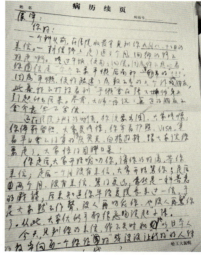

■ 韦尔乔赠送的他自己的书　　■ 韦尔乔三十年前写给张辰宇教授的信

　　而我没有考上清华北大，也没有接上父母的理工班，主要责任就在我那文学爱好者的老娘以及那个目及之处尽书也的综合生活书房。老娘是学物理的，不知小时候受到了什么刺激，在我对她的记忆里，有着不同寻常的对各行业的翘楚、对华侨（！？）和医生的敬仰与攀附之情结，以及叶公好龙的文学爱好。比如母亲曾经向一位早稻田大学日本文学专业毕业的老先生强烈要求跟他学日语，但问题是当时老先生自己恨不得从没有学过日语，其结果就是送了老娘一部有两个砖头厚度的日汉词典，满足了她结交顶尖日语学者的执念。她也曾经买了一套至今没有看过三页的《爱因斯坦文集》，极大地满足了攀附自己专业领域大神的情结。另外，老娘和她们的图书管理员关系好，证据就是一摞一摞地把还没有登记的新购的各种书籍先拿回家，放几个月后再还回去，由此，我们五宿舍的家就成

■ 张辰宇教授父母及其孙子孙女合照

"这是本耕读世家的第四代和第六代传人的合影，右边那位就是影响了我没考上清华北大的伪文学爱好者。"

——张辰宇

■ 张辰宇教授

了临时图书储存室。

老爹老妈极其严厉，三令五申地不准我看这些闲书，还把这些书藏起来。这些幼稚的做法真是太可笑了。我们东北当时是半天上课，半天在家，而院子里的父母们都在忙于把"四人帮耽误的时间夺回来"，连饭都是我们脖子上挎着家门钥匙去食堂打回来的，这严厉肯定是无效的。另外就那么点大的房间，能藏到哪去。于是，为了在还回去之前看完，我练就了一套发现书、快速不求甚解地看完并准确放回原来位置的超高功夫，甚至以后还发展成在桌子上，只解半道题留着，把闲书放在打开的抽屉里，听到房门开锁声，马上把抽屉一关直接做下半道题，爹妈一进来检查，发现半道题就会走人，不影响我的刻苦学习。不知是否因为我和我弟的职业生涯都没有按照他们设计的规划发展，以至于老娘后来对自己儿子是华侨兼医生这事完全没有表现出应有的敬仰与攀附之意。

很多年过去了，我在国外买了房子，有了一个独立的书房，父母亲几乎在同一时间，搬到了单位分的大宅子里，也有了一个独立的书房。我的书房里，几乎没有专业书，都是我跋山涉水，周转了大半个地球带过去，或在当地中国城买的中文书，而我父母的书房里除了他们的专业书和闲书外，还有一半是我弟弟买的闲书以及我小时买的书。由于我弟弟现在还没有书房，可以有理由相信，他将继承老爹老妈的书房了。

又是很多年过去了，我回到南京，又建了一个独立的书房，但是和以前一样，书房只是放书的地方，有电脑在书桌上，工作和阅读习惯都已经改变了，真正看书反而是随处和随时，因此，家里各处，客厅、卧室等就又变成了目及之处，尽书也。回国十几年，自觉荷包颇丰，以前借书的习惯，让位于买书，再有了一个著名的"先

■ 书房一角

■ 购买的图书

■ 书房一角

■ 张辰宇教授收藏的线装书

锋书店"，以及拜经常出差所赐，大约买了一两万本吧，看到丛书都是一整套一整套买。即便不读，看着就喜欢。

再有很多年过去了，为女儿出去读书，房子全卖了，反而在现在租的房子里，有了一个我比较满意的书房，或者叫书房休息室，不设电脑，还是目及之处，尽书也，随时可以倒下看书，不过当拙荆用书房休息室来插花练字时，我只好退回大床上看手机了。

多年以后，奥雷连诺上校站在行刑队面前，准会想起父亲带他去参观冰块的那个遥远的下午。不好意思，抄错了，如果不加注释就是无耻的抄袭了。应该是：多年以后，当张辰宇的浑浊的眼光，透过时间设置的层层迷雾，聚焦于他整个生命轨迹时，他一定会想起目及之处，尽书也，陪伴了他一生的书房休息室。

▲ 张辰宇教授推荐书单

- （英）波普尔《科学发现的逻辑》

  （中国美术学院出版社 2008 年版）

- （美）贾德森《大背叛–科学中的欺诈》

  （生活·读书·新知三联书店 2011 年版）

- （美）约翰·M·巴里《大流感——最致命瘟疫的史诗》

  （上海科技教育出版社 2008 年版）

- （美）R·柯朗、H·罗宾《什么是数学》

  （复旦大学出版社 2017 年版）

- （美）J．D．沃森《双螺旋——发现 DNA 结构的故事》

  （科学出版社 2006 年版）

- （美）詹姆斯·格雷克《信息简史》

  （人民邮电出版社 2013 年版）

- （美）卡尼格尔《师从天才——一个科学王朝的崛起》

  （上海科技教育出版社 2001 年版）

- （美）爱德华·O·威尔逊《社会生物学：新的综合》

  （北京理工大学出版社 2008 年版）

- （美）理查德·道金斯《自私的基因》

  （中信出版社 2012 年版）

- 刘慈欣《三体》

  （重庆出版社 2010 年版）

诗曰：

难期海晏望河清，且学农家乐岁成。

庋架万千禾稼茂，砚田日夜肆躬耕。

程章灿《题陈红民仿秋斋》

书的故事，人的故事

陈红民

———

山东泰安人。现为浙江大学求是特聘教授、蒋介石与近现代中国研究中心主任、博士生导师。国家社科基金（历史）评审委员，政府特殊津贴获得者。1985年起在南京大学历史系任教，曾任南京大学中华民国史中心教授兼副主任。2006年起转至浙江大学。

出版《函电里的人际关系与政治》等论著、译著二十余部（含合著），发表《九一八后的胡汉民》等论文近一百五十篇。研究成果数次获评省部级科研优秀成果。曾获选哈佛燕京学社访问学者（四次）、韩国高等教育财团访问学者、斯坦福大学胡佛研究所访问学者（三次）、台湾政治大学客座教授、威尼斯大学访问教授等。

陈红民教授

第一次购置成套的书
——《文史资料选辑》

我 1965 年上小学，1976 年高中毕业，中小学时期"完美地"与"十年文革"重合。自己的书，除各种课本之外，只有毛语录、毛选集了。

上大学后，开始购置自己喜欢的书，因为囊中羞涩，只能零星地买。上学前我已在工厂做学徒，有微薄的工资。上大学后，断了工资，转而一切靠父母，自尊心已不容再向家里开口要钱买书。记得大三时，利用暑假打工挣了些钱，事先盘算好买一套全国政协文史委员会编的《文史资料选辑》。钱刚到手，有同学相约去黄山玩，便携女友同行，虽是穷游，且女友费用自理，可黄山归来，工钱已所剩无几，硬着头皮请父母补齐书款。

通常，读书人之好书，与女生购置衣物相近，多多益善，书橱里总觉得少一本好书。

我在购书这件事上，相对理智。平时购书不多，一是没钱买，二是无处存放，三是较早就从阅读经历中悟出，就读书效果而言，"买书不如借书，借书不如借不着"。无论多喜欢的书，只要买到手，就会感觉已入囊中，早读晚读都无妨，最后多数束之高阁。倒是借的书，到期归还，限时读完。想借而一时借不到的书，绝对能激起阅读的欲望，一旦到手，会手不释卷——最好的书都在图书馆或是朋友的手里。

我的许多藏书是朋友赠送的，看到书橱里的书，首先想到的不是书的内容，而是想到赠送者及我们之间的学术交谊。

最早的赠书来自读研究生时陪住的东京大学博士生砂山幸雄。1983—1984 年我们同在一间宿舍住一年，成为好友至今，他后来担任过爱知大学副校长。砂山来中国时，带来了一些日文、英文的专业书，都是刚改革开放的国内所没有的，令我大开眼界。他留学结束回日本时，将许多专业书留下赠我，其中一本是美国学者易劳逸（Lloyd E. Eastman）教授所著《流产的革命：国民党统治下的中国》的复印本。同专业的几位师兄弟看后都说好，就以这复印本为母本，译成中文出版。

获赠图书中，以来自台湾学界朋友的最多。专业的关系，我去台湾开会、教书十多次，得到赠书不计其数，或是学者个人新作，或者是他们多余的复本书。台北"国史馆"每出新书，免费发两套给其研究人员，朋友常会留给我一套。逛书店购书，是在台湾必不可少的活动，"国史馆"的小卖部（专卖其出版品与小礼物）、"中研院"的四分溪书店、台大与台师大附近的旧书店、诚品书店等，均是必访之地。每次离开台湾返回前，最发愁的事，是如何将一箱箱购买与获赠的书拖到邮局寄回（通常需要朋友开

日本朋友留下的《流产的革命》
等英文复印本

车帮助）。

　　有些书与人的故事永生难忘。"国史馆"前纂修王正华女士，邀我去她府上，只要是她"暂时不用"的书籍，任意挑选取走。那天下午，在新店"国史馆"工作完毕，侯坤宏先生开车载我去选书，大概选了七八箱专业相关的书，装入她事先精心备好的纸箱，再匆忙赶在邮局下班前寄出。前几年，勤勉敬业的王正华在办公室岗位上逝世。睹书思人，不胜怀念。

　　2000年，受"中正文教基金会"邀请赴台访问一个月，国民党党史馆负责人带我到原"党史会"书库，以成本价任我挑书："只要你愿意，随便拿。"那是我首次装箱打包书，笨手笨脚极其狼狈，基金会秘书杨小姐见状，直接让我靠边，她三下五除二，很快就将十几箱书封箱搞定了。"中央研究院"近代史所张力研究员每次来大陆，都背不少书籍来分送，通常一见面就从双肩包掏出几本书来。建议他邮寄，他说怕海关查收了，还是自己背比较踏实。更有甚者，2017年，张力兄拖着病体，帮我从台北背来了一尊重达近二十斤的蒋介石半身铜像。

 部分台湾朋友赠书　　　　　■ 张力研究员移交铜像

2007 年，我在政治大学历史系担任客座教授半年，与系里上下从教授到助教都结下友谊。回杭州一年后，助教来电邮问我，她们系图书馆空间有限，要处理一批复本书，赠送给学术单位，只需出邮费就能寄到杭州，要不要？这等好事，怎能不要？！很快大大小小五十箱书就寄来了。又过几年，助教再次询问，系上又要处理复本书了，要不要？当然还是要。但是这次很不幸，书到杭州被海关扣下，费尽周折，仍被退回，寄回的邮费仍要我出（否则，直接拉造纸厂化为纸浆）。书被海关查扣，与其斗智斗勇的故事不少，费时费力，基本以失败告终，一腔心酸有机会再表。

拥有间书房，一度是遥不可及之梦想。婚后还是长期蜗居在内人家提供的两间陋室，家里除了一个简易的竹书架外，没有可以放书的地方。一般的书就装纸箱置于床下，师友赠书是呕心沥血之作，放在难见天日的床下，实在愧对。条件改善后，先将师友们的赠书在书橱中摆放整齐，郑重一拜，总算是对得起它们了。

1998 年，内人单位分配二居室的房子，房间一大一小，大的那间将阳台打通，约有二十平方米，光线也好，左邻右舍都选做卧室。

■ 部分英文日文书

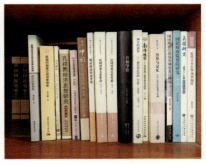

■ 部分友人赠个人著述

内人大度地说，家里最值钱的东西就你这堆书了，你在家时间又长，大的做书房吧。我们又咬牙买了挺贵的实木书橱，沿两边墙排开，书房挺有点气势。

对我个人来说，这间书房，是梦寐已久的天堂，满足了阅读、写作、胡思乱想、与师友对话（通过研读他们的论著）的所有需要。有了宽大舒适的书房后，文章未必就写得更多更好，但有了一方净土，无论俗务多么狼狈，只要走进书房，坐在书桌前，心境就能平静下来。

装修完成，我们邀请导师茅家琦教授、张宪文教授到寒舍小聚。茅老师夸奖说，这是南大历史系最大的书房！那时南大教师住房条件尚待改善，学校分房不是以面积而是以几室来衡量，宿舍最大的房间不过十五平方，自然不可能有近二十平方的书房（现在，南大

■ "仿秋斋"一面

疫情期间，"仿秋斋"成为网课直播间　　　　书房名直接写在门上

许多教授购置了别墅，书房之大与典雅，令人羡慕）。

这么好的书房，应该有个"堂""斋""室"之类的雅号（读书人的通病啊）。搜肠刮肚，想到"仿秋斋"三个字，因秋天里农人收获，天高云淡，从容不迫，是最令我向往的季节，也是为人为学追求的意境。

1999 年南京市举办"书房大奖赛"，"仿秋斋"报名参加了。结果，一等奖是位全国知名的女作家，二等奖归了我的朋友，作家叶兆言，"仿秋斋"得了三等奖。那位女作家的书房，只有一个与写字台连在一起的书橱，陈设气势绝对比不上"仿秋斋"。但转念又想，书房评比，重要的不是比外在的面积与陈设，而是比利用书房创造出的价值与社会影响，这个核心得分点上，自叹弗如。

2006 年，我调到浙江大学教书，家仍在南京，开始"双城记"的两地通勤生活。所有的书也分在三处存放：南京的"仿秋斋"是根据地与老营，杭州的办公室与家里，则是近期要用的书或购置、收集的资料。书分两地，自然有不便之处，有时备课、写文章需查实

与自己主编的书合个影　　　　　个人的部分著述（含合著）

资料，书却在另一处，着急！有段时间赶写书稿，我干脆就将一部必备书放在电脑包里，随身携带。书稿难产，那部厚厚的书就随我在南京、杭州之间旅行了大概有近一年的时间，高铁坐了近二十趟。

　　与"仿秋斋"井井有条不同的是，杭州两处的书，极其凌乱，胡乱放置，尤其是办公室，不仅书橱放满，办公桌与茶几也全被书占领。实在看不下去，就请学生帮助来清理一次，但不久，又凌乱如故。许多书因无处展放，始终留在纸箱中，箱子堆到了书橱前面，导致书橱都难开。好在，基本记得哪本书在哪个箱子里，堆在哪个角落，临到用时虽需东搬西翻，"众里寻他千百度"，但大抵最后总能找到，自嘲是能"乱中取胜"。

　　我以为，书只有共享，让需要的人能找到、利用，才能发挥其最大的价值。"学术乃天下公器"。我多次利用哈佛燕京图书馆，每次

找到他们馆藏的宝贝，两任馆长都非常乐意让我利用、整理与出版。郑炯文馆长说，图书馆的书是用来读的，不是用来藏的。诚哉斯言。我获赠的书，多数直接交给了历史系的资料室。五年前，浙大蒋研中心与校图书馆共建了"蒋介石文献特藏室"，我把部分个人图书转入，供师生阅览。师友相赠的图书，转用于学校师生，正是传播他们的雅意，将学术发扬光大。

■ 与哈佛燕京图书馆郑炯文馆长（第一排左二）等合影

2020 年，浙江大学古籍新馆落成，即将开馆，共建的"蒋介石文献特藏室"将移入新馆，未来的特藏室将是集收藏、阅览、上课与小型学术会议诸功能于一体的独立空间，我对这间特藏室充满了期待。那些深藏在办公室箱子里的书，也将重见天

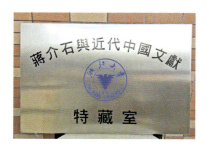

■ 刚制作完成的"蒋介石文献特藏室"标牌

日，上架阅览，成为公共资源，书尽其用。换个角度，图书馆也将变成个人日常阅读、写作、交流与胡思乱想的地方，还多了上课授业的功能，一个 2.0 版的"仿秋斋"。

在图书馆里拥有一间书房，对一个读书人来说，是多么美妙的圆满。人生至此，夫复何求？

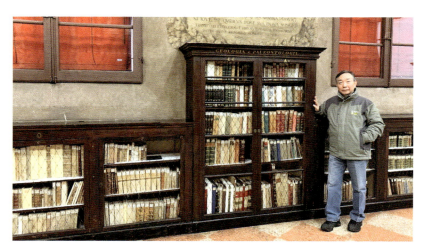

■ 在全球最早的大学图书馆——博洛尼亚大学图书馆内

▲ 陈红民教授推荐书单

- 司马迁《史记》
  （中华书局 2013 年版）
- Lloyd E. Eastman. *The Abortive Revolution: China Under Nationalist Rule, 1927—1937*. Harvard University Press, 1974
- （美）柯文《在中国发现历史——中国中心观在美国的兴起》
  （中华书局 1989 年版）
- 陈旭麓《近代中国社会的新陈代谢》
  （上海人民出版社 1992 年版）
- 吕芳上《从学生运动到运动学生——民国八年至十八年》
  （"中研院"近代史研究所专刊之 71, 1994 年版）
- （美）周策纵《五四运动——现代中国的思想革命》
  （江苏人民出版社 1996 年版）
- （美）孔飞力《叫魂——1768 年中国妖术大恐慌》
  （上海三联书店 1999 年版）
- （美）裴宜理《上海罢工：中国工人政治研究》
  （江苏人民出版社 2001 年版）
- （日）曾田三郎《近代中国と日本——提携と敌对の半世纪》
  （御茶の水书房 2001 年版）
- （美）吉尔伯特·罗兹曼《中国的现代化》
  （凤凰出版传媒集团 2010 年版）

诗曰：

青藜老父是名儒，夜读由来道不孤。

四叶芸香何处觅，一排钉眼旧书橱。

程章灿《题叶子青藜书屋》

帮老爸（叶兆言）
整理书房

叶 子

————

1984年生，南京人，南京大学匡亚明学院文科强化部文学学士，复旦大学中文系文学博士，新加坡南洋理工大学访问研究员，日本东京大学文学部访问学者。现为南京大学文学院副教授、硕士生导师；中国现代文学馆特邀研究员。研究兴趣有外国文学研究、海外文化刊物研究和中美文学关系研究等。业余从事翻译工作，是玛格丽特·阿特伍德和安吉拉·卡特小说的译者。

今年入梅以来，我忙着帮老爸理书，把书房从龙江搬来下关。连着好几个闷热无比的周末，我和老公带着大瓶冰水——给书下架归档，打包打到天昏地暗，内心决堤，才敢抹抹脸上的灰回家。书房搬迁的过程异常曲折，搬家公司一看是搬书，一共两百多箱，立刻将说好的价格翻了整整两倍不止。

■ 北京东四八条，太爷爷（叶圣陶）、老妈和三岁的我，还有大爷爷和伯母
（叶子教授的父亲是叶兆言，爷爷是藏书家叶至诚，曾祖父是叶圣陶）

■ 十年前，在龙江书桌前工作的老爸

叶子教授

　　幸好直脾气的老爸并不在场，否则少不了又追忆一遍当年他搬爷爷藏书的壮举。爷爷是首届金陵藏书比赛的状元，在半真半假的回忆中，老爸用蛇皮袋和借来的黄鱼车，凭一己之力，就独自搬完了一对老书橱和爷爷的所有藏书。

　　老书橱是太爷爷送给爷爷的，没人记得它们是怎样从苏州运来的南京。经历了无数次搬家，如今两对上下叠放的书橱，碎了玻璃门，掉了几个木把手。入驻老爸的新书房后，上排的柜子被左右颠倒。谁也没看出其中的不妥，除了老爸。这是他绝不会犯的错误，他的秘诀说起来奇怪又冷门——寻找钉子留下的痕迹，通过橱门上米粒大小的洞眼，来辨别书柜的左右。

　　这都是爷爷留下的钉眼，许多年以前，为了阻止少年时代的老爸看书，爷爷会钉上两米长的木条拦死橱门。给世界名著上锁，因

■ 太爷爷的老书橱　　　　　　　　　　　■ 老书橱上的钉痕

为爷爷自己就是读书的受害者。1957 年出生的老爸，在成长中见证了爷爷人生中最黯淡的二十年。由于一本叫《探求者》的刊物，爷爷被打成右派，之后他在剧团做编剧，写了大量言不由衷的剧本。那些年的爷爷，自然不愿意老爸蹈其覆辙，和阅读写作打上交道。

其实不用钉木条那么复杂，爷爷做过开明书店的店员，在排书上堪称职业选手。一本书一丝不苟地码齐之后，再码下一本，最后书与书之紧密，之整齐划一，任谁动过都有痕迹。家里有许多不能看的书，又有一位疯狂找书看的少年，当年的爷爷一定苦恼极了。他大概自己也知道，所有的预防都是徒劳。常常，习惯深夜里写作的爷爷，下楼撞见老爸躲在被窝里，一边读雨果一边泪如雨下，这时候爷爷多半会悄悄走开，也有些时候，他会忍不住轻敲老爸小房间的玻璃窗，提醒他早点睡觉。

新书房东墙的外国文学

西墙的杂书

嗜读的爷爷完全不是爱德华·纽顿式的藏书家，他既不收古籍善本，也没有信札手稿，藏书多半是翻译过来的外国文学，也不讲究版本和品相。这其中，有大量的莎士比亚，包括《亨利第六遗事》和万有文库的《哈孟雷特》，有不同版本的巴尔扎克全集，也有八十年代之前几乎所有汉译的俄国与苏联文学。

　　与此同时，爷爷不可避免地跟风苏联，在书柜里挤满了"资本主义的掘墓人"。如果不是因为爷爷颇具规模的红色收藏，教授外国文学的我，根本不会晓得写《共产党人》的路易·阿拉贡，也不会

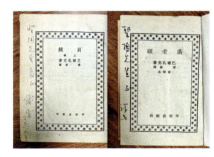

■ 傅雷先生送给太爷爷的译作
有一些也到了爷爷手里

■ 杨苡先生送给爷爷和奶奶的译作
三十五年之后，我又找杨先生写了
"叶子小友存正"

■ 耿济之遗译的《卡拉马助夫兄弟们》

■ 两本晨光世界文学丛书里的海明威

法国文学部分　　　　　　　　俄国和苏联文学部分

▍阿拉贡的《共产党人》

注意到美国有位左翼作家霍华德·法斯特，曾在五十年代红遍中国，并引起不小的风波。这些早已被人遗忘的作家，过去在爷爷的阅读中占了相当大的比重。在爷爷的藏书中，那些解放前和十七年中的外国文学读物，以及许多内部发行的"黄皮书"，是催发老爸早年写作最重要的养料。

爷爷去世两个月后，老爸写了长文《纪念》，当时他三十五岁，比现在的我还要小一岁。虽然题为《纪念》，但悲伤的老爸无意过多

▍盖有爷爷印章的"内部发行"

▍理书的意外收获，在废纸堆里找到了老爸当年的硕士论文

留念爷爷生前的美好岁月，也无意扩充他平平淡淡的一生。身为儿子，身为文学上的后辈，老爸有点冒失，也有点残忍地，戳破了爷爷在书房中辛苦筑建的梦境。

一辈子钟爱藏书的爷爷，在别人看来，或许是阅读者的不二榜样。书给了爷爷现实中没有的自由，但在书房伏案写作的他并非置身于全然的解放。尽管收藏了相当多的高尔基和罗曼·罗兰，但无论哪一位落笔成章的大作家，最后都没有成为爷爷书桌前的守护神。阅读像一个巨大的黑洞，给爷爷带来愉悦，也带来真实的焦虑和怀疑。爷爷至死也不愿相信，书的世界是有限的，而自己的写作可以不确定，也可以不完美。老爸为爷爷浪费掉的才华和人生难过不已，实际上，爷爷不仅需要书里的智慧，也需要一种自己的声音。在与阅读的恶战中，一度雄心勃勃的爷爷令人惋惜地败下阵来。

说到底，书架上的书，也可能只是文学生活的一种假象。重读《纪念》，我羡慕老爸年轻时，即对阅读有反省的自觉，他执意成为一位鲁莽专横的强力读者。在两百箱书重新上架的浩大工程中，我的错误分类，不恰当地厚此薄彼，都被他推倒重来。倘若我束手束脚，想要坚持什么编年或开本的秩序感，也必定会遭到冷酷的嘲笑。一连几日，我们就年谱和日记做不做分类，自传和传记放不放一起，资料汇编应该怎么排序，等等无解的问题争吵。老爸不断愤怒地重申，读书人自己的书房，首先是自己的，其次才是书房。读者之生，必须以作者之死为代价。

关于书，老爸有太多在我看来不可思议的执念。八年前，刚刚毕业的我从上海回到南京，因为书多，不得不找物流公司异地搬家。我在短短几年内买了那么多书，让老爸很气恼。身为作家，老爸靠写书，靠拥有更多的读者生存，但他偏偏又是最不愿买书的人。在

■《纽约客》及其他　　■ 女儿在看七十年代的《纽约客》

■ 复旦念书时收获的签名本

■ 热爱写作的老爸，已经写了满满一橱书

老爸看来，买书是浪费，买书不看更罪大恶极。或许因为家里已经有了太多的书，或许因为他的眼睛越来越不好，无法再将阅读作为消遣。老爸不再漫无目的地看闲书，但他从不掩盖对阅读的实在需求。阅读几乎一定是为了某种写作，一刻不停地写，才会一刻不停地读。

老爸邀请我重建书房，于我来说，真是一次脱胎换

■ 南京高云岭，我给写累了的老爸挠挠头

■ 新书房的一角，书桌后大家伙是爷爷的熊猫牌收音机

骨的整理。此刻，大概也仅限于此刻，井井有条的书房整齐到失真，老书橱也修旧如新。不过，伴随新的写作的开始，伴随下一轮阅读的启动，书房很快就会恢复它应有的狼藉。

2020 年 8 月写于三汉河

♣ 叶子教授推荐书单

- （日）小西甚一《日本文学史》（译林出版社 2020 年版）
- （比）雨果·克劳斯《比利时的哀愁》
  （译林出版社 2020 年版）
- 毛尖《一寸灰》（中信出版集团 2018 年版）
- 丁帆、王尧主编《大家读大家》丛书（人民文学出版社 2017 年版）
- （英）詹姆斯·伍德《最接近生活的事物》
  （河南大学出版社 2017 年版）
- （美）乔治·史坦纳《大师与门徒》（立绪文化 2015 年版）
- （荷）伊恩·布鲁玛《伏尔泰的椰子：欧洲的英国文化热》
  （三联书店 2014 年版）
- 唐诺《阅读的故事》（上海人民出版社 2011 年版）
- （法）皮埃尔·蓬塞纳《理想藏书》
  （上海人民出版社 2011 年版）
- （美）A.爱德华·纽顿《藏书之爱》
  （重庆出版社 2005 年版）
- 叶兆言《纪念》
  推荐词：叶兆言先生发表于二十世纪九十年代的长篇散文《纪念》曾因对上一代知识分子戏剧化命运的记述而传诵一时。多年之后重读，即便暂时搁置作者身份与时代背景，视之为一对平凡父子间的对视，子一辈对父一辈心灵的审视、剖析与同情，仍真切动人。

诗曰：

井天岁月易蹉跎，开卷方知世界多。

劝学佚文谁识得："书中自有凤鸾和。"

程章灿《题洪修平枕书阁》

家即书房，书房即家

洪修平

————

77 级大学生，哲学博士，美国哈佛大学富布赖特研究学者，曾任南京大学图书馆馆长。现为教育部"长江学者"特聘教授，南京大学特聘教授，南京大学"东方哲学与宗教文化研究中心"主任，哲学系和宗教学系教授、博士生导师，国家社科基金项目评审组专家。兼任复旦大学、武汉大学兼职教授和中国社科院特邀研究员等。出版著作三十多部，发表论文二百多篇。

我从小就很爱读书，至今保存着的一份小学三年级的成绩报告单上还有老师当年写的评语："喜欢看课外书籍，很好。"但遗憾的是，最想读书的年龄却没有书读。1966 年小学五年级时学校就停课了，直到 1969 年 1 月才复课进了苏州市第五中学。1970 年毕业时，

■ 洪修平教授在国家图书馆　　　■ 洪修平教授在日本国会图书馆

全部分配进工矿工作。我被分配到苏州市西山煤矿建设工程团一营保障连维修班当学徒工，时年十六岁。由于煤矿所在的洞庭西山四面环太湖，必须坐轮船四五个小时才能回苏州，所以我们平时星期天不休息，而是一个月集中一次休假四天。虽然平时上班是三班倒，还经常要下矿井，工作很辛苦，有时中班倒早班，半夜十二点下班，第二天早上八点又要上班，睡觉休息的时间可想而知，但当时最渴望的不是睡觉而是读书和学习。

　　记得 1972 年中日建交后不久，上海人民广播电台开办了业余日语广播讲座，我十分欣喜，从每月十多元的学徒工资中拿出一部分购买了一个小半导体收音机，按时收听，并购买了相关的教材和参考书。日前无意中翻到一封当年上海新华书店邮购部给我的回信："洪修平同志：73 年 12 月 21 日来信收到。你要购买的《广播日语》初三册等书，因目前无货供应，以后是否再版，亦不能确定，今特将来款零点三元，用邮票退还给你，请查收。此致敬礼！上海邮购书店启，1974 年 2 月 14 日。"这是有记载的我邮购（如今是网购）图书的最早开始，距今近五十年了。

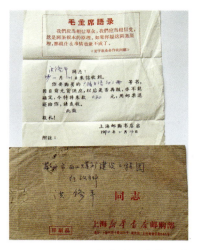

邮购图书的信件

在煤矿工作的七年多，是我的藏书从无到有的时期。当时工作之余想尽一切办法找书读，一旦借到一本好书，如饥似渴地反复阅读还不够，经常还会用小本子把喜欢的内容抄摘下来。我至今还保留着几本当年用三分钱或五分钱买的那种小练习本，上面的抄摘记载着读书对我的早期启蒙，也时时会勾起我对往昔的回忆及对今天有书读的珍惜之感，故多次搬家都没舍得扔掉。其中1972年的抄摘本第一页就抄录了当时借到的一本《中华活页文选》上的《荀子·劝学篇》，其开篇所言的"君子曰：学不可以已"，一

练习本

直激励着我要不断地读书学习。说来也是碰巧，77年恢复高考，语文试卷最后一道古汉语加试题就是选自《荀子》的"劝学篇"，我几乎全答对了，这对于我当年考上大学显然加了分。

业余读书的过程中，慢慢积累了几本自己的书，于是就在自己的床头与墙壁之间用一块木板架搁起来放置图书，这就成为我最早的小书架。后来我被抽调到后勤处行政科，不用再三班倒，读书时间就更多了些。行政科与矿部小阅览室靠得近，于是读书有了得天独厚的条件。当时竟然还觅到了一套中华书局出版的《中国哲学史资料简编》，如获至宝，常伴左右，这成为我日后从事中国哲学专业学习和研究的最早引领和资料积累。当时全社会提倡学习马克思主义理论，我还被选入工人宣讲团，许多马列原著，当时都反复阅读。评法批儒、批判《水浒》虽是闹剧，但也提供了我阅读相关图书的机会，使我接触到了诸子百家和文学名著。最早的文史哲知识，竟然是通过这样的途径获取，现在想来也感叹不已。后来我又被调到政治处宣传科，那时矿里既有老大学生，也有66届、67届初高中毕业生，我能有机会专门从事文字工作，应该说与自己平时的读书学习密切相关。记得2007年江苏电视台教育频道纪念恢复高考三十周年拍专题片时，拍我的那一集总结语就是"机遇总是垂青有准备的人"。读书不应是为了功利的目的，但读书自会有收获，这两者是不一样的。我当年想读书，只是觉得不能虚度年华，并

■ 大学时的宿舍

没有想到其他，也没有想到日后会有参加高考的机会。

从 77 年开始上大学、读研究生再到读博士，我的购书、藏书和书房建设逐渐进入了快车道。大学时我因满了五年的工龄而能带薪，每个月有三十多元的工资，因而就能经常购买一些自己喜欢的书，除了哲学专业书之外，其它书也买了不少。大学毕业时我考上了中国哲学史专业孙叔平先生的研究生，平时的学习则主要由王友三老师指导。孙先生和王老师引导我们读书的同时，也会在购书方面提出建议，《十三经注疏》《新编诸子集成》等都是在他们指导下购买的。当时孙叔平先生刚出版了《中国哲学史稿》，其中有研究佛学的专章，但孙先生自感年龄大了，佛学研究得还不够，便鼓励我们年轻人好好研究中国佛学这一宝贵财富。这样，机缘巧合使我成为改革开放后最早的佛教研究者之一。我从 1982 年初就开始研究佛教，并搜寻和购买相关的图书。那时有关佛学的书很少，能买到的我都尽量买。1984 年底我研究生毕业后留校，次年又考到复旦大学哲学系跟从严北溟教授继续研究佛教。记得当时坐火车到上海去，随身带的行李有两个简陋而结实的大木箱，里面装的大都是专业书，那天冒着小雨骑了辆借来的小三轮车把书箱拉到南京火车站去托运的情景至今历历在目。1988 年

■ 与王友三老师九十岁生日合影

博士毕业回南大工作时，行李变成了两个木箱和四个纸箱。除了书之外，还有我在读书过程中抄录的小卡片。

关于读书抄卡片，这是做研究的需要，那样的读书和思考，会比较精细、扎实和深入，但这在当时也有其不得已。我的博士论文在出第三版时我在"作者的话"中曾写道："……二是研究资料的匮乏，当时的《大正藏》还算是古籍（还没有后来的各种影印本），不能复印，只能阅读加手抄；……想要参考张曼涛主编的《现代佛教学术丛刊》，只能到南京师范大学图书馆一毛钱一册借来翻阅，还不能复印，因为这是港台书！"不过在这里还是要感谢一下那时的图书馆工作人员。南大古籍部曾特许我把《大正藏》放到旁边的阅览室，这样在午间休息不开放时我可以不中断阅读。复旦哲学系资料室则特许我可以借阅不超过三册的《大正藏》带回宿舍，看完后再去换借。这显然对于每天看书十小时以上的我抄卡片提供了很大的方便。

■ 手抄小卡片

如今的读书条件，无论是图书的种类还是阅读的方便，都可以称之为鸟枪换炮了。以上提到的《大正藏》一百册、《现代佛教学术丛刊》一百册，现在都在手边随时可取，此外《续藏》《龙藏》《道藏》《藏外道书》《二十五史》等大部头书，也都静静地排在家中的书架上。虽然有些书现在有了电子版，阅读查找更为方便，但我仍然习惯在引用资料后去查阅并校对纸本原著。

　　书逐渐增多，藏书当然就是个问题。大学时候的藏书，床头搭个小书架即可。研究生前两年，住宿舍有书柜，似乎也够用了。读研期间结婚后住在上海路宿舍，有一间八平米的小房间，先是卧室兼书房，后来条件改善，单做了书房，有专门的书橱，每晚在里面工作至一两点钟，幸福感满满。儿子出生并长大后，八平米的房间归他，我就搬到客厅读书和写作。九十年代初，我曾专门到南大

■ 港龙园家客厅书橱

■ 合影

■ 港龙园家书房工作台

■ 一起在哈佛大学做访问学者

上海路家客厅书橱

上海路家里工作

与妻子两人的著作

木工厂去定做了六个搁板加厚的大书橱，加上原来家里的两个书橱，各种书籍和杂志，塞得满满的，但基本够用。到了九十年代末新世纪初，随着学术研究和国家出版事业的快速发展，自己购书、别人赠书越来越多，家中放书的地方明显跟不上了。再加上我妻子孙亦平的购书欲此时也似乎迅速增长。原来我俩的专业都是中国哲学，研究领域也相近，还曾合著了《惠能评传》等。但后来由于学科建设的需要，她的研究重心逐渐转向宗教学原理和道家道教，中西方宗教学的研究著作和《道藏》之类的图书开始大量挤上书架，卧室兼她的书房逐渐也堆满了书。这样，从小书房、书房与客厅合一，再到家里到处是书，狭义的书房概念已经淡化，家即书房、书房即家的倾向慢慢出现。

　　2005 年拿到南大港龙园的房子开始装修，在书房和客厅都打了书橱，有的还是里外可以放三层书，本来还想打更多的书橱，装修公司却认为完全没有必要了，说又不是建图书馆，他们哪知道文科老师的家就是图书馆啊！书橱果然很快就不够用，再有新书进家，就要像图书馆经常做的那样进行"倒架"，例如把我当副主编而获赠的《中国思想家评传丛书》二百部移到一进大门的狭长处、原来专放小工艺品的装饰柜上，然后把各种小工艺品再放到书上面，图书本身也成为一道好看的风景而与工艺品交相辉映，效果似乎也不错。

　　"倒架"毕竟不能增加太多的书架总容量，后来有了和园就好多了。但书还在源源不断地进入我家。过去是一本本或自己买或作者送，现在则经常是别人主编或自己参编的一大套甚至一整箱。就在我写这篇小文的时候，快递又送来了因担任一个全国图书奖的评审

■ 港龙园家的进门处

■ 港龙园家书房一角

■ 和园家的客厅书橱

■ 和园家书房一角

■ 港龙园家的书堆

专家而获寄的样书几十本。家中书太多书橱放不下就只好堆在地上，形成了一个个书垛子。

　　这样的情形当然会制约我的购书冲动，好在现在"书房"的概念因网络的运用和电子书的出现而扩大了。有着百万册藏书的学校图书馆通过网络连线而在一定意义上成为自己书房的备用书库，获取电子资源的方便快捷，使创建个人的资料数据库成为书房建设的新路径。即使如此，出于对书籍本能的热爱，出差开会或参加学术交流，无论是国内还是国外，只要有机会，我仍然喜欢逛图书馆和书店。遇到喜欢的好书，还是忍不住会买，不过数量已经大为减少了。

匡亚明先生墨宝

家中书籍不断增多，有时也想再换套大点的房子，但已经习惯了现在的住处，很喜欢在港龙高层的阳台上捧书喝茶，欣赏秦淮河风光，既安心又宁神，这不正是当年匡亚明老校长书赠"淡泊以明志，宁静以致远"对我们俩的勉励吗？但书总得有地方放呀。感谢学校和系里办公条件的改善。现在每个教授都有一间单独的办公室可以放书。由于我成立了东方哲学与宗教文化研究中心，并承担了教育部重大攻关项目和国家社科基金重大招标项目，系里又特别支持

家中阳台远眺秦淮河

给了一大间工作室，这就大大缓解了放书的压力。

但平时看书更多的还是在家里。因为我与妻子两个人看书、放书各有偏好，你拿我放，查书找书有时就成为一个大问题，经常会为找一本书花费许多时间，还会导致不必要的争论。我当南大图书馆长以后，便将学来的图书分类摆放以方便查找的原则活用到家里的藏书中，例如对常用的书按儒、佛、道分类排列，并定下从哪拿书必须放回原处的规则；地上堆的书垛，把可能会要查阅的书放在外层，书脊一致对外以便查寻。虽然并没有根本改变家中藏书有点乱的情景，但我觉得只要自己查找使用方便即可。套用一句现在的流行话，书是用来读的，而不是用来藏的。

相比较而言，我们家现在还真没有一间有着"斋"名的书房，但似乎又处处是书房，从进门的走廊、客厅、卧室到阳台，凡是能够被利用的地方都做了书柜或放了书。这样的书房，程馆长会帮我取个什么斋名呢？

▲ 洪修平教授推荐书单

* 杨伯峻《论语译注》
  （中华书局 2006 年版）
* 陈鼓应《老子注译及评介》
  （中华书局 2009 年版）
* 陈鼓应《庄子今注今译》
  （中华书局 2009 年版）

- 冯友兰《中国哲学简史》
  （北京大学出版社 2010 年版）
- 袁行霈等主编《中华传统文化经典百篇》
  （中华书局 2016 年版）
- 洪修平主编《儒佛道哲学名著选编》
  （南京大学出版社 2006 年版）
- 洪修平、孙亦平《惠能评传》
  （南京大学出版社 1998 年版）
- （德）卡尔·雅斯贝斯《历史的起源与目标》
  （华夏出版社 1989 年版）
- （美）爱德华·W. 萨义德《东方学》
  （生活·读书·新知三联书店 2007 年版）
- 洪修平主编《东方哲学与东方宗教》
  （江苏人民出版社 2016 年版）

诗曰：

惠施家富五车书，何事泥争用有无。

五石号然成瓠落，剖之可以泛江湖。

程章灿《题许勇读无用书斋》

许　勇

江苏盐城人，1987 年生，2006 至 2017 年就读于南京大学文学院，获文学博士学位，师从程章灿教授。硕博阶段，参与整理《闲堂书简（增订本）》（上海古籍出版社 2013 年版），参与编写《诗栖名山》（程师主编，凤凰出版社 2015 年版），与程师合著《书史纵横：中国文化中的典籍》（江苏人民出版社 2017 年版）。现为凤凰出版社编辑，主要负责《江苏文库·文献编》的编辑出版工作。

中考的时候，我考上了市里较好的盐城市一中。因为分数靠前，我被强制分配到了理科强化班。这或许是一种幸运，让我提前一年就知道了自己不喜欢理科。所以高二我就跳出理科强化班，转到普通的文科班去了。在文科班的两年真可谓如鱼得水。

从学校正门出来，不远处有两家新华书店，从后门出来，有一家盐城书城。三家大书店都在一条马路上。每逢周末，我就躲在书店里面看书，一待就是一天。当时的新华书店人满为患，常常无地可坐——是真的地上也坐不

■ 许勇在书房

下人。我曾站在书架旁，看完了曹文轩新出的《天瓢》。盐城古称瓢城，据说是地形图像一个葫芦做成的瓢，有"瓢浮于水，不被淹没"之意。从盐城走出去的作家曹文轩，以苏北农村为背景的小说，读起来很亲切，令人恋恋不舍，一周后终于去把这书给买了回来，书至今还在老家的书架上。这是我高中期间买的为数不多的小说之一。

相比新华书店，盐城书城的书要少，也因此清净些，有地可坐。在那里，我读到了张爱玲。那是哈尔滨出版社的《张爱玲典藏全集》，共有十四册，每册都用张爱玲的照片作封面。有一次坐在地上正在看时，恰巧被同学遇到，他说，你一个男生还看张爱玲？

盐城书城斜对面，有一家门面很小的旧书店。那里的书很杂乱，盗版书与正版书混在一起。用纸很差的小开本言情读物摆满了一个书架，用来出租；大开本的字很小的各种盗印全集又是一个书架，更多的旧书则乱扔在地上……我在这杂乱的地上买到过很便宜的黄裳的《金陵五记》、曹文轩的《草房子》、惠特曼的《草叶集》，以及各种零散的《读书》《古典文学知识》之类的杂志。其中印象深刻的是张新颖的《读书这么好的事》。这书封面上"读书"二字，用了红

底黑字，看起来很像《读书》杂志。巧的是，它正是和一堆《读书》杂志凌乱地堆在地上，小店主也懒得收拾，任凭他人踩踏。就这样，我从杂志堆中将此书以一本杂志的价格买到手了。

　　当时的学习任务还是很重的，但我总想着去书店看闲书，闲书看了很多，但从来没有认真考虑过"读书"为何物。在《读书这么好的事》这本书里，遇到了好多人名。像博尔赫斯、卡尔维诺，这些不曾在教科书中出现过的文学大家，我就是在这本上读到的。关于钱锺书的各种小故事，也是这本书教给我的。张新颖是谁，当时并不在意，他引用的名人名言却给我深刻的记忆。到现在我还记得我曾在博尔赫斯的"书是记忆与想象的延伸"、贺麟的"要想不放弃此种神圣权力，堂堂正正做一个人，我们惟有努力读书"等句子下等划过线。

　　上了大学，过了两年"游手好闲"的生活，因为没有电脑，曾在南京闲逛书店，买了哪些书，一点也不记得。

■《张爱玲典藏全集》与《读书这么好的事》

到了大三，买了电脑，又逢网购兴起的大浪潮，很多网络购书的记忆都保存着。比如大三伊始的 2008 年 9 月 8 日，我在当当买了第一单书——《文心雕龙讲疏》《文学理论要略》《中国考古学史》《儒林新传》，9 月 27

■ 老家书架上的书，2013 年摄

日买了《高阳说曹雪芹》《开放的作品》《新文学的传统》《中国现代作家的浪漫一代》，10 月 8 日买了《曹文轩文集》，10 月 26 日买了《小说稗类》《康章合论》，12 月 15 日买了《王小波全集》《乌合之众》……现在想来，很多书都是因为老师推荐或写论文要用才买的，甚至连买《曹文轩文集》，我也不是因为年少的喜欢，而是因为要写一篇当代文学研究的课程作业。

大四搬到鼓楼后一门心思想考研，想读古典文献专业，开始恶补此方面的书籍，遇书即买。后来顺利考上了研，又在鼓楼校区住了两年，买书更无节制。南京的各个书店我都跑过，天宫书店、仓巷旧书店、乐匋书社、南都古旧书店、花洲书店、辉煌旧书店、雅籍旧书店、南京古籍书店、宏伟旧书店、思影书屋、先锋书店、万象书坊、春秋书店等等，都有我购书的往事。而在南大鼓楼校区附近的唯楚书店、复兴书店、潇湘书店、学人书店、品雨斋书店更是日常必逛之处。所谓"贼不走空"，每次逛，无论怎样，都要买几本回去的。现在想来，那时候旧书店的书真是便宜。有一次我跟程师说，我在品雨斋买了一本《魏晋南北朝赋史》，甚是便宜。程师说，

■ 2015 年逛杭州通雅轩古籍书店　　■ 2020 年逛上海香港三联书店

那给我买二十本，我样书都没有了！

那时，孔网也兴起了，很多市面上买不到的书，都可以在网上找找。我就曾花三五百块钱买了一套《程千帆全集》，可惜如今孔网记录都被清空，找不到当时的购书记录了。

在鼓楼的三年，算是我买书的开始。那时身处城市中心，被各个书店所围绕，书籍的诱惑真是太大了！我在外干着家教的兼职，拿着当时较为丰厚的外快，顺着汉口西路一直走回来，路上有乐甸、复兴、潇湘、唯楚，还有好又多超市里的卤菜小店，深夜与室友把书对饮吃肉，岂不快哉！

随着研三迁往荒凉的仙林，这种频繁出入旧书店的日子也就一去不复返了。不少实体旧书店接连关门大吉，开始运营网上书店，网上购书渠道越来越多，逛书店的诱惑也逐渐消淡。此后购书几乎都来源于网络，也就只剩下交易，没有淘书的乐趣，也就缺失了故事。

所谓"买书一时爽，搬书火葬场"，中文系的学生似乎都会经历搬书之苦。从浦口到鼓楼，鼓楼调整宿舍，后从鼓楼到仙林，仙林又调整宿舍，在南大读书十一年，我搬宿舍就经历了四次，加上最后一次搬离仙林，一共有五次搬书经历。

考上了博士，我和室友面临着从研究生宿舍搬向博士生宿舍的问题。这两个宿舍相邻，根本不值得叫一趟搬家公司。在八月的大夏天里，我们开始自己搬家。从六楼把一箱箱书搬下来，跟宿管阿姨借一辆小推车，拉到新宿舍门下，又搬上二楼，再用一张轮滑椅子把书一箱箱拉到宿舍。此项工程费时费力，将近一个月方才完成。好几次，我们在新宿舍的阳台上仰望旧宿舍，畅想要是在这两个宿舍之间装上一条铁索，把一箱箱书捆在滑轮上直接滑下来多好啊。

■ 硕博阶段，参与整理《闲堂书简（增订本）》时的部分书信影印件

读博士期间，结识了一帮好书的朋友，一见好书，就相互提醒；一有活动，就彼此荐书，最终导致每个人的书都越来越多。毕业搬离的时候，我预感一趟可能搬不完，于是在打包仍未完成之时，就约了搬家公司先来搬一趟。搬家工人来一看，全是书，立马坐地起

价，讨价还价之后，才答应搬一趟。搬家工人研究了地形之后，决定将车放在宿舍楼大门口，一个工人站在车顶上刚好能够到二楼。一个工人从宿舍里往过道里搬书，一个工人在过道里把书往外传递，一个工人站在车顶上接，一个工人在车厢里接车顶上的箱子，如此折腾，待一车装满后，打包好的书仍未搬完。几天后，东西都打包得差不多了，我又约搬家公司来。没想到，被搬家公司一口回绝，说不搬了不搬了加多少钱都不搬了，上次搬完到现在腰还疼呢。无奈约了另外一家搬家公司，又搬了两趟。

大概是书越积越多的缘故，最后两次搬书情况仍历历在目，可惜当时没有保存文献的意识，没有拍照留念，如今也就剩下记忆了。

▌2019 年责编出版的
《江苏文库·文献编》

▌2019 年 10 月在江南文脉论坛
"藏书江南"分论坛作论文报告

博士毕业后，我入职出版社，成为一个图书编辑，与书走得更近了。书中自有颜如玉，书中自有黄金屋。出版社当然算不上是黄金屋了，甚至有些清贫，但在工作中，我与夫人孟清相遇，也算应景。我们在南京安了家，两人开始畅想如何如何打扮自己的家。老丈人家中有个大大的书房，夫人来南京后一直想拥有一个同款，奈何她自己的藏书不够多，见到我的书，当下两眼冒光，嘴上说着要做一面大大的书架，实际上是想全部纳为己有，我虽然一眼识破了她的小心思，但是并没有揭穿她。

我们选取了家里最大的一面墙，花了"巨资"，打造了一面顶天立地的书架，书架里外可放两层书。书架做成之后，夫人说，这可是我们家最贵的家具了，应该可以把你的书都放进去吧？我笃定地答道，肯定可以！

新家整理得差不多的时候，我们搬家。出租屋较小，打包了一百多箱书之后，再无活动的空间，于是我们就先搬一趟。这一趟，搬家公司派出了两辆车才全部运完，清点了一下，共搬了一百八十箱左右的书。搬完之后，搬家师傅说，下午不能打牌了，搬了一上午的书，全是书，肯定输。之后的一趟，本以为书已无多少，没想到又收拾出三十余箱。最终，二百余箱书全部入住新家。

两百余箱书摆在客厅里格外壮观，夫人开始怀疑这面顶天立地的书架，是否能容纳它们？我心里也有些打鼓，但嘴上还是说，肯定可以！陆陆续续收拾了一个多月，终于腾空了一百多个箱子，此时书架已塞得满满当当。剩下的大几十箱书无处安置，一股脑儿地

 书架做成　　　　　　　　　　　　　　　　█ 收拾书

全摞在阳台上。夫人看着此种情形，又问我，咱们是不是还得再做一个书架？这次我没那么笃定了，因为照这个情形，一个书架也无济于事，办公室还有好多书呢，老家还有好多书呢。

办公室里的书早已泛滥成灾，除了被我霸占的半面墙的书柜外，我的座位三面全部都被书围绕，仅容一个人的座位办公。这些书有我个人研究的喜好，如

《历代史料笔记丛刊》《全宋笔记》。还有纯喜欢的韦力的著作。有一次韦力到南大讲座，我背上这些书都请韦力先生签了名。还有同事的赠书。卞岐老师退休前收拾书，总跟我说，小许啊，这书你有没有，送你吧！小许啊，这书你应该喜欢，送你吧！小许啊，这些资料很宝贵的，送你吧！

姜小青社长不仅书多，他的故事比书还多，每个故事又能牵扯到好多书上。有好几次讲故事扯到书上的时候，我说这书市面上很少见了，姜总就变着戏法似地找出来，谈得高兴了，大手一挥说，送你了！还有同事责编的新书，书还没有上市，但他们知道我爱书，都会送我。读着他人还未能读到的书，真有种近水楼台先得月的快乐。

读书期间，每逢寒暑假的时候，我都寄上几箱或十几箱书回家。日积月累，老家的书也无处安置。老爸发挥特长，打了两个大书架。想当年，我寄书回家的时候，邻居们来围观，有个儿孙满堂的人就说，读这么多书有什么用，到现在也不结婚生小孩，是不是读书读傻了呀。这样的话让我很不是滋味，又无法解释，后来刻了一方"读无用书"的章自我嘲讽，还把宿舍称为"读无用书斋"。

今年，我有了第一个真正意义上属于自己的书房，虽然还没有起个号，但我想也不妨叫作"读无用书斋"。从"无书"到"有书"，到拥有自己的一间"书房"，在这样读"无用"书的过程中，也许我更期待，做一个"有用"的人吧。

▲ 许勇先生推荐书单

- 四库全书研究所整理《钦定四库全书总目》(整理本)
  (中华书局 1997 年版)
- 程千帆《程千帆全集》
  (河北教育出版社 2001 年版)
- 周勋初《周勋初文集》
  (江苏古籍出版社 2000 年版)
- 卞孝萱《卞孝萱文集》
  (凤凰出版社 2010 年版)
- 莫砺锋《莫砺锋文集》
  (凤凰出版社 2019 年版)
- 余英时《余英时文集》
  (广西师范大学出版社 2004 年版)
- 韦力《芷兰斋书跋》系列
  (国家图书馆出版社 2012—2018 年)
- 扬之水《楮柿楼集》
  (人民美术出版社 2010—2016 年)
- 王锷主编《学礼堂访谈录》系列
  (凤凰出版社 2017—2019 年)
- 孟彦弘、朱玉麒主编《凤凰枝文丛》
  (凤凰出版社 2020 年版)

诗曰：

万卷堆床学士家，安心坐阅世间花。

高情历历青天上，远问迢迢到海涯。

程章灿《题周宪远问斋》

自家书房自家书

周　宪

———

1982 年毕业于南京师范大学中文系（学士），1988 年毕业于北京大学哲学系（硕士），1998 年毕业于南京大学中文系（博士）。现为南京大学艺术学院教授，教育部长江学者特聘教授（2011）。研究兴趣集中在美学、艺术理论、文学理论和文化研究等领域，著有《艺术理论的文化逻辑》《视觉文化的转向》《审美现代性批判》等。

有书的房子不都是书房，但书房一定有不少书。书房的要义不在于是书籍存放之处，而是读写并产生知识和思想的场所。谈书房本是天经地义的事，可周作人却在《书房一角》中告诫说："自己的书斋不可给人看见，因为这是危险的事，怕被看去了自己的心思。"话虽这么说，可他在评书说文时还是把自己的书房一角"晒"了出来。相较周作人，林语堂则毫不隐讳地描绘自己理想的书房：

> 我要一间自己的书房，可以安心工作。并不要怎样清洁齐整，应有几分凌乱，七分庄严中带三分随便，住起来才舒服。天花板下，最好挂一盏佛庙的长明灯，入其室，稍有油烟气味。此外又有烟味、书味，及各种不甚了了的房味。

他还坦言，书房里书的种类不要多亦不可太杂，要有几种好读及几次重读过的书——即使是天下人皆詈为无聊的书也无妨。

读书人与书房的关系若鱼和水一般。选择大学人文学科教师的行当，也就意味着你一生在扮演"四书先生"，从教书匠到读书人，从写书者到藏书家。人与书共生共存的关系总在具体的空间里，所以书房乃是读书人与书籍共在的物质载体。哲人海德格尔有一概念，所谓"Being-in-the-world"，或可译作"人生在世"。细细想来，将读书人的

■ 小书房

"人生在世",说成"人在书房"也颇为贴切,那是"四书先生"安身立命之地,是他本真的"生活世界"。

我的"生活世界"是一间不大的书房,因为种种原因,一间宽大书房始终是一个梦想。自家书房虽显局促却也功能齐全,藏书比不上真正的藏家,倒也有自家特色。记得前些年,几个国内的同行挚友来家里小坐,其中一位嗜书如命的好友,对我的藏书发生了浓厚兴趣,以至于他根本没兴趣加入聊天,而是像侦探似的逐一审视架上藏书，不断询问这本那本何处得来，还不时用手机拍下一些他感兴趣的书籍封面或目录。藏书得到了同行赞许，作为书房主人的我还真有点窃喜。后因不断提问作答有关书的事，大伙儿聊天话

❚ 周宪教授与书房

题便自然转到了藏书读书上来了，我也和大家分享了一件自己亲历的趣事。记得上一回搬家，搬家公司的领班颇有些抱怨，因为从楼上一箱箱地把书搬下去相当费时费力，他不经意地说了一句："你家书是我们公司搬过第二多的。"此话激起了我的好奇心，很想知道第一多为何许人也？答曰："某大学图书馆！"

自家书房虽不大，不过很有生长性。最初我把一间较大的屋子用作书房，后来书越来越多，空间几乎耗尽，于是又布局了一间小书房，三面墙形成一个紧凑的 U 型书墙，暂时缓解了置放书籍的困难。然而好景不长，过不了多久大小书房均书满为患，于是我不得不另想新招，开始觊觎新的空间，客厅成为首选目标。我在客厅的主墙上立了两排书架，放置了一些不常用的成套的系列，诸如《中国历代美学文库》《朱光潜全集》《莎士比亚全集》《狄更斯全集》等，这些整齐划一的套书，摆在客厅里反倒成为一种不错的装饰，所以也没有什么反对声音。遗憾的是，客厅变书房只解决一时燃眉之急，不断涌进家门的书很快又膨胀起来。不久我又打起"占领"餐厅的主意，因为只有餐厅里的一面墙还闲着，原先挂的画作又被一字排开的书架所取代。当书房蚕食自家空间到如此地步时，家人

不容分说地颁布了一道"命令"，书房必须停止扩张！打这以后，书房的"帝国扩张史"不得不戛然而止，书的聚集重心又返归早先那间稍大的书房，只能在"螺蛳壳里做道场"了，我便重新布局，征用一切可利用的空间。比如，书柜里每层一排书变成前后两排，书柜顶上堆放书直逼天花板，地面空闲处则被扎堆的书所占据，一时半会儿用不上的书打包装进纸箱里。此时自家书斋已从局促变为拥挤，好在尚不影响斋主的读书写作，需要什么书可信手拈来，凌乱中自有看不见的秩序。

■ 占领客厅的书架　　　　　　　■ 占领餐厅的书架

说完书房之后，该聊聊书房里的藏书了。

由于专业兴趣的缘故，自家所藏的中文书没什么特别可说的地方，倒是英文藏书有些特点和故事。前面提到同行对我的藏书感兴趣，说的就是英文书。我的英文书收藏始于八十年代，那会儿正在北大读研。北大图书馆的英文藏书之丰富令人叹为观止，坊间流行的说法是，北大图书馆一家外文图书馆藏量相当于全国各大学图书馆的总和，不知是否真确？没多久我就与图书馆的一管理员称兄道弟起来，这便有机会浏览一些特藏室里精彩绝伦的英文书，因为那些书是不外借的。亲眼所见如此之多好书后，收藏英文书的念头便萌生出来，我开始留心各种收集英文书籍的路径。八十年代的北京还真有不少获得西文书的途径，如中图公司常举办西文书特卖会，出售一些国外出版社赠送的样本书，价格几十元一本，这在当时可谓价格不菲，好在买得不多，见到中意的好书毫不犹豫。此外，北大图书馆也会隔三差五把下架的西文书拿出来卖给师生，我也是西文书卖场里的常客，就这样开始了英文书收藏的漫长历程。

随着学识、阅读和交往的扩展，我慢慢地悟出有关书籍的更多门道。其实，对读书人来说，书不只对研究有用，也是交流学术发展友谊的中介。很庆幸自己是个有"书缘"的人，通过和国外学者交流，常常得到不少知名学者的馈赠，诸如法国社会学家布尔迪厄，英国文艺理论家伊格尔顿，社会学家拉什，美国人类学家吉尔兹，心理学家安海姆和加德纳，文艺理论家卡勒，历史学家沃林，丹麦跨文化学者古尔斯特鲁普等。和国外学者交往一方面切磋学术，另一方面还能获作者惠寄大作，真是天下难得的好事！以书结缘不但丰富了我的英文书收藏，亦结交了不少国外学者，有些人甚至成为交谊笃深的好朋友。

值得一提的是和美国学者霍兰德的交往。有段时间我痴迷于

■ 部分国外知名学者赠送的书籍

艺术心理学，霍兰德则是国际艺术心理学尤其是精神分析学派的领军人物，在数年通信后的 1989 年，我有幸和他在上海见面，一顿丰盛的晚餐，边吃边聊很是开心，分手前他问有什么可以帮忙，我说想读些经典的英文专业书。他返回美国后立马寄来七八本美学和文学理论方面的经典之作，其中有古德曼的《艺术与语言》，奥尔巴赫的《模仿论》，还有两本至今我仍摆在案头时常翻阅的经典读本，一是亚当斯和塞尔主编的《1965 年以来的批评理论》，另一是李希特主编的《批评的传统：经典文本与当代趋势》。现在回想起来，这两本厚重的经典读本，对我的学术研究助益颇多，进一步打开了学术眼界不说，还使我对西学文脉和文献有了更完整的把握。

 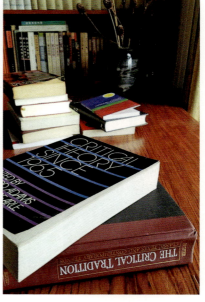

▉ 霍兰教授签名所赠他的著作 ▉ 霍兰德教授寄赠的文学理论经典读本

从八十年代到现在，自家英文藏书随时间流逝而不断增长，组建一个小型图书馆恐怕也绰绰有余。在电子资源唾手可得的当下，这些纸质书似不再是那么珍贵了，不过我反倒认为其价值在当下更加凸显。电子资源作为一种均质化的数字载体，往往显得有高度同一性，人们得到的电子版本无任何差异。纸质书则迥然异趣，这些以不同方式获得的纸质书，有的是作者馈赠并有题词签名，有的是在国外旧书店费力淘来，书上留下了原拥有者的阅读眉批，有的是托朋友或学生在国外访学时购得，还有的是自己网购所得，不消说，每本书后面都有一些值得忆念的东西。

自家书房自家书，那就是我"人生在世"的"生活世界"。坐在

部分英文藏书

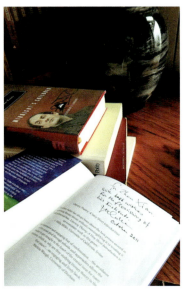

卡勒教授赠送的
《文学理论》并题签

自家书房里读书写作备课，有一种说不出道不明的心境和效力。每每出差在外，或是国外访学，读书写作的环境或许更舒适惬意，却反倒效率不高。所以还是林语堂的说法与我心有灵犀焉："要一间自己的书房，可以安心工作。并不要怎样清洁齐整，应有几分凌乱，七分庄严中带三分随便，住起来才舒服。"

▲ 周宪教授推荐书单

- 朱光潜《谈美书简》（人民文学出版社 2018 年版）
- 宗白华《美学散步》（上海人民出版社 2020 年版）
- 钱穆《现代中国学术论衡》（三联书店 2001 年版）
- 李灿霖《中国美术史》（中信出版社 2015 年版）
- 沈祖棻《宋词赏析》（中华书局 2008 年版）
- （德）叔本华《叔本华美学随笔》（上海人民出版社 2004 年版）
- （意）艾柯《美的历史》（中央编译出版社 2007 年版）
- （德）本雅明《单向街》（江苏凤凰文艺出版社 2015 年版）
- （美）布罗茨基《小于一》（浙江文艺出版社 2014 年版）
- （美）布鲁姆《如何读，为什么读》（译林出版社 2011 年版）

诗曰：

秋深日下色斑斓，开卷寒帷意自闲。

自是书中多美景，白云红叶满西山。

　　　　　　　　程章灿《题全根先西山居》

西山脚下有书香

全根先

———

1963 年生，浙江萧山人，1987 年 7 月毕业于南京大学历史系，获硕士学位，现为国家图书馆中国记忆项目中心研究馆员、中国记忆资源建设总审校。社会兼职主要有中国红色文化研究会常务理事等。主要研究中国文化史、目录学史、口述史学、影像史学，从事中国现当代重大历史事件、重要历史人物记录工程，非物质文化遗产记录与保护，以及著名学者、科学家、艺术家的口述历史采访。出版专著（含合著）主要有：《口述史理论与实践——图书馆员的视角》《丽泽忆往：刘家和口述史》《画语求索：全山石口述史》《中国近现代目录学家传略》《我们的文字》《金刚经史话》《我的抗联岁月》《中华文明史》等二十余种，在《人民日报》《光明日报》《北京师范大学学报》《国家图书馆学刊》《文献》等发表文章一百余篇；目前主持课题主要有：国家社会科学基金支持重大项目《当代中国公众历史记录理论与实践研究》（子课题负责人）等。

我出生于江南农村一个贫苦的农民家庭，一直到上初中，我们家都没有摘掉生产队"倒挂户"的帽子，完全没有生活于"鱼米之乡"的那种富足感。好在家里有几本陈旧得发黄了的古典小说，以及长辈们偶尔讲起的历史故事，使我较早地有了一点文化浸染。如果往前推，

■ 书房一角

我们家倒也算是"耕读之家"了。记得小时候最对不起家里的事情，就是有时会偷偷拿一点家里的旧东西或是鸡蛋、鸭蛋之类去供销社卖，然后到新华书店去买几本连环画看。实际上，这些连环画是我最早的藏书了，只可惜这些书早已荡然无存了。

读书改变了我的命运，也使我与书籍结下不解之缘。可以说，我一直在读书、编书和写书。在这里，我要特别感谢衙前中学（现杭州市萧山第三高级中学）的老师，他们以不亚于大学教授的教学水平向我们传授文化知识，并给予我们父母般的亲切关怀，为我们今后的人生指明了正确的航向，奠定了扎实的基础。1980 年，我考上浙江大学（原杭州大学）历史系，有幸接受系统的高等教育，并遇到了一大批优秀的老师和同学。直到今天，我仍然与几位老师保持着较多联系，如教中国古代史的龚延明先生、教世界古代史的毛昭晰先生等。大学毕业后，我考取了南京大学历史系的研究生，研究方向为先秦思想史。我的导师刘毓璜先生，建国以前毕业于中央大学历史系，出生于具有深厚家学渊源的大家庭，学问根基深厚，

■ 与导师刘毓璜先生合影

■ 跟陈翔华先生（左四）、周绍良先生（中间）合影

治学十分严谨，为人真诚耿直，对我的治学道路影响很大，造就了我对于历史挥之不去的浓浓情怀。

在上大学尤其是读研究生期间，我有了较好的学习和生活条件，可以买一些我喜欢的书了。1980年9月，刚进大学的我就购买了《古文观止》，这两本书一直伴随我至今。1984年9月，我到南京大学读研究生，很快就买了我一直想拥有的《史记》。第二年，我有幸到南京市电大兼课，收入有了较大提高，又买了《资治通鉴》《左传》《汉书》《后汉书》《三国志》《战国策》《百子全书》《十三经注疏》等中国古代经典，以及一大批西方哲学和文学名著。其中，《古文观止》《史记》《资治通鉴》等书曾反复阅读，经常是我出门的必备图书，给予了我丰富的精神滋养。

研究生毕业以后，我来到国家图书馆《文献》杂志编辑部工作，从此开始了编辑生活。1991年秋天，我担任书目文献出版社（现国家图书馆出版社）总编室主任，次年又负责《北京图书馆馆刊》（现《国家图书馆学刊》）的具体筹办工作，与学术界的联系更多了，收藏的图书也越来越多，很多还是作者的亲笔签名本，其中不乏学术名家，珍藏至今。这一时期，我不仅读书、编书，也参加一些著作

■《古文观止》　　■《史记》与《资治通鉴》

的编写工作。例如，我参加编写的《中华文明史》（第七卷，总纂），这套书后来还获得了1995年中宣部"五个一工程"图书奖；参加任继愈先生主编的《中国文化大典》，担任政治、军事部分编委，研究能力有所提高。顺便说一句，在国家图书馆，我要特别感谢任继愈馆长、胡沙副馆长、李希泌研究馆员，他们在我进馆最初几年给予了我许多指导和鼓励，使我在曾经"一切向钱看"的年代能安心学习和工作。1995年，我调至国家图书馆中文采编部，长期从事学位论文采编工作，亲手经过的学位论文不下三十余万种，这一记录恐怕很难被别人轻易打破。

2014年春，我调到国家图书馆社会教育部（中国记忆项目中心）工作。中国记忆项目于2012年正式启动，其宗旨是"为国存史，为民立传"。具体说来，就是以中国现当代重大历史事件、重要历史人

▌1988年刚到北京图书馆（1998年改称国家图书馆）工作

■ 合影（右二，李希泌先生）

物为专题，以传统文献为基础，以口述史料、影像资料等新类型文献的建设为核心，为国家图书馆构建富有特色的文献资源体系，拓展国家图书馆的社会教育功能，并为社会提供新颖、优良的公共文化服务。中国记忆项目中心自成立以来，目前已经完成和正在进行的项目主要有：大漆髹饰、蚕丝织绣、中国年画、东北抗日联军、中国远征军、我们的文字、我们的英雄、学者口述史、中国图书馆界重要人物、人口较少民族口头传统等多个专题资源建设项目。通过口述史采访，积累了大量珍贵的历史文献，并适时向公众提供服务，得到了有关领导的高度重视和社会各界的广泛好评，中央电视台、新华社、人民日报、光明日报、中国文化报、北京电视台等许多媒体对中国记忆项目中心相关活动均有报道。

在口述史采访过程中，我收获的不仅是一些珍贵的历史文献，还获得了很多历史知识和人生经验，更有内心深处的一份感动。2016 年 9 月，东北抗日联军老战士李敏老人（其丈夫陈雷也是东北抗联老战士，曾任黑龙江省省长）应邀来国家图书馆参加纪念"九一八事变"八十五周年活动。李敏同志和其丈夫陈雷曾经因为随抗联部队到过苏联，受到过不公正的对待，蹲过监狱，仍始终不渝地坚守着自己的革命理想，离休以后一直致力于抗联精神宣传。我在陪同参观国家典籍博物馆"红色记忆——纪念中国共产党成立九十五周年馆藏文献展"过程中，在一个多小时的时间里，她一边认真地参观，一边跟我们讲革命故事，还不时地唱起当年的抗联歌曲，其情景令人感动。2018 年 7 月 21 日，李敏同志在参加宣传抗联精神活动中不幸因病去世，我深感悲痛，撰写了《歌声长留山水间》（刊登于红色文化网）、《用生命谱写抗联赞歌》（发表于《人民政协报》）以表怀念。

我还有幸结缘了一大批著名学者、科学家、艺术家，以及非物质文化遗产代表性传承人。像著名历史学家、北京师范大学教授刘家和先生，著名哲学家、北京大学教授陈鼓应先生，"五笔字型"发明人、"改革先锋"王永民先生，中国油画学会副主席、中国美术学院教授全山石先生等，在各个方面给予了我很多帮助，在与他们的交往中深受教益。2019 年 11 月，国际著名马头琴大师、国家级非物质文化遗产传承人齐宝力高先生到北京演出，在与他的交谈中，深为他的敬业精神所感动。与他们交往，阅读他们赠送的著作，对我的内心是一种洗礼。

在北京西山下，我构筑了自己的书房"西山居"，由我的老同学、书法家周崇坚先生题写。这个不大的书房，经常是我下班以后、周末和节假日的工作场所。我在这里完成了《中国优秀博士论文提要》《中国近现代目录学家传略》《国家图书馆与中国近现代目录学史研究》《金刚经史话》《中国图书馆史·附录卷》等著作撰写，审阅和整理了《风雨平生：冯其庸口述自传》《锦绣流光：黄能馥口述史》《一生一事：顾方舟口述史》，以及在非物质文化遗产记录工程中形成的《大漆髹饰传承人口述史》《我们的文字》《文字的记忆》《我的抗联岁月》等，从而极大地拓宽了我的视野，并引导我向口述史学、影像史学、公众史学等新的学术研究领域进发。在理论学习与项目实践基础上，我于 2019 年 9 月出版了《口述史理论与实践：图书馆员的视角》一书，作为近年来学术研究的一个阶段性成果。

2020 年底，我又换了个书房，由"西山居"变成了"稻庐"，而程章灿先生为我写的诗和我自己写的和诗，则由章灿先生秀美的书法题写挂于新家墙上。在我的新书房中，我的一些重要著作和文章陆续问世，诸如《丽泽忆往：刘家和口述史》《画语求索：全山石口述史》（均于 2021 年由商务印书馆出版）、《朱世英：在革命的大熔炉里锻炼和成长》（《人民政协报》2021 年 4 月 2 日）、《一代名师的学术报国路》（《光明日报》2021 年 8 月 12 日）、《甘为中国油画的"铺路石"》（《人民日报》海外版 2022 年 1 月 6 日）。

近年来，因为各种机缘，我还认识了许多收藏家，与他们交朋友。他们堆积如山的丰富藏书，经常使我这个坐拥国家图书馆这座"书城"的人感到汗颜，同时我又真切地感受到中国典籍的浩如烟海、中华文化的博大精深，深感自己的渺小与不足，比当初从乡下出来草木愚夫般的我实在强不了多少。十分荣幸的是，在我的学习和生活中，总有许多的师长前辈、学界朋友对我进行提携和帮助，督促我不断前进，感谢您们一路同行！

■ 在书房阅读

▲ 全根先先生推荐书单

- 刘家和《史苑学步：史学与理论探研》(北京大学出版社 2019 年版)
- 郑师渠总主编《中国文化通史》(北京师范大学出版集团 2011 年版)
- 陈鼓应解读《庄子》(中华传统文化百部经典之一)
  (国家图书馆出版社 2017 年版)
- 冯友兰《中国哲学简史》(北京大学出版社 2013 年版)
- 彭林《彭林说礼》(电子工业出版社 2011 年版)
- (英)罗素《西方哲学史》(商务印书馆 1986 年版)
- 国家图书馆中国记忆项目中心编《我们的文字》
  (清华大学出版社 2015 年版)
- 刘润为《当代思潮论集》(中国出版集团研究出版社 2018 年版)
- 全祖望《全祖望集汇校集注》(上海古籍出版社 2018 年版)
- (美)唐纳德·里奇《大家来做口述历史》(当代中国出版社 2019 年版)

诗曰：

以愚自处乔帮主，山水陶情柳柳州。

溪谷岂能遮远目，素心人立更高楼。

程章灿《题陈冬华愚可斋》

读书杂忆

陈冬华
————

南京大学会计学教授、博士生导师，社会科学处处长，教育部长江学者特聘教授（2013/2014）。南京大学青年学者联谊会会长，第十三届全国青联常委，第十五届江苏省十大杰出青年。本科毕业于浙江工商大学（原杭州商学院）国际会计专业，硕士和博士毕业于上海财经大学会计学院，曾在香港科技大学公司治理研究中心从事博士后研究。主要研究领域为中国文化与制度背景下的公司治理、会计财务及资本市场的相关问题，在《经济研究》、《文学研究》、《管理世界》、《会计研究》、*The Accounting Review*、*Journal of International Business Studies*、*Journal of Banking and Finance*、*Journal of Corporate Finance* 等国内外学术期刊发表学术论文八十余篇。

我出生在苏北农村同兴村（古称赉陈庄）的一个普通家庭。六百年前，洪武赶散，祖上兄弟二人从苏州阊门颠沛流离来到这里，世代务农，绵延至今。我的印象中，村里似乎没有读书特别多的人。听父母说，解放前村里地主家好像有很多书，但后来破四旧，给烧掉了。当时我印象中的读书人，是时任盐城市郊区（后更名为盐都区）教育局局长陈绍宗先生，他毕业于北京师范大学，他的爱人和我母亲要好，所以我也偶尔能得他几句指点。在我心目中，这是最了不起的读书人风范了。绍宗局长年纪比我大不少，但论起辈分，还是同辈。

　　已经不记得我读得最早的书是什么，估计可能是汉语拼音或者看图识字。因为母亲是村里的幼儿园老师，我读书开蒙还是比较早的。母亲虽然只有小学三年级文化，但硬是凭借着自学，成了村里特别受人敬重的幼儿教师。母亲常和我说起，小时候她特别爱读书，可家里还有四个弟弟，实在读不起，在四年级时外公决定让母亲辍

■ 书房一角

学回家。现在我和弟弟两人都读到了博士，母亲很欣慰。1997 年我大学毕业，考上了上海财经大学的硕士研究生，同时，也找到了一份工资还相当不错的工作，当时月薪就有一万左右，还可以先到国外去带薪进修半年。对于我来说，家境并不宽裕，如能早点出来工作，会减轻家里的巨大负担。更何况，当时我弟也在读大学。家里几乎所有人都倾向于我去工作，唯独母亲坚定地要求我去读书。母亲说，任何时候，读书总是对的。我现在常常觉得，我和我弟读的书，就是帮着母亲在读的，我们兄弟二人身上流淌着母亲的血液，延续着母亲幼时没有实现的读书梦。大约四周岁开始，母亲开始带我去幼儿园一起听课，主要母亲这样就可以一边上班，一边照看我。毕竟那时我弟出生了，家里留着两个小孩的话，大人实在带不过来。说是幼儿园，其实没有园，只是一间很小很破的房子，在村子中间

▌2002 年在上海财大会计与财务研究院的办公室办公

十字路口的西北角。不上课的时候，这间房子里面停放着水龙，上课期间，水龙就会抬到外面去。水龙是以前农村里的消防用具，在我眼中就是一个超级大木桶，上面有个类似水泵的设施，可以通过人工增压把水喷到高处。以前村子里每年都会失几次火，不是房子着了，就是草垛着了，尤其是夏天晚上全村人去大队门口看电影的时候，经常看着看着就听见有人高喊一声失火了，大人们就全去救火了，我们小孩子就在旁边看热闹。

　　上小学一年级的时候，我还没满六周岁，不记得自己读过什么书，当然课本还是有印象的，认识的字越来越多了。乡村小学师资奇缺，基本上是从村里的高中毕业生中选出来的。那时候在村里，高中毕业就是很高的学历了。经常一位老师上了几周课，突然就不来了，因为可能去忙别的活了。老师们家里都有田，平时也要下地干活，农忙的时候忙不过来，上课经常会换老师。基本上小学老师都和我家沾亲带故，母亲又是幼儿教师，和我的任课老师们是同事，所以老师们也经常来我家玩，我从小就不怕他们，这也为后来我太顽皮只好转学留下了伏笔。有的课堂上，根本就没有教材。比如三年级的语文课，开学的时候才发现，竟然是我表舅舅来上课。一学期的课，都是朗读雷锋的故事。作为外甥，我自然被点名念得最多。中间还有三次，是我父亲来代课，我真是惊呆了。那三次课上得特别老实。父母都在学校给我上过课，后来我在

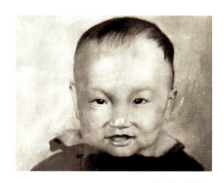

■ 幼时的我

上财任教，我弟正好也考进来读硕士研究生，我也给他上过一整学期的课，想来我们这一家人还真是有趣。

乡下简陋，除了课本以外，能读到的书实在太少太少。但是，这丝毫没有影响我对读书的热爱。在童年记忆中，除了玩耍，基本上都在读书中度过。父母除了象征性地让我们兄弟俩去田里干点活之外，最关心的是我们的功课。还有一个重要的有利条件，我有两个"藏书"十分丰富的邻居，陈礼荣大哥和陈立应大哥，包括连环画在内，他们家的书都有好几十本。在乡下，一家有这么多书，实在是太令人羡慕。因为书非常少，所以各自非常宝贝，书基本都不外借，只能在他们家里看。课余时间，我基本上都在这两位哥哥家里泡着，总是浑然不觉天色已晚，直到母亲喊我回家吃饭。小学的

▌村里小学的教室

330

我，很多字其实还不认识，但是因为书中情节紧张，我也舍不得花时间查字典，就这么一口气囫囵吞枣地读下去。很多书是破的，中间突然少了几页，或者某一页缺了一大角，这些都是常事。那时候看的连环画印象不深了，记得有霍元甲，大部头的书是不少的，大多是章回体小说，比如《兴唐传》《封神演义》《镜花缘》《三国演义》等，每次看到秦叔宝一出场，立马就会精神为之一振。因为书少，这些书就会看上好多遍，书里面的故事不甚了了，但是觉得热闹，仿佛这些人物就在眼前。现在想来，对语文的热爱，大约是从那个时候培养起来的，我的作文也有章回体的风格，有时候不文不白，只管念起来好听。更重要的是，我从一个特别坐不住的小孩，变成了一个可以一坐好几个小时的孩子。阅读对于一个小孩成长的重要性，或者说气质变化，大抵可以从我身上看到一些端倪。

小学五年级，我转到了隔壁的葛武乡小学，平时住在我父亲所在单位的宿舍里。当时父亲是乡电器厂的副厂长，有一单间宿舍，走到学校约两里地。因为父亲分管销售，经常出差，基本上是我一个人住宿舍里。我迎来了人生中离开父母的独立生活，因为如此，开始有了零花钱。父亲生性豪迈，交游广阔，新朋故旧极多，对钱不太有概念，因此对我出手也比较豪阔。1985 年 9 月，我五年级刚开学，父亲帮我准备好了整个学期的饭菜票，同时给了我十元钱，作为一学期的零花钱。这在当时简直是一笔巨款啊，以往我拥有过的最大财产就是五角钱。结果，我到了乡里唯一的供销社逛了一下之后，只用了一下午，就全部花掉了。十元巨款，换成了两套崭新的连环画册，我记得好像是哪吒闹海和大闹天宫，每册都有十本的样子。我在供销社的图书柜台前徘徊了至少一个下午，回到宿舍，又折返到供销社，最后决定买下，想着反正一学期的饭菜票是够的，大不了以后不买别的就行。但是，人算不如天算，没想到在农忙时节，食堂的丁师傅竟然回去大忙了好几天，食堂也就随之关门，我被狠狠地饿了一天多，什么吃的也没有，结果父亲恰巧出差回来了，狠狠地熊了我一顿，同时赶紧带我去小饭馆抚慰了一下我快饿瘪的肚子，这些都是后话。十岁时，父亲到上海出差，决定也带上我去大上海开开眼，我弟在车后面哭着追了半个小时，最后改为全家一起去上海。如今我弟在上海工作，而我却离开上海来到南京，冥冥之中皆有命定呢。在上海期间，父母给了我两元零花钱，我一个人溜出来，在上海街上逛了半天，什么也没买，就买了一本教你如何变魔术的书，还有一副魔术扑克。

离开了村里，来到葛武乡读小学五六年级，还有初中三年，这五年时间我印象中没有读过太多课外书。那时候乡下的学校可能有

陈冬华教授

332

图书馆，但有图书馆我也进不去；也可能没有，至少我不知道有。离开了村里的两位书邻，我也就读不到什么课外书了。父亲办公桌上每年都放着单位发的新台历，每一页上面都印着一个小故事，或者一段名人名言，我就经常翻来覆去地读。这段时间常读的还有一些文学类的期刊，包括《故事会》《读者文摘》《风流一代》，还有《诗刊》。我对新诗的兴趣，就在这时候开始埋下种子。在诗歌里，我发现了一些新的语言秩序，以及不可言传的言传之法。我一如既往地喜欢逛书店，附近几个乡镇的新华书店都逛遍了，没事就骑着自行车去十几里外的书店看有没有新书。只要父母亲进城，就一定要跟着去，我的目的地只有一个，就是盐城当时唯一的一家新华书店，在市中心铜马雕像的西南侧。现在想来，可能也就不到一百个平方的营业面积，那时就算是书的海洋了。但是，这一期间我买的书都是学习方面的辅导书，各省的中考真题、海淀区的宝典。后来，我的辅导书实在太齐全，以至于很多老师都来借，想想当时我也是够牛的。因为辅导书实在太多，在初中生里算是见多识广，因此成绩也一飞冲天，成了全校的明星。后来省重点盐城中学来招生时，父亲问我，想不想报名试试，我立即回答说想。其实，当时觉得自己根本不可能考上盐中，印象中我们初中就没有人考上过，但是我想趁着考试，顺便到盐城市中心的新华书店逛逛，看看有什么新书。结果阴差阳错，我竟然考上了，真是无心插柳柳成荫。考上盐中，成了我命运的转折点，它的重要性怎么形容都不为过，这一切，其实只是源于我想去逛书店的念头。

　　盐中的图书馆是一座非常古朴的建筑，坐落在风景秀美的少先湖中间的小岛上，碧水环抱，竹树掩映。记忆中，下午会对学生开放，可以在馆中读书，也可凭学生证借出。馆中的书不少，我也借过几次，印象最深刻的是我读完了《约翰·克利斯朵夫》，还试图读《少年维特之烦恼》，以及《战争与和平》《悲惨世界》等，但都没读完。后来校图书馆逐渐去得少了，迷上了武侠小说，这一痴迷一直持续到大学结束。在盐城当年弯弯斜斜像鱼肠一样的剧场路上（现在已经改造得很宽阔），一个小巷子里，密密麻麻地分布着不少租读书摊，从东到西一字排开，想来五六家是有的。要是现在来看，算是产业集聚区了。

书摊经营的基本都是武侠小说，还有女生喜欢看的言情小说。古龙，金庸，梁羽生，诸葛青云，卧龙生，那真是看了个遍。当然也看了不少"古尤、金唐、诸葛暗云"的盗版书。可以在现场看，按时间收费，摊主提供小板凳；也可以借走，按天收费，记得每天一角钱。所以读书的速度很重要，要是读得慢，付的钱就多，我的快读能力就是那个时候培养出来的。当年最爱的武侠小说作家是古龙，最爱的作品是《多情剑客无情剑》，有着众所公认的武侠小说最美开篇：

■《多情剑客无情剑》

冷风如刀，以大地为砧板，视众生为鱼肉。万里飞雪，将苍穹作洪炉，熔万物为白银。

雪将住，风未定，一辆马车自北而来，滚动的车轮辗碎了地上的冰雪，却辗不碎天地间的寂寞。

尽管金庸的小说随着影视作品，日益产生了更大的影响，但我依然是古龙的忠实拥趸，坚定粉丝，不离不弃。

高考的时候，竟然自记事以来第一次发了高烧，农村孩子，都不知道发烧为何物，只记得七月烈日炎炎，我坐在考场里瑟瑟发抖，全身发冷，有一种天旋地转之感，结果数学比平时少考了四十分。与复旦的分数线以一分之差失之交臂，意外地跨进了西子湖畔美丽的杭州商学院。在"自由而无用的灵魂"方面，当年的杭商堪称是

■ 书房一角

杭州版的小"复旦",校园里有着当时在杭高校中最大最好的一块草坪,最是令人印象深刻,流连忘返。大一时,我在刻苦背英语单词,几乎把一本英汉双解词典背下来,大二进了校学生会,泡在各项社团工作中约一年半,大三下学期开始准备考研。所以,整个大学阶段没有读太多的书,除了依旧爱读《诗刊》,喜欢读泰戈尔、波德莱尔,自己尝试着写新诗,成了学校蓝星文学社的社长。2013 年,我和北京大学周长辉教授一起创办了挈雲诗社,2014 年,自己又独自创办了海棠诗社,这些都是大学时蓝星文学社的旧梦重温。至今我最钟爱的两个职务,是杭州商学院蓝星文学社社长,和现在担任着的南京大学青年学者联谊会会长。

1997 年 9 月,我开启了上海财经大学的硕士研究生生活,紧接着读博士研究生,又到香港科技大学做博士后研究,前后大约七年的时间,中间大约有三年左右在港科大做合作研究及博士后研究。在课题研究中,帮着导师陈信元教授打打下手,老师往往就会慷慨地给我不少贴补。再加上,偶尔也去夜大兼点课。2000 年我被时任上财校长特许,以在读博士研究生的身份留校任教,分给了我一间筒子楼住,同时开始每月有了固定薪水。特别是,去了香港科大做合作研究,黄德尊教授和范博宏教授给我开薪水,每个月都有一万五六千港币。生活开始不再那么拮据,攒的钱先给父母在老家盖了新房,终结了外面大雨屋内小雨的生涯,剩下的钱,就可以买一些书来看,基本实现了买书的财务自由。因此,严格意义上,真正开始读书,是从上海财大拜在陈信元老师门下开始的。老师知道我家境不太宽裕,总是在各个方面关心我,让我可以更加心无旁骛地读书,做研究。这一段时间,我陆陆续续读了一些至今对我产生重大影响的书(那些专业的书籍和论文我就不提了,那就更多了,

■ 博士毕业与导师陈信元教授合影

■ 对我产生重大影响的书籍

但影响远没有我列举的这些大，且越是随着时间的推移，越是如此）。比如，费孝通的《乡土中国》、波普尔的《开放社会及其敌人》《历史决定论的贫困》《科学发现的逻辑》、哈耶克的《通往奴役之路》和《致命的自负》、顾准的《顾准文集》、布坎南的《同意的计算》、奥尔森的《集体行动的逻辑》、诺斯的《西方世界的兴起》、科斯的《企业的性质》和《社会成本问题》（这是两篇文章，收集在科斯的著作里，在上财图书馆借出的时候，印象中我是第一个借阅者）、张五常的《经济解释》，还有钱穆的《国史大纲》《中国文化史导论》和《中国近三百年学术史》等，闲下来翻翻纪晓岚的《阅微草堂笔记》，里面有一些鬼故事，着实吓人。1997 年到现在，也才二十三年，算是我真正的读书时光。1997 年我已经二十二岁，才开始读书。所以读书不怕晚，再晚，只要认认真真，正心诚意，一定都能有所成。

硕博期间，和书有关的故事也不少，想起来也特别有趣。读硕期间，一位大学同学大老远来看我，结果没聊几句就走了，然后到处去和别的同学说，"陈冬华不得了，我太佩服了"。这位同学一向心高气傲，才气横溢，搞得我一头雾水。后来碰到他，问他怎么如此高看我，他说本来觉得你也没什么，不就是读个硕士研究生么，结果到宿舍聊天的时候，发现你的床头摆着钱穆的《国史大纲》，还是竖排版正体字的，立马就肃然起敬，心里压力很大，一万匹马奔腾，没聊几句就借故遁走，哈哈。还有一次，2000年左右，博士阶段学习开始不久，陈信元老师要把我引荐给香港科技大学的范博宏老师，想请他在研究上多多点拨我。范老师的中国研究造诣很深，对学生的要求也高，就提出来说，要面试我一下，如果我符合他的要求，就同意带我。面试时，范老师问了我第一个问题，后面没有再问，直接决定把我收下，很快就发了邀请函，让我去香港担任研究助理，一起合作研究。他问的是，你最近在读什么书，我回答说，最近在读奥尔森的《集体行动的逻辑》，他立即面露惊奇，问了几个书中的内容，确认我真的在读这本书之后，立即对陈信元老师说，没想到我在读这本书，孺子可教，这个学生我收下了。读这些书的时候纯粹是为了兴趣，折服于书中深邃的思考和绵密的逻辑，当时也不懂得重要性，只是觉得这些书中的知识启发了自己的思考，尚

▌ 2003 年 1 月 10 日博士论文答辩现场及合影

《乡土中国》

不能将之和实际及研究相联系。直到大约十多年后，这些曾经所读的当时看似无用的书，一一地对我的研究和学术产生了重要影响。

正因如此，现在指导学生，在读经典和最新的论文之外，我更从过去所读的书中，精选了一百五十余本，作为我弟子的指定推荐书目。每周我们都举办读书会，一起研读。奇文共欣赏，疑义相与析，不亦说乎。推荐书目随着时间的推移，不断地增删，其中大多不是专业书籍，有经济学，社会学，历史学，政治学，文学，哲学，艺术，还有中国传统修齐治平书目，多是当下看似无用实则日后受用无穷的宝贵典藏。学生不必也不可能在校时读完，很多书可以反复读，书读百遍其义自见，不读几十年，很难真的明白其中奥义。比如，初读钱穆先生的《国史大纲》时，只是觉得惊奇，这种惊奇一直在我的思维中蛰伏、发酵，直到后来，读这本书大约十二年后，对我的研究产生了颠覆性的影响，且这一影响如今还在愈演愈烈中。好书不仅改变自己的学术研究，也会对他人产生很大的影响。2010年前后，时任香港中文大学商学院院长的黄德尊教授叫我推荐一点对中国问题研究有帮助的中文书给他，于是我推荐了费孝通先生的《乡土中国》。黄老师对这本书赞不绝口，其后十年，他的研究明显受到了这本书巨大影响。甚至说，黄老师在这本书（还包括我后来推荐的翟学伟先生的《中国人的关系原理》）的基础上，构建出了新的中国公司治理研究的理论框架体系，令人耳目一新。

大约 2008 年，我与张二震教授同车去盐城开悦达投资的董事会，车程大约三个小时。张二震教授是我十分敬重的资深经济学家，一路上我向他请教经济学知识，张老师不嫌弃我基础薄弱，对我悉心指点，并向我推荐了德国经济学家弗里德里希·李斯特的《政治经济学的国民体系》。特别感谢张老师的推荐，这本书让我了解到，在亚当·斯密以外，还有另一支多少被历史主流淹没的重要经济学说，而李斯特的理论或许更加适合发展中国家。这本书的理论，最终成为了回答我在中国公司治理研究中诸多困惑的基础支撑。他山之石可以攻玉，有的时候，寻寻觅觅，那人就在灯火阑珊处。

2012 年，感谢冯芷艳处长的厚爱，我出席了在西安举行的国家自然科学基金委员会管理科学部 2011 年度工商管理学科青年科学基金项目主持人学术交流会，任分会场主题报告人。在那里，我遇到了北京大学光华管理学院周长辉教授（北林子），长辉教授对于中国文化的精研、中西哲学的贯通、管理学中国化的执着以及服务国家发展的热忱，深深感染和震撼了我。之后与长辉教授的进一步交往中，我开始思考经济学、管理学背后文化的作用。静水流深，那些真正发挥作用的力量可能常常隐藏在难窥之处。以前我的研究沉浸在制度的作用中，着力从新制度经济学视角来考虑问题，如今，我需要进一步思考，谁创建了制度，为什么要创建制度，谁执行制度，为什么要执行制度，谁改革制度，为什么要改革制度，这些都要回到人的层面，人受到文化的塑造，文化的背后是哲学。于是，我开启了读社会学、文学、历史、哲学的新旅程，以中国的为主，兼顾西方的一些经典。比如，迈克尔·波兰尼的《科学、信仰与社会》和《个人知识：迈向后批判学》，卡尔·波兰尼的《大转型：我们时代的政治与经济起源》，格兰诺维特的《镶嵌：社会网与经济行动》，翟学伟的《中国人的关系原理》，韦伯的《新教伦理与资本主义精神》，勒庞的《乌合之众》，黄光国的《儒家关系主义：文化反思与典范重建》，周晓虹的《中国体验：全球化与中国人社会心态的嬗变》，金观涛和刘青峰的《开放中的变迁：再论中国社会超稳定结构》，瞿同祖的《中国法律与中国社会》，亨廷顿的《文明的冲突与世界秩序的重建》，孔飞力的《中国现代国家的起源》，罗尔斯的《正义论》，汉密尔顿等的《联邦论》，余英时的《中国近世宗教伦理与商人精神》，苏力的《大国宪制：历史中国的制度构成》，赵汀阳的《天下体系：世界制度哲学导论》《第一哲学的支点》《论可能生活》《天下的当代性》和《惠此中国：作为一个神性概念的中国》，康德的《实践理性批判》和《纯粹理性批判》，冯友兰的《中国哲学简史》，海德格尔的《存在与时间》，梁漱溟的《东西文化及其哲学》，边沁的《道德与立法原理导论》，蒋庆的《公羊学引论》，杜维明的《否极泰来：新轴心时代的儒家资源》，徐复观的《儒家思想与现代社会》，李泽厚的《人类学历史本体论》《寻求中国现代性之路》和《李泽厚对话集：中国哲学登场》，余英时的《中国文化的重建》

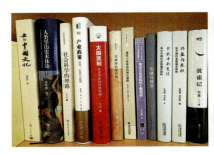

■ 对我产生重大影响的书籍

■ 对我产生重大影响的书籍

和《中国思想传统的现代诠释》，涩泽荣一的《论语与算盘》，等等。包括以前的很多书，我也经常拿出来重读，又会有新的体会。读书越久越多，越发现迈克尔·波兰尼关于知识的观点多么正确，不同知识之间如何互相整合，在我们的思考体系中形成新的增量，这些都深隐着，无从直观感受。

其中，对我影响最大的，是翟学伟先生的《中国人的关系原理》。约 2015 年左右，闲逛五台山先锋书店时，看到这本书，觉得非常新奇，关系还能做研究？还有原理？于是立即买下一本。记得当时我还发了一个朋友圈，说接下来要精读这本书，有个朋友还留言"嘲笑"我，说"没想到陈老师也开始研究这个啦"，想来这位朋友是把这本书归入厚黑学一类了。看了这本书的介绍，才知道作者竟是南大的同事，任职于社会学院，之前我完全不认识翟先生，也未曾听闻。翟先生的这本书我前前后后读了很多遍，阅读还渐渐延伸到他的其他著作，以及文章。中间陆陆续续还听过他几次演讲，包括一次登门请教。翟先生关于关系的理论洞见，涤清了我对于关

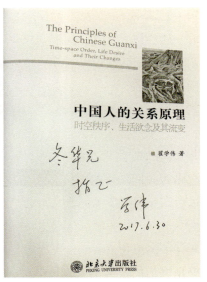

■《中国人的关系原理》

系曾经模糊的定义，解开了我的诸多一直疑而不得其解的困惑，重构了我以前那些碎片化的、流于表面的关于中国人和社会的认识，成为我思考中国人契约行为及其治理方式的新基础。经由翟先生的理论，我初步完成了中国哲学与文化和中国契约与公司治理之间的沟通与对接。很庆幸供职于南大，可以有翟先生这样的同事。更后来，偶然间发现，翟先生竟和我住同一个小区，还在小区同一条街上，两家相距不过百米，常常觉得，我们一定是"这条 Gai 上最靓的仔"。

前面讲的，是我与书的故事，盖因我拥有书房较晚。读研究生之前都是书非借不得读也，先向邻居借，中学大学向图书馆借，或者向书摊借，研究生阶段才开始买点书。波普尔的《科学发现的逻辑》这本书，是我的一位至今已经忘记姓名的朋友在上海财大中山北一路校区后面的广灵路旧书摊上帮我淘的。真正开始有了买书自由，也不过近十几年的事。要说拥有书房，那就更不敢想了。所幸南大商学院为教师提供的办公条件不错，从 2005 年调任南大开始，就拥有了自己独立的办公室，所以说，我的第一个书房，应该是办公室，书摆满了办公室的三面墙壁，还有一面是落地窗，可以远眺紫金山和玄武湖，近观鸡鸣寺和紫峰大厦。至于在家里，则始终没有布置一间独立的书房，一来书也实在没有那么多，办公室里摆满以后，家里剩下的，有几个书架就够了；二来房子的面积也不够大，要专门辟出一间做书房，比较自私了些。前几年搬到了乡下的新家，一下子宽敞了不少，于是给自己留了一个大书房。随着书逐渐增多，家里书房的三面墙壁基本也放满了。我为山中陋室取名叫素心楼，书房就叫愚可斋。闻多素心人，乐与数晨夕，素心人就是这一本本的书，读书可以与古往今来无数圣贤名士乐数晨夕。无论在多么偏僻的地方，无论有没有社会交往，只要有好书相伴，便是想寂寞，也寂寞不起来。书中有黄金屋和颜如玉是骗人，但有无数朋友是真。他们皓首穷经，一生才智，往往就倾注在这一两本书中，而你常常一周、一旬、一月或者一年就可以读完，何其痛快，何其上算。一个中国的读书人，总是怀揣着格致诚正修齐治平的理想。从以前没书读，到现在有了两个的独立书房（办公室和家里各一个），眼看着女儿也开始有了不少书，逐渐有了书房的模样，读的书比我当年不知道多了多少倍。两相对比，不免有些成就感。

陈寅恪先生晚年目盲，然所读之书已尽在胸中。读书人的书房，有形的其实固不足论也，在时光中流动，在岁月中沉淀，唯君之所在，即书房之所在；唯君之所往，即书房之所往。书房，非一排书

架，非一寓书斋，亦非陈列藏书之华堂草舍，而是不断行走的精神家园，充塞于天地之间。这是今年 7 月 15 日在朋友圈转发"上书房行走第十五期：走进翟学伟教授的书房"时，写下的一段感想，以此作为小文的结尾。

▲ 陈冬华教授推荐书单

- 余英时《中国思想传统的现代诠释》
  （江苏人民出版社 1991 年版）
- 费孝通《乡土中国》
  （江西教育出版社 2020 年版）
- （英）哈耶克《致命的自负》
  （中国社会科学出版社 2015 年版）
- 钱穆《国史大纲》
  （商务印书馆 1996 年版）
- 翟学伟《中国人的关系原理》
  （北京大学出版社 2011 年版）
- （美）亨廷顿《文明的冲突与世界秩序的重建》
  （新华出版社 2018 年版）
- （美）罗尔斯《正义论》
  （中国社会科学出版社 2001 年版）
- 苏力《大国宪制：历史中国的制度构成》
  （北京大学出版社 2017 年版）

- 梁漱溟《东西文化及其哲学》
  （上海人民出版社 2020 年版）
- 李泽厚《人类学历史本体论》
  （青岛出版社 2016 年版）

诗曰：

明窗长日惠风和，万卷书丛自在多。

迢递神游千载上，纵横踏遍旧山河。

程章灿《题范金民自在斋》

书房琐语

范金民

————

江苏无锡人。现为南京大学特聘教授、历史学院博士生导师，兼任中国明史学会常务副会长，中国经济史学会理事。享受国务院政府特殊津贴。曾为美国哈佛燕京学社访问学者，日本京都大学文学部客座教授、人文科学研究所外国人研究员，曾在韩国高丽大学、中国台湾东吴大学和暨南大学、香港城市大学讲学。国家社科基金重大项目"江南地域文化的历史演进"首席专家，主持国家清史工程《传记·类传·循吏·孝义·忠烈》卷。出版《衣被天下：明清江南丝绸史研究》《国计民生——明清社会经济研究》《科第冠海内人文甲天下：明清江南文化研究》《明清社会经济与江南地域文化》等专著，在《中国社会科学》《历史研究》《中国史研究》《中国经济史研究》《文史》及海外刊物发表学术论文一百五十余篇。代表作两次获江苏省哲学社会科学优秀成果一等奖。

一、藏书琐忆

我真正有自己的书房已经很晚了，应该从 1998 年夏搬入高教新村有单门独户的住房算起吧。1986 年从南大毕业留系工作后，差不多平均两年搬一次家，而且前三次均是一间，后两次是合套户，一家三口挤在单间或一间半房子里，自然不可能有"书房"。女儿做作业，妻子偶尔写科研文章，本人伏案看书写作，结婚时请木匠做的一张写字桌，通常情形下是我霸占的。硕士和博士学位论文以外，前后发表了五十篇左右学术论文，《江南丝绸史研究》和《明清江南商业的发展》两本专著，就是在那张布上了斑斑汗渍的书桌上完成的。现在想想，真的对不起我的家人。

■ 在南大校门口留影

高教新村的住房，号称三室一厅，有了厅堂，有了卧室，有了厨房，西南朝阳一间就做了书房。房子装修时打造了四个顶到天花板的双层书橱，贴墙一字排开，橱内塞满了常用的书，中间一张大桌子，居然像模像样成为书房了。说到书房，不免惭愧，我的藏书其实很少。父母不识字，我们那个文正公的后代居住的范家水渠，明末天启年间近四百年来我是第一个大学生，上学时好像一本书也没带，最初工作的十几年间，既买不起书，也没地方放书。所以买书藏书定下自我约束的三原则：大部头书绝对不买，图书馆有的书原则上不买，一次性阅读的基本不买，而专买专收工具书、资料性质的书，相关学人的著述，或借阅困难的书。

书不多，书房十几平米又不大，但我辈舌耕为生，与书为伍，天长日久，也居然积起上万本书。书一多，放书就很伤脑筋。先是由妻子设计出每一层可放双层的书架，就是每一格中放置一个八公分高的长条小板凳，这样可以在里层放置一排小三十二开本的书，仍能看到书脊上的书名，可以检阅。因此之故，我最不认同时下出书的所谓个性化，不管开本大小，奇形怪状，奢华包装，不但糜费漫无节制，而且很不利于放置。后来搬到现今居住的龙园北路八十号，又学同事夏维中教授等人的办法，在较为宽敞的厅里动起脑筋，除了电视机的位置，一壁全部打造成书架，可以放置一些豪华的巨

■ 书房一角

型图册。如此这般，还是难以容纳，就只好侵占收贮衣服的壁橱、相对宽敞的女儿的卧室。继而请示妻子，蚕食她的一个书架中的一两格。还是容纳不下，就只能将书堆在地板上，搁在阳台上，风晒雨侵，虫噬蠹食，也就顾惜不得了。行文至此，不禁想起复旦葛剑雄老师1995年请我与春声、支平兄到他学校附近的家，好像是两室一厅的房子，葛老师颇为得意地介绍他定做的铁质书架，简朴结实，可以根据书籍的开本调整层级的高低。如今看来，如此螺蛳壳里做道场，功用毕竟有限。

书房小，摆放则更费斟酌。重要的书、常用的书，自然放在目力所及的显要位置，不怎么重要、不常用的书，自然放在第二排或下层，或壁角柜底。天长日及，不少书根本找不到。忆及2004年秋，到东京大学东洋文化研究所大木康教授的办公室，寒暄坐定，目力所及，主人将我送他的两本著作放在底部的里层，见我目光所及，主人反应敏捷，连连打招呼，同时将书移至上层外排。其实大可不必，大木康先生也曾赠我《冯梦龙〈山歌〉の研究》和《明代江南出版文化の研究》等代表作，因不常参考，我有否陈列在书架上都记不得了。书架外层，每排书上仍有十多公分空档，于是塞满了书，至于是否犯了古人不在书脑上压书的古训，那就顾不得许多了。

■ 书橱

四壁除了门窗都排了书橱，条轴、镜框之类就没有了位置，因而我的书房没有任何字画尺幅。记得1996年春，安徽师范大学校长、明清史学家张海鹏赠送的刘禹锡诗的条幅，高中语文老师林先老师为我写的中堂对联等，均曾在高教新村的书房展挂过，后来藏书与日俱增，只好收入箱笥中尘封。2001 年，业师陈得芝教授题签的斗方"前疑惟辨，旧史惟新"，有《黄庭经》书法之风，熠熠生辉，我托高手精心装裱一过，但至今尚未挂出。我的书房，有书而无书卷气，也是一个特点。

业师陈得芝教授题签斗方"前疑惟辨，旧史惟新"

我是从事史学教学和研究的，职业特点，凡事总往年代上想，总以为，人文类书籍的价值与日俱增，越早越好，版本越齐越有意义。所藏虽谈不上明椠清梓，更遑论宋板元刻，但自我感觉也有一些可以派上用场可以传之后世的书。如近当代中国社会经济史学家吴承明、李文治、傅衣凌先生等人的著作，先师洪焕椿先生的著作，当代明清史学名家方行、韦庆远、杨国桢先生等人的著作，海外学人如日本的明清史学家森正夫、川胜守、夫马进、松浦章、岸本美绪、岩井茂树、大木康等人的著作，无论原著，还是译本，以及我国台湾明清史家如徐泓、林丽月、刘石吉、赖惠敏、邱澎生、邱仲麟、巫仁恕等两代人的著作，基本是齐全的，同辈友人，如时下风头正健的唐力行、李伯重、赵轶峰、陈宝良、陈支平、陈锋、许檀、常建华、王振忠教授等人的名著，自不待言，在我的书房中大体上都能找到。当然还有一些书，说不定南大图书馆或南京图书馆等江苏地面的图书部门也未必收藏，如日人山肋悌二郎的《长崎の唐人贸易》，森正夫的《明代江南土地制度の研究》，夫马进的《中国善会善堂史研究》，砺波护、岸本美绪、杉山正明的《中国历史研究入门》等名著，中国第一历史档案馆编的《中国第一历史档案馆馆藏朱批奏折财政类目录》《明清宫藏中西商贸档案》和《康熙朝汉文朱批奏折》等，都是有裨实用的书籍。至于本人的专业明清史范围的主要工具书，更无待细言，置备是较为齐全的。

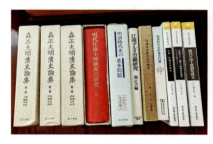

■ 森正夫赠送的书籍

■ 在松浦章先生办公室（1998 年秋）

■ 与夫马进先生（右）等
在京都桂离宫赏红叶

■ 与徐泓先生（中）和大木康先生

　　书是看的，有用就行。疫情期间，图书馆利用不方便，我不出家门，居然完成数篇论文，说明我的藏书是可以派点用场的。只是因为早年手头紧，薪俸低，价格稍贵一点的，或成套的，或大开本者，大多未买，现在拜改革开放之赐，感谢国家和学校，提高我等学人待遇，买书基本不成问题，不再缩手缩脚，将一套中的缺册配齐，将小开本换成大开本（如《中国丛书综录》由三十二开本换成十六开本），将盗版本换成合法本

（如《儒林外史》、钱锺书《围城》之类）。所藏之书，就成了同一版本而印刷年代不同的五颜六色的拼镶本。手头的铅印《清稗类钞》，一套十三册，就有1984年11月的初印本到2003年8月的第三次印刷本三种颜色。所藏书籍，同一套书印次颜色不同，可能是我书房的一个特色，清晰地留下了我买书藏书的印记。

书一多，如未全部上架，临到用时，查找就成大问题。往时来书时，可能随手一扔，现在想起要用，翻箱倒柜，层层挪动，弄得满头大汗，往往仍不见踪影，而过了一段时间，说不定又自行冒出来了。我记性不好，藏书又无章法，因而苦头吃足。其实此种情形，恐怕较为普遍。前几年常去日本学术活动，尤其喜欢参观日本学人的办公室，都是满满当当的一屋子书。听老友岩井茂树先生介绍找书"经验"，自己的书，需要时往往是找不到的，还是到图书馆去借阅比较省事。日本学人通常是办公室与书房合二为一的，国人办公室与书房远隔数里，临时到图书馆借阅很不现实吧。"书到用时方恨少"，变成了书到用时找不到，住房不宽敞，实在苦恼！穷人做学问，就要瞎费多少无用功！

■ 与岩井先生在京大人文研北白川分馆庭园内

书一多，只进不出，就难以为继，找不到放书的空地方，就只能随时清理。利用清理之机，不但清理掉长久不用往后估计也无甚用处的书，而且可以"发现"冷落已久还有保留价值的书，更往往能清理出买重甚至屡次重复的书。但每次理书，总是战绩不佳，于己有用的书自然不能扔，于人或许有用的书也不宜扔，眼下无用但日后或许有用的书舍不得扔，签名本不便扔，师友、同事以至学生的书不能扔，屡屡搬家随自己播迁的书不甘心扔，内容平平但装帧精美的书不忍心扔，搜集成套的书扔了对不起自己，这样一来，每次能剔除的总是微乎其微。如能清理掉数十本书，清出一方小天地，免不了窃窃自喜一番，高兴一阵子。只是心情喜悦为时甚短，要不了多久，通过买书和接受师友赠书，清出来的方寸空档就会迅速完全填充，而且陈陈相因，继续漫无边界地扩展开去，只能望书兴叹而已。

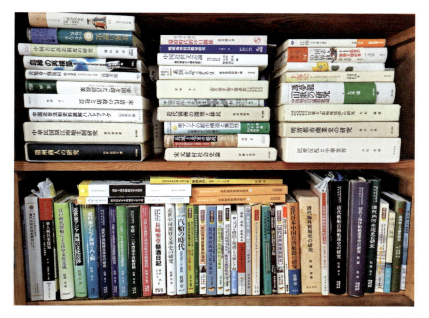

■ 师友赠书

二、读书絮语

我出生在上世纪五十年代中期的无锡乡下，虽号称鱼米之乡，但在那个特殊年代，在我开始认字可以读书的时候，全家尚只能维持温饱，"贫农"之家只有几本课堂教材。上的小学、初中、高中都是校舍简陋的乡村学校，现在早已荡然无存。学校图书馆书本不多，文革后期看课外书又受到限制，如今人人能读的历代名著，当时很多列为封资黑一类书，我们很难得见到。记得只在初一时，看过《钢铁是怎样炼成的》《三国演义》《七侠五义》《包龙图》《卓娅和舒拉的故事》等几种课外书，《三国演义》等书还是从同村的由上海回乡的族兄那里借看的。上高中是 1972 年春天，所谓邓小平路线回潮，教育恢复正规，但看课外书仍受到限制。只看了《春光大道》《沸腾的矿山》《青春之歌》《野火春风斗古城》等少数几种书，有次弄到一本《封神演义》，还被班主任发现没收了去。

高中毕业之后五年，一年到头从事田间劳动，三年中兼任大队或小队干部，无书可看，出于工作需要，偶尔看点《科学种田》用于"指导"农业生产。其中 1975 年，在公社稻麦良种场，不知怎么看了一本《帝国主义侵华史》第一卷，好像是中国科学院近代史研究所张振鹍先生主编的。看后收获很大，但其中有一处我觉得前后交代不清楚，衔接得也不好，写了一封信给作者，居然得到张先生的回复，大加肯定。这也成为我后来考大学填报历史专业的直接动力。前后算来，上小学是正规的，读了六年书，初中两年，未学到什么，高中两年半，稍微正规点，但读书并不多，所以我的知识基础真的很差。

真正系统尽情地看书，是在 1979 年考进南京大学之后。入学进入了新的天地，抓紧时间，不分寒暑，认认真真地读了不少书，用眼下流行的俗语来说，真的是恶补了不少书籍知识。1983 年考上硕士生后，师从洪先生，从事明清史专业方向的研究，那就必须面对明清文献、清代档案和民间文书等浩如烟海的材料。较有意思的是，1987 年某日，到洪先生家，先生说有《金瓶梅》，每个教授可买一套，他不想买，若我要，可以将指标转让给我，我表示要买。后来买下该书，是齐鲁书社出版的王汝梅等校点本，书名张竹坡批评第一奇书《金瓶梅》，版权页上写的是 1987 年 1 月第一版，1 026 千字，印数一万套，定价二十五元。上下两册，打开一看是个删节本。虽然花去我一个月工资的足足三分之一，但一直颇有几分得意。2016 年 7 月，读到《作家文摘》转载的我校文学院丁帆兄的《我在"茅编室"的日子》一文，方知人民文学出版社 1985 年 5 月已出过一个戴鸿森先生校点的删节本《金瓶梅词话》（上中下三卷本），印数是一万套，定价十二元。2016 年 11 月，又读到《作家文摘》转载的宋春丹先生的《〈金瓶梅〉的脱敏之旅》一文，更进一步得知该书出版时，校点者王汝梅先生是吉林大学教古典文学

■ 校园留影

的青年教师，该书确是张评本第一次在大陆排印出版。此人人皆知的"淫书"《金瓶梅》，我至今仍然认为，是了解明代社会风情日常生活最优的明代文献。

开始认字近六十年，从教三十五年，较之同龄人，读书着实少，天资又弱，悟性本差，因而读书体会不深。若硬要说有什么感悟，似有以下几点。

一是有机会有条件读书，真好！我出身农家，早年想读书而无书可读，后来通过考试，赶上了从事文化工作的末班车，感谢这个时代，感谢国家和人民，提供了读书研究的优裕条件。我自从有了属于自己的书房后，无论在高教新村，还是在现今的龙园北路，还是即将搬迁进去的仙林和园，窗明几净，尤其是春秋季节，风和日

丽，气候宜人，阳光洒满书房，在此场景下做自己想做的事，我不烦人，人不烦我，读书作文，感觉真不啻神仙般地好。

二是从事历史研究尤其是明清史研究，有读不完的书，做不完的笔头事，真好！我读书、教书，国家和人民付我日见提高的报酬，我藉此教读所得，养家糊口，丰衣足食。有时不免胡思乱想，世上还有比这般更干净体面的职业吗？早在我留校工作不久，有次家母来宁，听她述说已经说了无数遍的困苦家史。连续三天，我一边看书一边应和她。她突然反应过来，我怎么一直在家，问我"你怎么不要上班工作的呢"？我禀复她，我现在一边听您训教，一边就在工作，看书就是我的工作。家母直到逝世也不明白，看书是自己的事，看书怎么就是工作了呢？"看自己的书"就是在工作，还有比

这更有意义的事吗？

三是读书成为权利和义务，成为日常习惯，成为生活方式，真好！如果读书不是出于自愿，就会静不下心，坐不下来，读不下去，而如果读书的出发点像孔子教导的那样"为己"而完善提高自我，读书成为责任义务，成为人生态度，成为生活方式，就会越读越有滋味，就会抵御住各种干扰和诱惑，就会荣辱不惊，心平气和。出门候车候机，我掏出明清笔记看看，一两个小时，很快就身心愉悦地过去了。平时则常常自励，读书一辈子，从事历史研究与教学，总要有所"发现"，有所贡献，能够传承既有，能够发扬光大。我悟性低，记忆力差，但掌握了查找材料的基本方法，每天读书，读人们未读之书，日有所得，往往能够不断"发现"新材料，说明新问题，自己的胸襟在不断充实，相关的研究项目得以完成，同时对社会的厚赐也有回馈。曾经沧海难为水，家门口从不会车马喧，自然不存在门庭稀的衰相，不是很好吗？

▲ 范金民教授推荐书单

- 司马迁《史记》（中华书局 1959 年版）
- 张廷玉等《明史》（中华书局 1974 年版）
- 吴楚材、吴调侯选《古文观止》（中华书局 1959 年版）
- 张伯行选编《唐宋八大家文钞》（上海古籍出版社 2019 年版）
- 罗贯中《三国演义》（人民文学出版社 1998 年版）
- 施耐庵、罗贯中《水浒传》（人民文学出版社 2008 年版）
- 赵翼《瓯北集》（上海古籍出版社 1997 年版）
- 吴敬梓《儒林外史》（黄山书社 1986 年版）
- 李宝嘉《官场现形记》（人民文学出版社 1957 年版）
- 沈德符《万历野获编》（中华书局 1959 年版）

诗曰：

明灯照彻夜茫茫，一卷摩罗诗脉长。

更有泰西红学在，真堪摆谱上书房。

程章灿《题黄乔生摆谱斋》

有书在，灯亮着

黄乔生

———

1986 年毕业于南京大学中文系比较文学与世界文学专业，文学硕士，现任北京鲁迅博物馆（北京新文化运动纪念馆）常务副馆长、《鲁迅研究月刊》主编。著有《度尽劫波——周氏三兄弟》《鲁迅像传》《百年巨匠：鲁迅》《八道湾十一号》《字里行间读鲁迅》《吾国吾民 1919》等；编辑图书《回望鲁迅》《回望周作人》《鲁迅藏拓本全集》《中国新兴版画 1931——1945》《台静农全集》等。

南京大学图书馆在微信公众号上创设"上书房行走"栏目，程章灿馆长命我写一篇小文介绍自己的书房。这很使我惶恐。环顾寒舍，不但没有书房，书也寥寥无几。我的这间住了十五六年的单元需要整修，2019 年底已将书籍等物品暂存他处，正要动工，却遭遇

瘟疫流行，荏苒至今，还处
于在空房里行走的状态。

就在接到命题的前一天，
我在公众号上看到一篇报道
《有您在，灯亮着》，记述江苏
省作家协会领导到一百零二岁
的杨苡先生家中拜访，很感温
馨。报道配发的照片中有一
幅以书柜为背景，那就是"书
房"了。我印象中，杨先生和
赵瑞蕻先生并没有独立的书
房。我上学的时候，赵先生就

■ "书房"一面，架子大格子宽

■ 办公室书柜

在摆着书桌和书柜的拥挤客厅里读写、上课。2019年，杨先生百岁华诞，我去看望，坐在卧室里说话。书柜上摆放多幅照片，拍摄地有天津、昆明、重庆、北京和南京，照片中有巴金先生、沈从文先生、杨宪益先生、赵先生、杨先生、儿女、孙辈、曾孙辈……她以轻快、流畅和调侃的语调谈论着这些大人先生和妇人孺子，充满温情和趣味。当天晚上我跟博物馆、纪念馆同事们聚会，向他们介绍这情景，大家赞叹百岁老人的记忆力，感动于她写下的"爱是永不止息"。而那天在杨先生卧室兼书房的一坐，让我生出这样的感慨：书房固然重要，但更重要的是行走。人过百岁，从卧室走到客厅也不是一件容易的事了。

没有专门的书房，不妨以"行走的书房"自嘲或自诩。我跟赵先生和杨先生一样，没有一间所谓的"书房"，搬家前，书桌和书架散落在客厅和阳台，书放不下时只好满地堆垛。我的书种类杂乱，也没有什么珍贵版本，不值得枚举。这次装箱搬运，略作清理，不免要扔掉一批。特别要向师友们报告的是，南大读书时期的购书和师友们的赠书都保留了。装箱时，是不大有时间仔细掂量的，扔或不扔，端在一念之间，感情是决定天平倾斜的较重砝码。例如，几本发黄变脆的

《管锥编》，是二十世纪八十年代初印刷的，封面破烂，其中一册前面十几页几乎要脱落下来。这书现在有了新版，没必要留存，正要扔进废品箱，却翻见扉页上写着"1984年5月，上海"，想到这是和几位师兄陪赵先生去南宁开会，路过上海，在福州路的书店购买的，距今已三十多年。自然，这几册就留了下来；还有在校时购买的教材《英国文学作品选》《英国文学史》等，也没舍得扔；又有在外文书店二楼买的影印外国书，因为纸张不佳，装帧简陋，而且有些书字号太小，本打算处理，但有几本不但写着购买日期和地点，而且还夹有发票或收据！终于不忍丢弃，也且留下作为纪念。

■ 中文系1983级部分研究生跟随老师在南京郊区考察（后排右一）

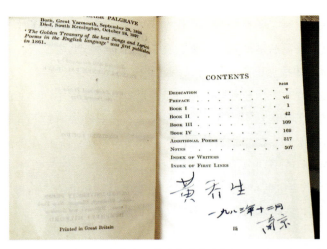

■ 在南京外文书店购买的《英诗金库》（*Golden Treasury*）

　　特别对待的是师友签名赠书，单独装箱。其中有赵先生和杨先生的著译《诗歌与浪漫主义》《梅雨潭的新绿》《诗的随想录》《鲁迅〈摩罗诗力说〉注释·今译·解说》《欢乐颂与沉思颂》《离乱弦歌忆旧游》《春泥集》《天真与经验之歌》《呼啸山庄》等，有同学们的著译《纸上尘》《旧时燕》《南京传》《提前怀旧》《夜色温柔》等，还有师兄从巴黎莎士比亚书店买回的图书，目录恕不详列。《诗的随想录》扉页上有赵先生写的一段话，讲述他在新诗形式上的思考和探索。我还有一本赵先生在南大讲授英诗课的打印讲义稿，是雪莱、济慈、华兹华斯等名家诗歌的翻译和注解，取名《金果小枝》，沈从文先生题签。搬家之前，我的书架上，师友们的著作总是在一个显著位置。搬到新的地方，仍集中在几个箱子内，找出来并不难。

　　我现在书桌上的书，是瘟疫流行一年多新积起来的，其中就有因为急用从包装箱里找回来的。主要分两大类，一是《红与黑》的

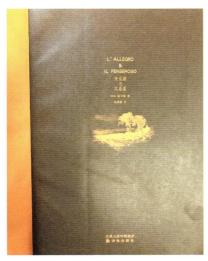

■ 赵瑞蕻先生译英国弥尔顿　　　　　■ 杨苡先生译《呼啸山庄》
《欢乐颂与沉思颂》

中外文版本、中译文稿和相关
著作。在接到命题前一天，我
在微信中与范东兴学兄商量
《红与黑》译文校勘和编辑出
版的事。先师赵瑞蕻先生是
《红与黑》的首位汉译者，但
只译出七十五章的前三十三
章，1944年由重庆作家书屋
印行。作为中国第一部《红与
黑》译本，尽管只有半部，初
版本的珍贵自不待言，我手头
没有，赵先生女公子赵蘅曾发

■ 赵瑞蕻先生译《红与黑》，1944年初版

来照片，封面红底白字"红与黑"三个字饱满端正。二十世纪八十年代，赵先生不满意当时流行的中译本，决心将下半部译出，同时修订 1944 年版上半部译文。他为此做了很多准备，我和几位师兄也曾协助搜集资料，如翻译司汤达的自传《亨利·布吕拉传》。遗憾的是，赵先生生前没能完成这项工作。

两年前，我们几位同学与译林出版社的顾爱彬学兄、中原出版集团的张胜君等聚会，深感续成赵先生《红与黑》译本完整版的必要，商定由建清学兄将上半部录排核校，东兴学兄续译下半部。现在这工作已接近完成，东兴学兄不但将从第三十四章即第二卷第四章起至卷终译完，而且补译了赵先生没有翻译的各章节题词，校正

■ 杨苡先生、赵瑞蕻先生与赵先生指导的
南大中文系 83 级比较文学专业研究生（后排右一）

和补充了书中个别误译和漏译的地方。我的法文还不够好，在校勘方面难有什么贡献，只觉得译文生动流畅。此次阅读《红与黑》，我获得一个强烈印象便是"行走"。司汤达不只是一个在书房里行走的文人。他曾是军人，追随拿破仑远征莫斯科；他也是审计官，账目清楚；他当过领事，善于交际；当然，他还是一个情人，勇敢地"爱过"。几种角色奇妙地结合在他身上，其作品之魅力可想而知。

赵先生为 1944 年译本所写的序言，是译者献给作者的赞词，是一首热情真挚的诗篇，今日读来仍令人陶醉。我阅读时，因为带着检查错字的任务，看得仔细一些。序言中提到司汤达从莫斯科回到法国，被拿破仑任命为国会（Conseil d'Etat）的 Auditeur（审计官）和更接近皇室的 Inspecteur du Mobilier et des Bâtiments de la Couronne（皇家不动产与房屋监察使）。我觉得"不动产"应该是"动产"，而"监察使"这个官名今天的读者恐难准确理解。译作"巡阅使"或"巡视员"呢？也觉不妥。于是微信东兴学兄请教。他指出 Mobilier 意为"动产"，是打字错误，应该更正；审计官所在的 Conseil d'Etat 翻译成"国会"也不很恰当，其实相当于"都察院"或"最高法行政机构"，译作"立法会"或较合适，因为它源于"制宪会议"。而管理全部皇家产业（包括动产和不动产）的官职名称，一时想不出更好的译法，东兴兄表示他编撰著者年表时再加斟酌。

东兴学兄续译《红与黑》，让我们几位同学借机多次聚会。我因此重读这部名著，而且是老师、同学的译笔，倍感亲切，受益良多。司汤达为该书题词"献给幸福的少数人"时，已绝望于同时代人不能真正理解这本小说，后来又说五十年后才会有人懂。东兴兄注意到这个题词不但出现在第一卷的结尾，而且出现在全书的结尾，可见司汤达对自己作品的命运始终挂怀，因此建议将全书结尾题词译

■ 赵瑞蕻先生自制明信片，上印赵先生照片及其诗作手迹

作"献给寥若晨星的灵魂相通者"，我觉得很符合作者的意思——恨无知音赏，也体现了译者的更深理解。《红与黑》流行了一百多年，意义还在加深，影响不断扩大，跟中国的《红楼梦》一样说不尽。《红与黑》研究就被称为"西方红学"。我最近加意搜集了一些关于这部名著的资料，东兴兄也寄来几本专书，其中一本是南大校友编辑、南大出版社出版的论文集《文字·文学·文化——〈红与黑〉汉译研究》，收录赵瑞蕻先生的《西方的"红学"》等文章。

书桌上的另一个专题自然是鲁迅——我的主业。现在做事，按计划，走预算，赶时间，冠冕的称呼是做"项目"或搞"工程"，有时就不免成了"应景"的"急就章"。所以，我的"书房"里，即便是有关鲁迅的图书，也总是根据工作需要增减轮换，可谓"动产"（mobilier）也矣。最近一段，书桌上增加了一些有关《阿Q正传》的书，因为今年是鲁迅诞辰一百四十周年，也是《阿Q正传》发表一百周年。于是搜集些资料，希望能从中寻出些新端绪。但不管怎么流动，鲁迅研究的基本材料如《鲁迅全集》《鲁迅年谱》《鲁迅研究资料》是必备书，不在"书房"，就在办公室。鲁迅的生平史料及其

■《〈红与黑〉汉译研究》

著作的校勘注释是百年来形成的"鲁迅学"的基础，虽然取得了很大成就，但讹误或空疏的地方也难免存在，还需要从文本细读、资料辩正做起，而赵瑞蕻先生对鲁迅早期文言论文《摩罗诗力说》的注释和解读，不但对读者了解鲁迅思想和文学的外国来源很有帮助，而且有方法论的意义。欧洲的摩罗诗人们，鲁迅，还有赵先生自己，跨越时空，在细密的考证和注释中相遇了。百年前的外国诗句在青年鲁迅的文章中鲜活起来，又在赵先生笔下焕发新的光彩。正如赵先生在《灯》一诗中写的：

> 亲爱的灯照着我工作，
>
> 把异国诗人的梦织入汉语中；
>
> 我祈求孤寂，灯的默契，
>
> 好与两百年前的诗魂相通！

赵先生这本著作，正是我整理资料和注释文本的一盏指路明灯。

我现在所做的鲁迅文本的详注，也是计划已久的鲁迅年谱编纂和《鲁迅全集》修订的准备工作。

有一时，关于鲁迅生平思想研究的图书和年谱类图书汇聚"书房"，现代作家郭沫若、茅盾、叶圣陶等的年谱自不必说，文化名家梁启超、蔡元培、胡适、李大钊等乃至古代朱熹、苏东坡、王安石的年谱也拿来参考。可惜项目迄今仍未完成，长编短简如今风流云散，只剩下《王荆公年谱考略》《章太炎年谱长编》《胡适年谱长编》等还孤寂地守在桌边，不知何时才能与大伙重聚。本来，编纂《鲁迅年谱长编》、修订《鲁迅全集》注释等大项目非短时间所能完成，期间又接到别的任务，把精力投入《鲁迅手稿全集》《鲁迅藏外国版画全集》《鲁迅藏拓本全集》等的整理和编纂，遂迁延至今，仍未结项。现在看来，虽然耽误了工期，却把工作顺序调整得更为合

■ 在鲁迅书店参加学术活动

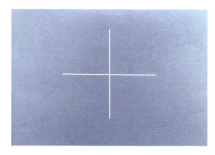

■ 黄乔生著《八道湾十一号》　　　■ 黄乔生译《微妙的革命——清
　　　　　　　　　　　　　　　　　　末民初的"旧派"诗人》

理——原来的工作虽然做得对，却是做倒了，因为手稿和藏品的整
理出版是撰写年谱、传记的基础性工作。现在，鲁迅手稿全集和拓
本全集都接近完成，年谱编撰和全集修订可以继续进行了。

　　写到这里，想起"斋号"的事。"上书房行走"每篇以栏目主持
人的一首诗引领，一般是"题××斋"，虽曰"纪事诗"，却起到"定
场"作用。我拜读多篇，得见师友们精妙雅致的书斋和斋号，不胜敬
佩。我的尚在"行走"的"书房"实在没有什么名堂，只记得当书架
书桌上堆放多种年谱时，曾一闪念觉得可以起名"摆谱斋"——摆着
很多年谱。但也仅仅是一闪（妄）念而已，随即消散。现在忽然想起，
随手记下，其不能作为栏目主持人的诗料，是不消说的。

　　　　　　　　　　　2021 年 2 月 22 日于北京官园

▲ 黄乔生教授推荐书单

- 鲁迅《鲁迅全集》
  （人民文学出版社 2005 年版）
- 鲁迅《鲁迅译文全集》
  （福建教育出版社 2008 年版）
- 赵瑞蕻《鲁迅〈摩罗诗力说〉注释·今译·解说》
  （天津人民出版社 1982 年版）
- （法）司汤达著，赵瑞蕻、范东兴译《红与黑》
  （译林出版社 2022 年版）
- （英）约翰·弥尔顿著、赵瑞蕻译《欢乐颂与沉思颂》
  （译林出版社 2006 年版）
- （英）艾米莉·勃朗特著、杨苡译《呼啸山庄》
  （译林出版社 1997 年版）
- （英）威廉·布莱克著、杨苡译《天真与经验之歌》
  （译林出版社 2012 年版）
- 黄乔生《八道湾十一号》
  （生活·读书·新知三联书店 2014 年版）
- 黄乔生《字里行间读鲁迅》
  （生活·读书·新知三联书店 2017 年版）
- 黄乔生《度尽劫波——周氏三兄弟》
  （人民出版社 2019 年版）

诗曰：

长水悠悠日月除，冬青岁晚树扶疏。

流年开卷浑如昨，犹记登堂入室初。

程章灿《题胡阿祥三栖四喜斋》

三栖四喜斋之书事

胡阿祥

————

1963 年生，安徽桐城人。文学博士。现为南京大学历史
学院教授、六朝研究所所长；六朝博物馆馆长，南京六朝文化
研究中心主任；天水师范学院甘肃省"飞天学者"讲座教授。
百家讲坛、喜马拉雅 FM 主讲人，中国地名大会点评嘉宾。主
要学术领域为中国中古文史、中国历史人文地理、地名学与行
政区划。

　　二十年前，当我在龙江阳光广场一号楼有了间像模像样的书房
时，致敬传统，戏拟了"三栖四喜"斋号。这个斋号，概括了我生
活过的桐城、上海、南京三地，学习过的历史、地理、文学三科，
长年宠养的猫、狗、龟、鱼，乐在其中的烟、酒、茶、书……
　　单言三栖四喜斋之书，书随斋走，几多漂泊无定，即在南京，

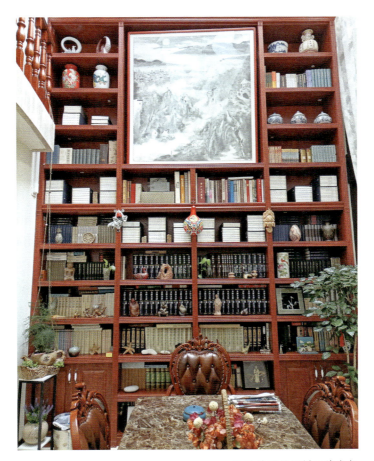

■ 仙林翠谷摆样子的书架

就已越来越成规模地迁徙了七回；至于斋中之书，因为酒香、茶韵特别是烟熏，既多了些非同寻常的复杂气味，因为猫练爪子，又呈现出与众不同的书脊形象——比如我常年思考的一个问题是：大毛、二毛、小咪钟情的对象，为何是《观堂集林》《管锥编》《励耘书屋丛刻》这类的传世典籍与《中国历史地理论丛》这样的专业辑刊呢？

　　我近年索解的另一疑问是，"江苏全民阅读活动领导小组"为何礼聘我为"书香江苏形象大使"？我的形象本属"稀毛落夫"一类，而领导给我的答复也是不明不白："就这形象，蛮好，适合担任书香大使。"于是，我就有了自鸣得意的一种"胡"说："读书可以增加颜值……"

■ 猫咪喜欢的《中国历史地理论丛》《观堂集林》《管锥篇》

■ 相伴十六年的老拖小时候

■ 以床为窝的大毛与二毛

我这个三栖四喜斋主，职业是"教书匠"，志业是"码字工"。教书，教别人的经史子集之书与自己的文史哲地之书；码字，码出了拉拉杂杂的长短文章五百余篇、涉猎多方的大小册子七十多部，码成了一天不看书、两天不写字、三天就萎靡的生活习惯。也是因为这样的生活习惯，我这个书香大使的"中国梦"之一，就是"书香悦读"成为"生活的日常"，就是我经常"不合时宜"地倡议各地设立"不读书节"，我的理由是，一年三百六十五天，如果三百五十天都在读

书，那就不妨留下半个月来办"不读书节"，在这节日里，或"疑义相与析"地雅集交流，或"绝知此事要躬行"地"脚读"乃至"心读"——这多有创意啊，保不准就会一炮走红、一鸣惊世！可惜的是，至今没有哪个地方愿意接我的这个"金点子"，这是否又证明了当今中国各地的"全民阅读"尚未成为"生活的日常"呢？

既然"全民阅读"尚未成为"生活的日常"，我就可以显摆显摆我的日常"书事"了，其实阿祥一书生，除了累积大概近万册的书刊，也没啥值得显摆的。

话说从头，先说久远的抄书记忆。应该是在乏书可读的我的小学时代，我与二三小伙伴精诚合作，从工厂会计阿姨处求来复写纸，偷偷抄出并认真订成了我最初的几本"秘藏书"，如惊心动魄的《一双绣花鞋》、心跳加速的《少女的心》、涉嫌美帝的《第二次握手》

（蛮长，好像没抄完），以至斗蟋蟀与看"禁书"成了我永存的少年记忆，以至五六年前我在澳门威尼斯人书铺里捧着《少女的心》又仿佛回到当年……

■ 谁是童年的我？

我买的第一部大书，是拜"评《水浒》运动"而出版的一套三册的《水浒全传》，二点九五元。这个书价，等于父母还算不低的月收入的1/30。感恩父母让我得到了这部好书，好到我摇着摇篮、哄着小我十四岁的弟弟睡觉时读，睡前、饭中、课间、厕上、夏天乘凉、冬天烤火时读，从头到尾读，再随意翻页读，读到一百零八将我曾经倒背如流，读到我"侠肝义胆"、喜欢打架，读到我至今不太喜欢《红楼梦》的儿女情长、婆婆妈妈……

我之开始有计划、成系列地批量买书，是在第一个教师节，1985年9月10日。那时我在复旦史地所读硕士二年级，已经立下"献身"学术的"鸿鹄之志"，四人一间的集体宿舍，也有了可以摆书的专属格子，当然最关键的一点，还是教师节那天，校门口的那家书店竟然破天荒地打九折，于是中华版的《汉书》《后汉书》《三国志》，以及若干杂书（记得有梁羽生、古龙、金庸的武侠），尽收囊中；而由此发端，待到我1987年7月硕士毕业时，运到南大宿舍的五六百册或六七百册书，盛夏季节打包、送邮、上楼、安置，把我折腾得够呛，对于书之麻烦，我也第一次有了深切的体悟。

■ 那些年，三栖四喜斋同学很幸福，总是卞师主持论文答辩

　　不过体悟归体悟，书之麻烦——书容身与人生存的空间争夺——还是在不断累加。虽然人生存的空间，从人均六平的南园六舍，到鼓楼二条巷十五舍的三十平米，再到具有"解放"意义的渊声巷十八号六十六平，渐次倍增，然而书容身的空间，增速更快、需求更殷，又人生存的空间，随着孩子长大、也开始买书，于是空间争夺依旧。开句玩笑，大概也正是在这样持久的空间争夺战中，耳濡目染的孩子的"学识"既令我欣慰、也间或难堪，比如我在十八号的这边接受媒体采访，"走在城市里，就是走在地名里"，三合板那边的孩子就在隔壁跟话："走在地名里，就是走在历史与文化里。"我说出上句，"因为李渊他爷爷叫李虎"，孩子就接说下句："所以虎子改名马子，现在叫马桶。"又在这样的考验中，我也历练出了统筹上下内外、规划聚散明暗、协调轻重缓急的"非凡"本领，并且在后来的节目统筹、地名

规划、课题协调诸多方面，受益至今……

凭借着摆书插架历练出来的这些本领，加上改革开放的盛世红利、南大决策的民生关注，越来越宽敞的三栖四喜斋中，藏书数量也从起初大约千册的聊胜于无，累积到了现在"有典有册"的近万书刊。稍作梳理，起初的大约千册，其实得来不易，因为多以微薄的工资自购为主，所以量虽不大、质却颇精，诸如正史、图册、辞书、文集、地志、资料之类，皆为斟酌优选的对象，值得传之子孙；过了些年，约从副教授时代开始吧，我一方面习惯于静候或提醒同行签章赠予（自购感觉没面子），另一方面每当经费快到期时，往往也会狂买一气，于是藏书品种渐杂。至于近些年来，获书途径越发广泛，会议发书、政府送书、评审"劫"书，五花八门的赠阅期刊，如此等等，三栖四喜斋之书也就遭遇了新的麻烦，比如曾经的伸手转身可及可

见，变成了和园、大美楼、仙林翠谷的三处九室散布，曾经的分类清晰、摆放井然，因为不及整理，逐渐沦为参差不齐、乱七八糟，随之而来的，则是奔波找书、畏惧找书乃至无法找书的无奈；而且曾经的"敬惜字纸"之传统观念、"富不卖猪，穷不丢书"的家乡守则，也在时常接受着扔不扔教材（结果扔了许多）、弃不弃期刊（大多直接弃了）、留不留学位论文（预测作者的发展前景而定）的严峻挑战……

尽管有着各式各样的麻烦、无奈乃至挑战，习惯成自然的我，仍然"痛并快乐着"，不计后果地买书、索书、受书、劫书，陶醉其中地与弟子们分享着得书的经历、淘书的手段、玩书的趣味……

以言得书的经历，当然不乏得意之笔。如我读大学时，父亲工作的厂子"工人阅览室"处理旧书，读硕士生时，同学工作的辞书社处理压库书，那些文史专著、革命史料、辞海分册、传说辞典，近乎白送，我不仅所得甚多，还会讨价还价，买三送一；同行好友华林甫教授中了国家社科基金，因为申报文本参考了我的小文，竟然送我《嘉庆重修一统志》致谢，那可是得来全不费工夫的精装三十五册啊；1988 年 3 月，我在南京古籍书店看上了《二十五史补编》，全六册、一百三十元，正在边翻看、边自我安慰写它两篇文章就赚回书价时，"目光如炬"的我竟然发现了其中一册的两张缺页，结果一番软磨硬泡，杀价三十元拿下。还有我可宝可藏的一批民国旧平装书，得来更富传奇色彩：弟子早年任职的海事学校图书馆，担心远洋货轮船员出海寂寞，于是隔三差五地清出些古董级学术书，送到船上，而当弟子得知这些"无趣"的旧书大多被船员们"祭"了大海、喂了鱼儿，遂以赏心悦目的娱乐八卦画报替换，然后转送给我——每回，当我看到如此得来的商务版《中国救荒史》、中华版《清代地理沿革表》等等，曾被充作出海船员的精神食粮，就会忍俊

■ 喜欢走读这样的地方

不禁，感觉这真是幽默得滑稽的"书事"！

又言淘书的手段，我曾是朝天宫"鬼市"、汉口路地摊的常客，也曾练就屡试不爽的几招：先装模作样地选它一叠书，谈好总价、心中盘算出每册的均价后，再托言银子不够，"依依难舍"地放下几册，最后大多能以均价斩获真正的目标——只是现在倍感失落的是，"鬼市"早被取缔，地摊也不见了踪影，旧书店老板都眼光老辣、难以捡漏，至于"孔夫子"一类的旧书网，更是价格贵得咬人，于是淘书的快乐往事如烟矣。

与书作伴近五十年了，我越来越觉得，书还可以玩，书也值得玩。比方近十来年我所出之书，大多会提前跟出版社打招呼，给我留些毛边本，我也拿我的毛边本与同好的"毛边党"交换。从雅处说，玩毛边本时，听着沙沙的裁纸声，边裁边看，佐以喝喝茶、抽抽烟，这就叫玩味、就叫品位吧；而从俗处说，这没有完工的毛边本，比起切边完工的正规书，若是放到网上去卖，也会溢价很多，因为"物以稀为贵"，一般来说，只有作者才可能有毛边本，而且这个作者要知道毛边本、要

■ 圣和酒店行者书屋我的
"专属书格"之一

跟出版社打招呼，出版社还要再跟印刷厂打招呼，这才会留下毛边书。所以但凡有我签名、盖章的毛边本，我不轻易送人，同好送我的毛边本，我也专柜收藏，心想或有一日当我经济窘困时，还可以拿出来换钱救急呢……

拿毛边本换钱，那是玩笑话，不过世事无常，"书生"有时还真是"书呆子"！

2020 年 1 月 7 日，在误以为不过"飞蚊症"、歇歇就没事的情形下，我顺道到学校医院转悠，检查结果很严重：右眼视网膜脱离已经多日。而至今想来还自觉奇怪的是，我当时好像并不紧张，不还有左眼吗？我还条件反射地类比了中弹致残的独眼元帅刘伯承，自我解嘲地想到了"网脱"前辈陈寅恪、唐长孺与不便提名的葛先生、李先生，哲学高度地感悟了"因果报应"（眼睛跟着我，确实太累了），并且轻松地反劝医生：或许"一目十行"，别有一番滋味呢……

因此变故，在这接下来的将近四个月里，我经历了较之以往四十年全然不同的"读书"生活："耳读"为主，重温了刘兰芳的

《岳飞传》、袁阔成的《三国演义》、单田芳的《水浒全传》等约千集评书；必须"眼读"的弟子学位论文、《中国地名大会》审片等，虽然"一目"扫描，却愉快地感到我的"眼力"并未稍减：既可寻得文中精义，也能逮出片中错讹。而在这样的"耳读"评书与"一目"扫描中，我进一步强化了我与社会大众交流时的"读书观"，以耳读、眼读为基础，再去实践脚读、心读，才能读出"开卷如芝麻开门"的收获，"开卷有益"、融入身心的效果，然后才能写出既属于自己、也可供他人与后人品读的好书。

秉持着这样的读书观，三栖四喜斋主人今后的读书生涯，或会丰富为耳读、眼读、脚读、心读的齐头并进，三栖四喜斋之书事，也或会返璞归真而随它去乱、大道至简而不觉麻烦……

■ 和园书房，朋友交流

▲ 胡阿祥教授推荐书单

* 许慎撰、段玉裁注《说文解字注》

  （上海古籍出版社 1981 年版）

  推荐词："凡解释一字即是做一部文化史。"

* 陈寿撰、裴松之注《三国志》

  （中华书局 1982 年版）

  推荐词：配合着读《三国演义》，理解从历史的三国到文学的三国。

* 刘义庆撰、徐震堮校笺《世说新语校笺》

  （中华书局 1984 年版）

  推荐词：不读《世说新语》，大概就不算真正的中国文人吧。

* 颜之推撰、王利器集解《颜氏家训集解》

  （上海古籍出版社 1980 年版）

  推荐词：配合着读《傅雷家书》，格致诚正、修齐治平，真是一脉相承。

* 张星烺编注、朱杰勤校订《中西交通史料汇编》

  （中华书局 2003 年版）

  推荐词：五花八门，丰富多彩，有趣，好看。

* 钱穆《国史大纲》

  （商务印书馆 1996 年版）

  推荐词：宾四先生有云："所谓对其本国已往历史略有所知者，尤必附随一种对其本国已往历史之温情与敬意。"

* 谭其骧《长水粹编》

  （河北教育出版社 2000 年版）

  推荐词：义理、考据、辞章、经济之兼美并重……

* 卞孝萱口述、赵益整理《冬青老人口述》

  （凤凰出版社 2019 年版）

推荐词："览者会心，固足以怀旧俗而明得失者焉。"

• 胡阿祥《读史入戏：说不尽的中国史》
（人民出版社 2014 年版）

推荐词："天地大戏场，戏场小天地"，中国历史是一台鲜活的多幕大戏。

• 胡阿祥《吾国与吾名：中国历代国号与古今名称研究》
（江苏人民出版社 2018 年版）

推荐词："筚路蓝缕廿余载"的 2018 年度"中国好书"。

诗曰：

神目见垣非自天，书山汩汩挹灵泉。

金佳石好成嘉偶，但羡鸳鸯不羡仙。

程章灿《题史冬泉嘉泉阁》

书犹药也，善读之可以医愚

史冬泉

————

主任医师，南京大学教授、博士生导师；国家优秀青年基金获得者；全国青联委员（卫生医药界别副主任委员）；江苏省医学重点人才；江苏省青年五四奖章获得者；*Annals of Translational Medicine*、*BMC Surgery* 副主编；*Annals of Joint* 执行主编。

提笔开始，没有想到居然勾起了美妙的读书回忆。各种关于自己读书的记忆碎片，如泉涌不断。小学时候，最高兴的事情，就是每天早上看校门口卖连环画的老爷爷来了没有。可以蹲在旁边看各种连环画。《大闹天宫》《真假美猴王》《水浒传》……童年对于经典古籍的回忆，全部靠连环画拾起。那时候家里经营一个百货商店，所以随手拿点零钱，全部花在那了。印象中，后来全部捐

■ 书房一角

掉了。初中时喜欢趴在蚊帐里看书，《三国演义》《红楼梦》，当然更多的是看金庸古龙。高中印象最深刻的就是《简·爱》和《欧也妮·葛朗台》。大学里，喜欢看各种人物传记，也许是希望遵循一些伟大人物的轨迹。

医学院毕业后，成为了一名外科医生，工作生活虽繁忙，但其实很简单。救死扶伤、教书育人、科学研究，是主旋律。从 1999 年进入南京大学到现在，专业书、专业文献几乎占据了所有的读书时间，还时常觉得不够。每天的手术，让人切身体会着肾上腺素浓度过山车般地循环反复，想要快速恢复波澜不惊，唯有书山有路。所以，努力挤出一些碎片化的时间阅读一些喜欢的书籍，从而吸收一些不一样的知识，也许这正是经过"美南紫"南京大学前后十年的

洗礼所特有的学生特色：多元化，综合性大学特有的底蕴。看了很多文学大家，书房都有特别耐人寻味和琢磨、又体现文学素养的名字，顿时心生羡慕。思考半天，也没有一个特别让我倾心的。偶然有一天，探访文学院金程宇教授的"传习堂"，偶见一日本养老泉碑铭拓片，特别兴奋。碑铭内容与我们夫妻俩特别有缘分。里面有一句"天降嘉瑞，地出奇泉"，于是取了"嘉泉阁"这个名字，顿时特别喜欢，也得到了大家的称赏。

书房里面最喜欢的还是清末书法家杨守敬的行书"见垣一方"。"见垣一方"，出自《史记·扁鹊列传》，记载长桑君传秘方给扁鹊，告之饮此以上池之水，三十日当知物矣。扁鹊以其言饮药三十日，视见垣一方人。以此视病，尽见五脏症结，特以诊视为名耳。"垣"为矮墙，意思为可穿透墙垣为病人看诊，引申义为医术高明。"华佗再世""妙手仁心"等很多词语称赞医生医术精湛高明，以"见垣一方"四字形容，还是第一次见到。尤其出自被誉为"现代书法家之父"的国学大师杨守敬之手，更让人一见倾心。书房门口是南京佛

"见垣一方"

学院副院长牛首山主持即兴创作
的藏头联"冬雪冰洁天上来，泉
水清净医众生"。从我的名字诠
释了职业的特殊性。书架旁边装
裱的是韩熙载夜宴图的宴乐侍女
部分，是表弟欧阳霄（北京大学
文学学士、哲学学士，清华大学
文学硕士，爱尔兰国立大学哲学
博士）给我们的结婚礼物。特别
注明，是为了说明他和画画是不
沾边的，更想说明单身狗对这份
礼物的用心。当年，他四处寻觅

临摹"韩熙载夜宴图"

挑选进口矿物原料、玄宗墨和仿古绢，每天两小时，花了一个多月时间在故宫内临摹完成。和真迹相比，眼神里少了点欢快和陶醉，更多的是专注后的疲倦，但极好地传承了古代重工笔画的精髓。

想成为一名伟大的医生，如果没有大量的阅读，拓宽不了人生的厚度，则是空中楼阁。于是离开医院，书房成了我们最喜欢的地方。因为能让我们一天波动的"肾上腺素"趋于平静和稳定，更让人潜心、净心。我和我爱人魏嘉都是医生。书房最多的就是专业书，骨科、肿瘤科相关的。但我们平时喜欢阅读些历史、医学人文、小说类、艺术类的书。有时候喜欢看带一点医学元素的，比较有亲切感，比如《说吧，医生》《只有医生知道》《大流感》等。我还喜欢读一些心理学相关的，比如《心理学》《微表情心理学》等。特别奇怪的是我的阅读习惯是细嚼慢咽型；内科大夫反而阅读速度非常快，而且也能抓住精髓。可能是倒影理论在作祟，外科大夫平时做决策，快刀斩乱麻，一到沉下心来读书，反而就喜欢揪细节。

现代医学，很多人都觉得少了点温度。家父十八年生病的经历，更让我感同身受。1999年，毅然决定学医，可能也是内心深处想要做些改变。医学人文类书籍，对于医生的价值观以及更好地换位思考有很好的帮助。"其实

■ 与夫人魏嘉合影

他们要的不多"，这是我最深的体会。几个笑容，很多患者就非常的知足。每次门诊，要看五十多个病人，也就意味着，一个上午四个小时，要和五十多个家庭进行沟通。而且一般都是处于焦虑状态，不只是患者一家，也包括医生。其实，几个笑容，就明显感受到全家人的焦虑紧张至少减少一半以上。我也努力着，因为，我知道，我的一切都是患者给的。举个例子，《电影叙事中的医学人文》引用中华医学会张雁灵会长的一段话一直深深地影响着我行医的生涯。"因为有患者，才有医生，没有患者，医生就一无所有。"所以，医生和患者还是应该互相感恩的。医生给患者疾病的照料，同时患者也给医生的成长提供了很大的资源。因为，没有患者，就没有医生；没有患者，就没有科研；没有患者，就没有传承；没有患者，就没有事业。正有了病人，我们对于疾病的认识、病因学的探索、前沿治疗的研发、医学教育的传承有了更深入的基础。

医生除了治病救人以外，也是一个学者。因为，不止是"活到老，学到老"，更需要传承与创新。尤其是大学附属医院的医生，更何况是南京大学，更是如此。当然，在目前的学术生态中，是需要一定的定力和淡泊名利的品性。在南京大学的学习，让我的DNA里，刻上了这样宝贵的一段序列。陈平原老师的《学者的人间情怀》、吴志攀老师的《闻道与问道》、毕飞宇和张莉对话录《小说生活》等，在我努力成为一名学者、医者的路上徘徊迷茫的时候，给了很好的启发。真正的学者，一定是独立思辨、善于质疑的。毕飞宇老师有一段话，我特别有共鸣。"我很不喜欢现在的风气，那就是规避争论。大家都怕一件事，那就是'得罪人'。无论遇到什么事，都是微笑，然后呢？挺好，蛮好的，大家都在比谁更有亲和力，这很糟糕。当所有人都在做好人的时候，这个时代就注定了平庸。"思

■ 史冬泉教授

辨、质疑、善问、创新，是学者不断升华的基本要素，也是大学附属医院医者特有的科学气质，更是闻道与问道的最好诠释。只有这样，才会萌生更大的想象力和创造力，才会更具科学的态度，更富前瞻的眼光。医学上，有太多的疾病还没有充分的认识，有太多的治疗束手无策，有太多的神秘空间需要探索，如果没有学者的闻道与问道，很难在疾病的诊治前沿领域，出现中国医生的话语权。就拿我们团队十几年一直在潜心攻克的软骨再生的问题，到目前为止，只能说一直在接近，再生出了"类"软骨组织。删掉这个"类"字，需要几代人的努力。

明代张岱在《陶庵梦忆》中说："人无痴者，无可与之交，因其无深情也；人无癖者，无可与之交，因其无真气也。"大学开始我也一直在寻找一个自己能真正痴爱的癖好，也许是怕被人定义为"不可与之交"之流。所以，书房里有个小角落，就是有关癖好的。其实离"艺"还有很长远的距离。目前阶段来说，还跟我儿子一样，还在上幼儿园。但这是我想用二十年时间，努力去培养自己的一份爱好，"篆刻"。外科医生用"手术刀"，篆刻家用"刻刀"，刀刀相惜，医艺融合。这也是我有这个爱好很大的原因。我是相信"吸引力法则"的，自己也开始搜集一些一见钟情的作品。好朋友们也时常赠与相关的书籍：《中国美术全集》《书法篆刻》《篆刻 50 讲》等。最有意思的是，好友还赠来拍卖行的印章拍卖目录。临摹后，恍然大悟，明白了为啥我的章只有四块，人家值四万。南京艺术学院黄惇老师，是我学习书法篆刻的师父。《书法篆刻》是他送给学生的见面礼。每次带着忐忑的心情和沾沾自喜的作业去见黄惇先生，是我既期待又感到放松的。看着每一冲，每一切的修订雕琢，越看越美；似乎，跟着师父在另外一个世界里遨游。从此，临摹书上各个时代的印章，是我业余时间最痴迷干的事情。渐渐地又衍生到收集印谱，最后对古籍的青睐也一发不可收拾。

最后，献上宋末元初诗人黄庚的《赠医者花道人》："藜杖横肩过竹扉，半挑药笼半挑诗。笑予盘礴山云里，泉石膏肓作麽医。"与君共勉。

■ 和师父，书法家、篆刻家黄惇教授学习篆刻书法

■ 篆刻作业：学以反对而日进

▲ 史冬泉教授推荐书单

- 吕洛衿《说吧，医生》（东方出版中心 2019 年版）
- 张羽《只有医生知道》（江苏人民出版社 2013 年版）
- （美）约翰·M·巴里《大流感》（上海科技教育出版社 2008 年版）
- （美）安乐哲、郝大维《道不远人》（学苑出版社 2004 年版）
- 陈平原《学者的人间情怀》（生活·读书·新知三联书店 2007 年版）
- 王岳《电影叙事中的医学人文》（中译出版社 2020 年版）
- 毕飞宇、张莉《小说生活》（人民文学出版社 2015 年版）
- （加）迈克尔·劳塞尔《吸引力法则》（东方出版社 2011 年版）
- 吴志攀《闻道与问道》（北京大学出版社 2008 年版）
- （美）德雷克·博克《回归大学之道》（华东师范大学出版社 2012 年版）

诗曰：

风涛扬楫济横流，望海观潮大九州。

为问迟醒因底事，原来夜读在高楼。

程章灿《题刘俊迟醒斋》

人生得一「上书房」足矣

刘　俊
————

　　南京人。苏州大学文学学士（1986），南京大学文学博士
（1991）。现任南京大学文学院教授、博士生导师，南京大学台
港暨海外华文文学研究中心主任。教育部"新世纪优秀人才支
持计划"获得者。受聘为教育部重点研究基地厦门大学台湾研
究中心学术委员会委员，暨南大学海外华文文学与汉语传媒研
究中心兼职研究员，中南财经政法大学兼职教授。兼任中国世
界华文文学学会名誉副会长，江苏省台港暨海外华文文学研究
会副会长。曾在美国格林奈尔学院（Grinnell College）、加拿
大滑铁卢大学（University of Waterloo）、中国台湾大学、中国
香港大学等校做访问学者或任教。著有《悲悯情怀——白先
勇评传》《世界华文文学整体观》《情与美——白先勇传》《越
界与交融：跨区域跨文化的世界华文文学》《复合互渗的世界
华文文学》《世界华文文学：历史·记忆·语系》等论著多种；
译有《台湾文学生态：从戒严法则到市场规律》；主编《中国

406

现当代文学研究导引》《跨区域华文女作家精品文库》《海外华文文学读本·中篇小说卷》等；参编《海外华文文学教程》《中国现当代文学》《中国当代文学史新稿》等。两次获江苏省哲学社会科学优秀成果三等奖。主持国家社科基金重大项目《华文文学与中华文化研究》等国家社科及教育部项目多种。

说到"上书房"，那是有来历的。当年满清入关之后，重视皇子教育，雍正时在乾清房设上书房（早期叫"尚书房"）。那时皇子们读书，卯入申出，十分辛苦，然而也正是因为教育抓得好，有清一代，庸君

■ 刘俊教授书房——"迟醒斋"一角

容或有之，昏君则不多见。如此成绩，"上书房"功不可没！

时代不同了，如今我这个草根平民，也有书房一间，但与皇家的"上书房"比起来，自然不可同日而语。不过要说我的书房叫"上书房"倒也切题——位于三十楼之上的书房，难道还不是"上书房"吗？

当年能凭"上书房行走"头衔出入"上书房"的，都是大名鼎鼎的人物，如今在我的"上书房"行走的，则是寻常百姓——以我为主，家人为辅。我的"上书房"虽然没有高悬雍正的御笔"立身

以至诚为本，读书以明理为先"，却也以"知书达理"为学习追求。

我的"上书房"地点很"高""上"，却不"大"，颇为杂乱无序，似乎乏善可陈。书有几橱，并无善本珍本；趣涉多味，但见闲书杂书。我的专业按照"学科建制"属于"中国现当代文学"，但我的研究方向却溢出了"学科建制"之外，多年在"台港暨海外华文文学"（有时也称"世界华文文学"）"行走"，三十多年下来，这方面的书买了一些，然而面对"世界华文文学"这么庞大的覆盖范围，我买的这些书就显得既"杂"又"乱"，很有"东一榔头西一棒"的味道，加上我对中国近现代史、北美华裔文学、古典小说、西方理论、美食都有点兴趣，这方面的书也买了一些——当然了，"中国现当代文学"是我的"老底子"，多年来自然也有一些这方面书的积累。几类书混在一起，我这个"上书房"中的书，其"杂""乱"可想而知。

要说我的"上书房"中只有杂书闲书而全无"珍品",那也不是。我"上书房"里的"镇房之宝",是一套由中国人民政治协商会议全国委员会文史资料研究委员会编、中国文史出版社出版的《文史资料选辑》。这套《文史资料选辑》共出一百辑,合订为三十四册,总计一千六百万字,从政治、军事、经济、文化教育、社会、人物等各个方面,对晚清至民国(主要是民国)的许多重大事件,进行了"回顾"和"追忆"。作者从末代皇帝到国民党被俘将领,从民主人士到文化名流,可以说涵盖了民国时期各个领域的重要人物。由于作者都是当时历史事件的参与者,所写又基本上都是亲历的事件,因此收录在《文史资料选辑》中的文章,都有很强的"现场感",是不可多得的中国近现代史第一手资料。这套书装帧朴实典雅,封面以咖啡色打底,衬以汉砖画像小图和盘云纹,书名置于右侧竖框中,"文史资料选辑"五个字当为茅盾手笔,庄重中不失飘逸。书是1986年出版的,父亲购得,后转赠与我。自从有了这套书,我的"上书房"不但增添了浓厚的"历史感",而且我也有了可

■《文史资料选辑》　　　■ 刘俊教授在书房

以时时"把玩"的珍爱之物。

　　除了有这一百辑的《文史资料选辑》可以时时"把玩"，我的"上书房"中还有些书带有美好的回忆，不乏动人的故事——面对它们，我的思绪常常会飘向过去，心情时时会充满温暖。我有本 *Embracing Defeat: Japan in the Wake of World War Ⅱ*，是美国麻省理工学院（MIT）Elting E. Morison 讲座教授 John W. Dower 的代表作之一，曾荣获普利策奖、国家图书奖和班考夫特奖等多种奖项。John W. Dower 教授是美国著名历史学家，在美国史学界影响很大，他的这本 *Embracing Defeat: Japan in the Wake of World War Ⅱ*，视野开阔，角度新颖，从生活、文化、语言、革命、民主、正义、重建等角度，对战后日本的社会形态、文化心理、政治格局和美日关系，进行了鞭辟入里的分析。我一个中文系的教师，怎么会拥有这本有关日本战后历史的英文书的呢？说起来纯属偶然。2005年我受学校派遣赴美国格林奈尔学院（Grinnell College）做访问学者，那时他们学校有一个教师读书会，成员包括了历史系、古典系、东亚系、社会学系等不同系科的教师，参与者大家同读一本书，每两周聚会一次，讨论读书心得，一本书读完（讨论完）再读另一本书。我到格林奈尔后，冯进教授告诉我有这么个读

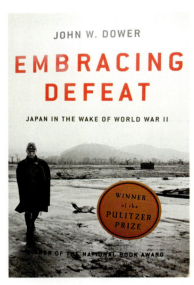

▍ *Embracing Defeat: Japan in the Wake of World War Ⅱ*

书会，问我有没有兴趣参加——我当然有兴趣参加！于是经冯教授介绍，我就参加了他们的这个教师读书会，得到"入伙"同意之后，读书会给我发了一张书券，凭此书券（经费据说得到了学校的支持），可去校内书店获得一本大家正在读的书。那时读书会正在读这本 *Embracing Defeat: Japan in the Wake of World War Ⅱ*，我的这本书，就是这么得来的。虽然我在 Grinnell College 的时间很短（四个月），并没能从头到尾参加读书会对这本书的讨论，但那种不同专业的老师集中在一起讨论同一本书的经历，不但使我获益匪浅，而且也令我印象深刻——什么时候南大也能有这样的教师读书会呢？现在每当我看到 John W. Dower 教授的这本书，我就会想到 Grinnell College，想到他们的教师读书会，想到参加读书会讨论时的愉快时光。

John W. Dower 教授的这本 *Embracing Defeat: Japan in the Wake of World War Ⅱ* 令我想到过去，我的"上书房"中的另外一些书则使我倍觉温暖。这些书包括普实克（Jaroslav Prusek）的 *The Lyrical and the Epic: Studies of Modern Chinese Literature*，夏济安（Tsi-An Hsia）的 *The Gate of Darkness: Studies on the Leftist Literary Movement*，夏志清（C.T.Hsia）的 *A History of Modern Chinese Fiction* 以及王德威（David Der-wei Wang）的 *The Lyrical in Epic Time* 和 *A New Literary History of Modern China*。这些书都是我的一个朋友去国外访学带回国内的。那次他去美国访学，回来后给我寄了一大包英文书。这些书的中文名字大家都耳熟能详，可是他们的"原装"英文版，恐怕许多从事现代文学研究的人都无缘一见。我的这位朋友不但费心在国外收集到了这些英文书，而且将他们赠送给我——其实他自己也需要这些书的，我很久以后才知道他给自己留的是复印本。有这样的朋友情义驻留在我的"上书房"中，我在看书的时候，能不觉得温暖吗？

■ 朋友去国外访学寄回来的书籍

在我不大的"上书房"里，入住装修时几个靠墙通顶的书橱很快就不够用了，于是在书橱边、书桌旁，书的"潮水"不断上涌，即便是在我的书桌上，渐渐地也只剩下中间一块放电脑的地方能够伏案，电脑周边也都围满了书。面对汹涌而来的"书潮"，有时我也会想：貌似坐拥书城的人，真的能读遍他的书？

■ 书房一角

这样的想法自然不够积极，却也使我面对这些环伺的"书潮"，有了一种"要赶快看"的紧迫感。谁说"沉默的大多数"没有力量？在我的"上书房"里，"书潮"就以其无声的波涛，催促着我在学海中不断地奋勇前游。鲁迅说他"每当夜间疲倦，正想偷懒时"，促使他"良心发现""增加勇气"而"继续写些为'正人君子'之流所深恶痛疾的文字"的，是东墙上藤野先生的"照相"。我的"上书房"墙上没有"照相"，有时我也"想偷懒时"，能令我"良心发现"的，就是书房里这些默默无声"看着我"进而"推涌着我"的书籍。

学海无边，书房是岸！我的"上书房"既是我遨游学海的所在，也是我驻足、久坐、观（书）"潮"的码头。读了这么多年书，我只希望自己多少能"知书达理"一点，以不枉担了有间"上书房"的虚名。

人生能得一"上书房"，无皇子出入而有本尊行走，不必卯入申出，但可东找西翻，只管随时在其间坐坐，看看，读读，写写，回忆过去，感受温暖。吾愿足矣！

■ 个人著作

▲ 刘俊教授推荐书单

◆ 鲁迅《鲁迅全集》（人民文学出版社 1981 年版）

◆ 白先勇《白先勇文集》（花城出版社 2000 年版）

◆ 曹雪芹《红楼梦》（广西师范大学出版社 2017 年版）

◆ 白先勇《白先勇细说红楼梦》（广西师范大学出版社 2017 年版）

◆ 汤显祖《牡丹亭》（人民文学出版社 2005 年版）

◆ 白先勇《姹紫嫣红牡丹亭》（广西师范大学出版社 2004 年版）

◆ 钱穆《国史大纲》（商务印书馆 1997 年版）

◆ （德）G.W.F. 黑格尔《美学》（商务印书馆 1979 年版）

◆ （英）F.R. 利维斯《伟大的传统》（生活·读书·新知三联书店 2002 年版）

◆ （日）川端康成《川端康成小说经典》（人民文学出版社 1999 年版）

诗曰：

桑原五柳向谁招？笔下陶诗海上桥。

一卷得知千载外，小书斋足永今朝。

程章灿《题陆远小书斋》

悠游书海

陆　远

————

苏州人，南京大学–日本名古屋大学联合培养博士，现任职于南京大学社会学院。研究兴趣在中国社会学史、历史社会学、当代中国研究。著有《传承与断裂——剧变中的中国社会学与社会学家》、《西方中产阶级：理论与实践》（合著）等。曾获第八届南京大学"我最喜爱的老师"、南京大学五四青年奖章、南京大学魅力导师奖。兼任江苏省全民阅读促进会常务理事，南京市作家协会理事。

几年前，真格基金联合创始人王强出过一本读书随笔集，名字叫作《读书毁了我》。这个书名当然是戏谑之谈，但又何尝不是天下爱书人的苦衷。我第一次觉得"读书毁了我"，是在小学，原因很简单：视力严重下降。小学五六年级基本上是在"云山雾罩"中度过

的，但是不敢和爸妈说；上了初一实在瞒不过去，让家长带着去玄武医院配眼镜，大夫都吓一跳：好家伙，六百度！从此厚厚的镜片就须臾不能离身了。我从小看电视不多，九十年代初手机电脑这些电子产品更是闻所未闻，"毁了"我视力的，只能是书。

现在想来，最早引发我对文字兴趣的，除了鲁兵先生的《365夜故事》之类的少儿读物以外，

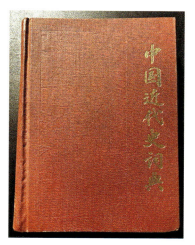

▮ 姥爷留下的书，至今伴我左右

就是家里姥爷的一只书柜。如今回想，那只书柜里尽管最多也就百十来本书，却是我小时候最向往的福地。姥爷长期任教中学历史，他书柜里绝大多数都是"文革"后出版的各种中外历史著作和教科书。印象最深的，一本是郭沫若先生的《李白与杜甫》，这本"文革"中最著名的文史著作，我一个小学生当然读不懂，却独喜它简单朴素的封面设计和版式编排；另一本是陈旭麓先生主编的《中国近代史词典》，这本书前后印了几十万册，泽被几代历史学人。从中学开始，这本词典就被我"窃为己有"，常置案头，后来我大学念了历史系，硕士更念了近现代史专业（考研究生时这本书成为最重要的参考资料），现在想来，仿佛冥冥之中预留的伏线。

与导师周晓虹、孙本文之子孙世光等探访吴江七都孙氏旧宅

姥爷是中央大学法学院 1945 级校友，在沙坪坝住过一年多，此后又经历了中央大学复员南京，一直到 1949 年更名南京大学的整个过程。我小的时候，他常喜欢唠叨当年旧事：在重庆的日常生活啦，复员时顺江而下的惊险啦，"五·二〇"前后南京大学生的爱国民主运动啦，与厉恩虞、王振琳、谷风等地下党员的交往啦等等，如果记录下来，都是有价值、有意思的南大校史一

手资料。只是人间事大多充满后知后觉的遗憾，姥爷愿意讲的时候，我没太多兴趣仔细听；等我醒悟过来他那些"喋喋不休"的史料价值时，岁月忽已晚，老人家记忆衰退，早已不愿多言。正是出于这样的感受，现在我参与周晓虹教授领衔的"社会学与当代中国研究"口述史项目，也常常带着某种"时不我待"的紧迫感，对共和国各个重大历史时期的见证者做抢救式的历史记录。

1949年以后"六法全书"皆废，旧大学法律系的毕业生不仅不像现在这样风光，反而多少带有某种学科意义上的"原罪"。姥爷毕业后参加华东军大，接受思想改造，继而在中学谋得教职，未几又因为生性狷介，1957年因言获罪，下放苏北农村拉板车多年。这是我们家庭的一段悲史，长辈大多讳莫如深，反倒是姥爷自己，从来一笑而过，说自己年过九旬依然耳聪目明腰脚甚健，是多亏了那几年在乡下拉的大车。只是他内心究竟如何看待这样曲折的人生经历，已无从知晓。也正因为如此，念博士期间，当导师周晓虹教授建议我研究1957年被打成"右派"的十位社会学家时，我顿觉这仿佛又是冥冥中的召唤，从法学到社会学，探究学科与学人在二十世纪中叶的曲折历程，正是为了我们钟爱的学科能够更好地

■ 2019年出版的著作，关注二十世纪中叶社会学学科的曲折命途

▌陆远老师

向前发展。去年博士论文终于出版，获得读者的肯定，也算告慰先人了。

姥爷去世以后，我在遗物中第一次看到他的大学毕业证书。这是 1949 年以后新南京大学颁发的第一批毕业证书，正中上方的孙中山换成了毛泽东，青天白日满地红换成了五星红旗，旗帜鲜明地宣示了一个崭新时代的到来。而更令我惊讶的是，证书上的两位署名人，时任南京大学教务长的潘菽先生和时任法学院院长的孙本文先生，正是我现在就职的社会学院心理学系和社会学系的开山祖师，他们的塑像就在学院一楼的大厅里与全院师生朝夕相处，静默无言地看着我们这些后辈如何继承并发扬他们的名山事业，而我从 2010 年开始，也参与

▌姥爷的毕业证书

▌陆远参与编辑的《孙本文文集》

了由周晓虹老师领衔的十卷本《孙本文文集》的编纂工作，某种程度上，这也可以看作我南雍百余年弦歌不辍、薪火继递的一个小例子吧。

上了初中以后，我已不满足于姥爷的那些"古董"，尝试着开始在南京开辟自己买书的"新天地"，从离家最近的兰园新华书店、成贤街邮购书店、成贤街新知书店、四牌楼华章旧书店、沙塘园老版本旧书店、进香河雅籍旧书店开始（这几家书店要么已经歇业，要么已经转为线上经营，成为南京书业兴衰的一页历史记录），再到先锋、万象、学人、唯楚、复兴等新旧书店。也是从那时开始，逛书店渐渐成了我最重要的休闲方式——很多爱书人应该都有同感，隔三五天不去书店逛逛，就浑身难受；只要有闲暇，第一个选择一定是去书店；做穷学生时，手头只要稍有几百块积蓄，就想把心仪已久的大部头搬回家……二十多年来，只要在南京开过的新旧书店，我很少有没有去过的，跟其中许多书店的主人，也都成为好朋友。

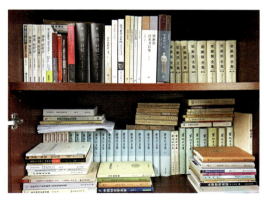

■ 部分专业用书

■ 民国社会学经典，
　存世极少

■ 图书馆的布袋成为书房里
的精美陈设

对我来说，书店不仅仅是一个购物场所，更是一种可以沉浸其中的空间，也可以视作培养"社会学想象力"的田野。比如，当年先锋书店开在广州路二楼时，是它和南大师生彼此最好的蜜月期，用叶兆言老师的话说，那时南大的学生拎着先锋那种黄色的塑料袋（根本不能和现在各种富有设计感的纸袋、布袋相比）去上课，是一件很时髦的事。可是现在，购物袋和书店一

■ 家中书房一角

样变得越来越漂亮，但是有习惯或者有闲心常去逛实体书店的大学生，恐怕是慢慢在减少，这是互联网时代的必然趋势，还是这一代人特别的文化图景？颇可思考。

书店逛得越多，自然家中锱铢累积就越多。藏书家谢其章先生编过一本《书肆巡阅使》，我最快乐的时刻，大概也都是在书房里做个一室之内的"藏书巡阅使"，回忆与每本书往还过从的情形，真所谓"往事回思如细雨，旧书重读似春潮"。

比如，2005 年前后，我还在历史系读硕士，与现在历史学院任教的孙扬兄一道参加南大外办组织的台湾大学生祖国国情考察团，在海安县城一家毫不起眼的小书店里（通常这样的小书店都是开在中小学校门口，以卖教辅书和文具玩具为主），居然以极便宜的价格买到了坊间已不容易见到的十几种"海外中国研究丛书"的初版本。这套书在学术界的影响自不待言，而在一个县城的小书店里有这样的邂逅，那种朴素单纯的喜出望外真是难以用言语来表达。

而这样的喜出望外，往往总在不经意间来临。我办公室的墙上，挂着一幅桑原武夫先生（1904—1988）的墨宝，桑原武夫是京都大学教授、日本法国文学研究的前辈大家，他的父亲就是大名鼎鼎的日本东洋史学巨擘桑原骘藏（1870—1931）。桑原骘藏以中国文化史论、东西交通史论、中国法制史论等研究名世，有中国学者打比方，假如内藤湖南是中国的章炳麟、德富苏峰是中国梁启超，那么桑

■ 左边的几种"海外中国研究丛书"就是在海安小书店里邂逅的惊喜

■ 海外中国研究系列是中国研究的
重要参考

■ 挂在办公室的桑原武夫墨迹

原骘藏就是中国的陈垣。受到父亲影响，桑原武夫虽不专门从事东洋文化研究，却也亲近中华传统文化。他的这幅字，是我 2009 年前后在日本求学期间，于京都一家旧书店里以三百日元（当时约合人民币不过二十元！）的价格买到的。当时只觉得是名家墨迹值得收藏，回来一查才知道"千载非所知，聊以永今朝"这样极富意境的文字是陶渊明的句子！不久前程章灿教授提示，陶诗中还有"得知千载外，正赖古人书"一句，虽然看似立意相对，但是境界实有共通之处。想想看，桑原武夫相距陶渊明已千载有余，但既可以靠着"古人书"吟诵千载之前的名句，又能够超越千载抒发共同的人文感怀，所谓"青山一道同云雨，明月何曾是两乡"，桑原先生的书法也许不入方家法眼，但这幅字折射出的中华文明超越时空的魅力和中日文化交流的佳话，却弥足珍贵。

　　也正是从那以后，我留心去搜集一些不怎么名贵，但是有意思、有故事、好玩儿的签名本和故人墨迹。比如，我曾经在一天之内买到两本书：一本是美国学者欧达伟（R. David Arkush）1983 年签赠给萧乾先生的《费孝通传》——这是海外第一本费孝通传记；一本是日本社会学泰斗福武直先生 1984 年签赠给雷洁琼先生的《今日日本社会》。费孝通和雷洁琼既是早期重要的社会学家，也是中国社会学恢复重建重要的推动者，更是德高望重的国家领导人，在我的书房，他们就以这样的方式有了跨越时空的联系。再比如，我曾经买到一本万籁鸣、万古蟾、万超尘、万涤寰四兄弟签名的《我与孙悟空》，万氏四兄弟是南京走出去的水墨动画大师，算得上"国潮鼻祖"，他们四人的签名也是南京人文历史的光辉印记。

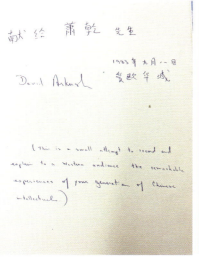

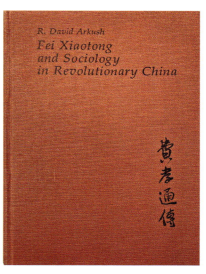

■ 欧达伟著作签名页　　　　　　　■ 欧达伟著作《费孝通传》

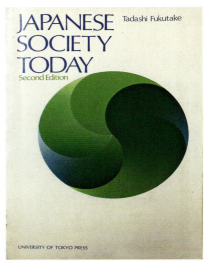

■ 福武直著作签名页　　　　　　■ 福武直著作《今日日本社会》

■ 八十年代的印记：三联书店文　　■ 八十年代印记：读书文丛
　　化生活译丛

　　我的阅读兴趣驳杂（所谓"多歧亡羊"，这大概也是治学无所长进的重要原因），如果硬要说书房里有什么亮点，那就是我对八十年代的出版物情有独钟。当然，今天的出版业的繁荣与成熟远非三四十年前可比，坊间各种图书，从形式到内容，从装帧设计到内涵质量，也远超过当年多矣，唯独那个时代的含蓄隽永，如今少见。说起来，我们八十年代出生的学人，精神底色并不是"文化热"浪潮奠定的，但是这种向往却成为一代人抹不去的文化理想。

其实，"我的书房"这个题目之下，无论从藏书品种、数量抑或学识修养、学术成就哪一方面说，都轮不到我这样的晚辈班门

▌陆远老师

弄斧。我在这篇小文里呈现的，也只是一个不成器的读书人沉迷书海不能自拔一路跌跌撞撞走过来的心路历程。好在朱光潜先生有一句名言，"读书原为自己受用，多读不能算是荣誉，少读也不能算是羞耻"，在买书、读书、爱书这件事上，能取饮一瓢，是福分；能浇注一勺，是愿心。

▲ 陆远老师推荐书单

• （英）齐格蒙特·鲍曼《社会学之思》
  （上海文化出版社 2020 年版）
• （美）理查德·霍夫施塔特《美国生活中的反智主义》
  （译林出版社 2021 年版）

- （西）奥尔特加·加塞特《大众的反叛》
  （山西人民出版社 2020 年版）
- （美）伊曼纽尔·沃勒斯坦《否思社会科学》
  （三联书店 2008 年版）
- （美）托尼·朱特《思虑 20 世纪》
  （中信出版社 2016 年版）
- 梁漱溟《朝话》
  （上海人民出版社 2017 年版）
- 许倬云《万古江河：中国历史文化的转折与开展》
  （湖南人民出版社 2017 年版）
- 周晓虹《文化反哺：变迁社会中的代际革命》
  （商务印书馆 2015 年版）
- 薛冰《南京城市史》
  （东南大学出版社 2015 年版）
- 杨奎松《忍不住的"关怀"：1949 年前后的书生与政治》
  （广西师范大学出版社 2013 年版）

诗曰：

爱开缥帙是家传，藜火芸香结胜缘。

夜读知君有斯癖，春宵亦合枕书眠。

程章灿《题缪炳文文华阁》

书
缘

缪炳文

————

　　1988 年毕业于南京大学化学系，工商管理硕士，高级经济师，南京市首届十大文化名人，江苏省出版物发行协会副会长，南京市文化产业协会副会长，"千百度"女鞋联合创始人和"大众书局"实体书店品牌创始人，也是中国实体书店经营模式持续创新的代表。同时还进行国际教育及其他产业的投资，热心公益事业。

　　我也算是出身于一个书香门第。爷爷早年毕业于镇江师范学校，毕业后回到泰县（现姜堰市）老家当了个私塾先生，后来参加革命成了新四军的文书。二十世纪四十年代随新四军到了苏南，解放后就在镇江的一家乡镇小学当了校长。记得我上小学的时候，爷爷就已经退休了，我经常去爷爷的那所学校，在我印象里爷爷一辈子就

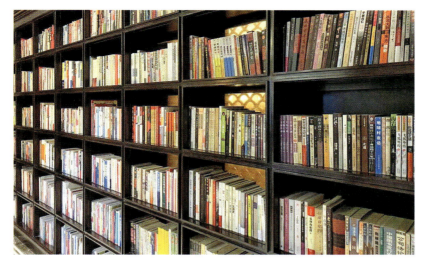

缪炳文先生书房——文华阁一角

住在学校里。虽然退休了，但他除了锻炼身体就在学校的图书馆里待着。图书馆有一间教室那么大，在上世纪七十年代，一所普通的乡镇小学很少有那么大个像模像样的图书馆的，后来听父亲说，学校里图书馆的书很多都是爷爷用自己的工资买的，爷爷虽然只是一名教师，但工资很高，据说解放初期都六十多块了，在全县都算高工资，而且五十年代还当选过江苏省劳模，即使这样，在我的记忆里，我似乎也没有比别的学生

爷爷的奖状

在"自家的"图书馆里多借阅过几本书。后来父亲也当了校长，叔叔也当了校长，姐姐毕业后也成了一名教师，如果算上我毕业后留校工作过八年，似乎我与学校有不解之缘。或许这也是我在二次创业的时候把教育领域作为自己的一项事业的原因吧。

我在上高中之前，几乎没有读过太多的课外书，除了四大名著、成语故事、故事会和如何写作文之类的，其他都不在父亲的鼓励范围，满脑子受到父亲的教育都是"学好数理化，走遍天下都不怕"，高中时候住校，记得有一次回家我在看一本蛮厚的《金陵春梦》，父亲就"质疑"我为什么现在要看这类书。在他心目中，与其花那么多时间去看这种对提高高考语文成绩毫无帮助的书，不妨多做几套他托人从苏北那些名牌中学弄来的各种期中和期末考试的试卷更有意义。更何况一开始就确定我高考的方向是理科。历史和地理课也只要意思意思就行了。就这样，我顺着父亲帮助设计的轨迹考入了南大化学系，进入了一个我既不知道未来都学些什么、学完以后未来将做些什么的无机化学专业。

到了大学，父亲便不再有能力帮我做任何设计。二十世纪八十年代初的南大，是极其讲"民主和自由"的南大，各式各样的学生社团活动做得轰轰烈烈。摆脱了父亲束缚的我，自然也就加入了各种可以加入的多个学生社团，与南大各式各样专业的同学打成一片。接触其他系的同学越多，就越觉得自己见识怎么那么浅，知识面怎么那么窄，与那些活跃而优秀的其他文科专业的同学相比，自己总觉得低人一等。于是乎我迅速作出决定：恶补。没有人教我应该补什么，开始只是把高中文科同学所学的历史和地理书补一遍，然后买回来一批各式各样的世界名著。后来听新东方的俞敏洪说他在本科四年里总共读了各种书籍约八百本（不含教科书），禁不住肃然起敬。我没有读那么多，差不多前后一百多本吧，我知道每年读二百本书意味着什么。当时的目的只有一个，那就是和其他系（尤其是文科专业）的同学交流的时候，不至于在人家谈论起历史上的某件事，世界上的某个地方，或者某个名著里的某个人，我连听都没有听说过。一旦某个同学提到过哪一本书，自己回过头来马上就去买来或借来，以满足一下小青年那时候的虚荣心。虽说虚荣心并不是值得称道的，但今天反过来想，那时候这种虚荣心的满足也帮助我建立了一定的自信心。青年时期建立的这种自信心非常重要。无论未来是做学者，还是创业经商，抑或是当官，只要我们想做得更优秀。直到现在，大学时候我买过的很多书，都还一直跟随着我搬过几次家，我都没有舍得丢。

■ 书房一角

说到读书，在我看来，把读书当作是一种生活方式固然是好事，如果想成为自己那个领域优秀的人，有足够的知识面是非常重要的。因为我一直认为，一个人的事业成就取决于他的人脉和知识面，而知识的多少又在很大程度上成就了其人脉。如果我们的知识面能够让自己跟各种各样的人都能交流起来，那么人脉自然更宽更广。我们大多数人都不是学者，对学者来说，读书是他的工作，我们做不到天天读书，而无论我们有多忙，或者多贪玩，每年读上十本二十本书还是有必要的。既能给自己留出安静的空间和思考的时间，当今这个时代也要求每个人不断补充自己的知识面。而我更想说的是，即使这样，大多数人也可以在人生的某一个阶段去突击读一些书，留出大块的时间来读上几十本书，以尽快地帮助处理自己的生活关系，和满足工作领域的需求。我曾经在某几年当中，每年都要看超过五十本书，听超过二百小时的各种课程和演讲资料；也曾经为了学习人力资源管理知识，我在半年内大约阅读了相关图书近五十本。我觉得这种突击能帮助自己养成安静处理事务的习惯，以及迅速积累某些专业方面的知识点，受益良多。

■ 缪炳文先生

　　我本科毕业后留校工作八年，在校务机关工作。因为自己觉得不适应"体制"内这样的工作环境和方式，选择了下海经商。我和南大的另一位校友，以及南师大同届的一个朋友共同创立了"千百度鞋业",又过了一个八年,企业在境外上市,并逐步衍生为企业集团。做企业的过程中,我们三个股东都提倡干部员工多读书,当然更多的是跟企业经营管理相关的为主,有时候也为干部买一些书。共读一本书有利于企业内部统一观念,共读以后的交流更是增加了团队的共同经历。买的书多了自然认识了一些长三角的图书批发市场书商。

2002 年,集团收购了"南京国际贸易中心"大楼。为了解决写字楼的定位和商业裙楼的收益问题,集团反复论证其商业部分做成什么业态最为合适。有一位干部提出建议做一家书店,因为这符合集团的战略定位,而且可以短期内做出影响,民营企业有规模介入这一行业的很少。六个月后,国内最大的民营实体书店——南京书城诞生了。我作为集团分管写字楼物业的股东,自然成为这家书店的董事长。许多年以后有朋友夸奖我说那么早就具备了战略眼光,

▌缪炳文先生接受央视《对话 2020》节目主持人朱讯访谈

选择了文化产业这一朝阳产业，殊不知事实并非如此，当时设立了这家书店纯粹是为了解决国贸中心大楼的定位问题，更哪曾想如今的实体书店其实是全球范围内盈利能力较弱的行业之一。正是从这一家书店开始，我与书店又结下了不解之缘，并以此作为我终生的一项事业。

南京书城曾经创下了中国实体书店的多项"第一"，两三年以后，虽然书店有了一定的影响，但因为总体盈利能力一般，集团多次讨论是否放弃这一产业，而我在之后近二十年的经营中收获很多，也非常喜欢这一行业。随着集团的战略重心转移，我逐步从集团购买书店的部分直至全部股权，后来创立了全国连锁的实体书店品牌——大众书局。并借助大众书局这一平台，参与了多个与文化产业相关的资本合作，获得了收益。但实体书店本身的经营仍需不

■ 大众书局

断探索其盈利模式，好在有现在这一批对实体书店充满浓浓情怀的团队的坚守。今天的大众书局已成为国内实体书店的领先品牌之一。在我心中，实体书店本身是半公益性质的企业。一个国家的文明程度，与其国民的阅读指数密切相关。但我不希望这么优秀的团队永远带着文化情怀坚守，那多少显得有点悲壮。毕竟作为一个企业的存在，我需要和团队一起不断探索实体书店的生存和发展模式。今天，大众书局已经成为一家稳定盈利且净资产收益率远高于同行业的实体书店连锁企业，且干部员工的收入稳定增长，这可以保证这批坚守者有尊严地从事这个行业。

经营大众书局多年，我有幸结识了很多作家，尤其是我们江苏的作家，像苏童、毕飞宇、黄蓓佳、叶兆言等，也与文艺界的很多知名人士建立了联系，并和他们成为很好的朋友。我们经常一起喝酒，一起旅游，一起消遣，听他们讲与文学有关或无关的故事，偶尔还一起"合作"（多层意义上的）。有时候我也邀请作家朋友来书店做分享，来家里来做客，到大学、中学去开讲座。当然现在列入

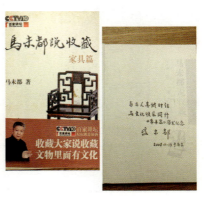

■ 知名企业家冯仑题名赠书　　　　■ 著名收藏家马未都题名赠书

作家之列的不仅仅是文学家，也有企业家、教育家、收藏家、学者和知名艺人。每认识一名作家，我都会请他们帮大众书局题写"书缘"两个字，迄今为止，已经有数百位国内知名作家、大家留下了他们的"书缘"，正是有了这些"书缘"，才不断激励着我不断充实自己，并把这份"书缘"的延续作为我后半生最重要的事业。

最后再说说我的"书房"和我对读书的理解。

每每看到学者们的书房，我都会为自己的书房羞愧不已，二十年前，我基本都是租房子住，还换过几次房子，自然租不起带书房的房子。但每搬一次家，都会把所有买过的书打包带走，直到后来在月牙湖买了第一套房子，才开始有了一个小小的书房。说是书房，里面还是放了一张沙发床，偶尔家里来亲戚的时候，书房自然也就成了客房，估摸着也就大几百册书吧。但书桌和座椅是自己精心挑选的，直到后来把这套房卖给同事，出于交情几乎把家里所有的家电家具全部送给了人家，而唯一带走的是那套心爱的书桌和座椅，它们跟着我十多年。当然书柜里面所有的书包括高中和大学时代买过的一些书肯定也是要带走的。不过到现在我也无法理解的是，一个学化学的人，读过的那几十本各种各样的化学教科书，现在好像一本也不见了。不爱处理旧书的我，把那些代表我专业又非常值得纪念的化学书都是什么时候遗弃在什么地方了呢？虽然这些化学书本上面的知识早就完完全全地还给老师了。今天，我还和南大化院的老师们保持相对密切的联系，但在更多场合，需要介绍自己本科学什么专业的时候，我都会显得多少有点小小尴尬。

■ 书房一角

　　直到现在，我的书房还是不足二十平方。所住的房子按理不算小了，房间也很多，而我似乎更喜欢在狭小的空间里独处。书房里能放得下不足三百本书，但小小的书桌上经常就会放上二三十本。我看书就是这个习惯，很多本书一起看，办公桌上、车上、厕所、书桌随处都有。在家的大部分时间我都会在书房里度过，当然书房也是我居家办公的地方。电脑和打印、复印机自然少不了，以至于我几乎每次要工作或看书的时间，都要把小小书桌先腾出一块容我伏案的空间，我喜欢这种乱乱而自在的样子。

　　自从有了大众书局，我慢慢有了疯狂买书的习惯。到别人家的书店看到喜欢的，也会买上一两本，心中暗想这也算支持一下同行。在关注的各种微信公众号里看到有什么好的推荐书，也会随手下单买上一两本，有的就随手送给合适的朋友，拿到书大部分也就随手翻阅一下，更多的甚至根本没有打开。凡是看到名家的书、图书行业的畅销书、朋友推荐的书、设计和装帧精美的书、内容奇特的书，一有机会都会买回来，再加上那么多作家赠送的签名书、历届中国最美的书（不包括太专业的）和偶尔出现的不适合市场流通的书，什么书都买都要，加起来估计也有近万册了。其实这里面大多数书我都没有看过，看过或认真翻阅过的估计最多就三千册吧。所以每每有要好的朋友来访，看到屋子里陈列很整齐的如此"海量"的书，都会"善意"地问我读过其中多少，我都会调侃地介绍说："这属于装修主题。书不仅有内容价值，同时也有美学价值和收藏价值啊。再说我是个开书店的，书卖不完还不兴我自己拿回来自己慢慢看啊？"朋友往往无语，直到后来，一位化学系的老师发给我一段发表在《社会科学研究》（*Social Science Reserch*）杂志上的话，说"西方一项最新的研究指出，即使你不刻意进行大量的阅读，仅仅是身处在一个充满书籍的环境中，也能收获益处，研究发现，在藏书丰富的家庭中长大的孩子，他们的读写能力、数感（Number sense）甚至是科技知识在将来都会得到提升"。我心释然许多，自己还真的信了这段话。

■ 书房一角

我自己读的书也很杂，没有特别喜欢的类别，我在企业内部也不时分享自己的读书体会。我并不赞成企业的人尤其是年轻人在有限的时间内读太多的文学书。虽然我也觉得加强自身的文学修养，读上十本八本也是很有必要的。我往往建议他们三五年内先读一些"如何提高自己个人道德修养"和"关于中国优秀传统文化"的书，再读一些"如何激励自己成长、如何端正自己工作态度、提升个人精神面貌"的书，最后再读"如何提升自身专业能力和岗位技能"的书。在有空闲的情况下再适当阅读一些人物传记、文学、心理学，以及历史和生活方面的书籍。换句话说，我希望年轻人（不包括专业研究人员）先读"有用的书"，再读"无用的书"。在自己有能力承担一定的家庭责任和社会责任之前，不急于先读文学或哲学。当然，文学书对每个人终身有用。在我看来，如果一个人每年都能读十二本书，他是个有毅力的人；如果每年能读二十四本书，他是个优秀的人；如果每年能读五十本书，他是个纯粹而卓越的人；如果每年能读一百本书，他是学者、大家。

▲ 缪炳文先生推荐书单

- 蔡礼旭《弟子规四十讲》（世界知识出版社 2018 年版）
- 陈安之《自己就是一座宝藏》（海天出版社 2004 年版）
- 夏萍《李嘉诚传》（作家出版社 1996 年版）
- 周三多《管理学》（高等教育出版社 2018 年版）
- 魏明《如何看财务报表》（机械工业出版社 2011 年版）
- （美）本杰明·格雷厄姆《聪明的投资者》（人民邮电出版社 2016 年版）
- 檀作文译注《曾国藩家书》（中华书局 2016 年版）
- 一行禅师《你可以不怕死》（深圳报业集团出版社 2008 年版）
- （印）克里希那穆提《生命之书》（译林出版社 2011 年版）
- （美）海伦·凯勒《我的生活》（民主与建设出版社 2006 年版）

诗曰：

山林城市住中间，居慕荆公近半山。

纵有黄尘漫天起，不妨开卷闭禅关。

程章灿《题童强半半山居》

作为精神掩体的书房

童 强

————

文学博士，南京大学艺术学院教授、博士生导师，南京大学高研院兼职研究员，曾任南京大学艺术研究院副院长主持工作。主要从事中国艺术理论、思想史、空间哲学等方面的研究，主要著作有《艺术理论与空间实践》（2019）、《中国政治思想史》（2018）、《空间哲学》（2011）、《嵇康评传》（2006）等。

读书人总是不太好意思说自己，说自己的书房就更有些惶恐。惶恐有二，一则当学者退回到自己的书房时，就再没有退却的余地了；二则书房难免是学者的光晕，真的得意起自己的手工所需要的材料与工具，似乎活得又不够通透。

书房在相当程度上反映学者的工作状况、学术状况，是学者的写照，特别是其内在本质的折射。所以，我很担心聊着聊着书房，

自己本性上的笨拙与偏狭都会不经意地暴露出来，问题在于通常这种情况下，自己往往不会觉得。热情的演讲者讲得非常投入的时候，能意识到已经过了饭点的听众颇有些不耐烦的情绪是非常困难的。

　　从某种意义上说，书房是学者的精神掩体，读书就是在为自己修建这样一个永久性的掩体。这当然不是说读书人要与世隔绝，而是说书房在必要时能够抵抗外在的纷扰，是一个安静所在，一个最容易找到自己的地方。一位学者，特别是人文学者说起自己的书房，这意味着自我的敞开、透亮。掩体的内部，是读书人最温柔的地方。揭开自己脆弱的一面，当然不免有些惊慌。

　　人们常说知识就是力量，不论怎么说，现实生活中的饱学之士常常会引起人们的敬畏之心。欧洲中世纪的人们认为教皇西尔威斯特二世是一个术士，因为他读了书，能使人产生玄奥的恐怖。这无疑能够增强教会的权力，难怪到了现代，教皇仍在新年来临之际要用多种语言向信徒祝福新年。同样，中国古代社会始终采用古奥的文言以及华美的骈体撰写公文，无疑就是想拉开朝廷与草民之间的距离。那些能写出华美文章的官人，都仿佛怀揣着五色笔，被人们视为神人、天人，获得了崇高的社会地位。想想一个官员用某种奇怪的腔调宣读皇帝的诏书，或者县太爷在衙门大堂上宣布判决时，小民匍匐在地，浑身战栗，却一个字没听懂，那该是如何的惊恐，完全搞不清眼下的状况直接造成蒙昧。小民听不懂、看不懂的官话天书，凭空造成官民天壤之别。官用御用成为古代文学最为突显的功能。用这种与口语相去甚远、庄重典雅的、须耗费十年二十年才能掌握好的文言来书写公文，正是文学家可以发挥天才的地方。文学经久不衰。

知识、技能带来威望。但罗素认为，进入现代社会，由于教育的普及，知识者的权威降低。如孔乙己一般的知识者失却了自尊。罗素声称，现代知识的核心——科学知识尽管掌握起来非常困难，但它本身并不神秘，努力掌握科技的人并不会引起人们的畏惧。他说："科学使人对自然界的进程能有一些真正的了解，因而打破了人们对于巫术的信仰，也就是打破了对有学问的人的尊敬。"（《权力论》）现代人与科学知识之间的距离大大缩小，知识的魅力日渐消解，以科学为代表的知识的神秘感不断消失。

事实上，人们对于学问的敬畏，并不在于知识本身，而在于围绕知识所形成的外在光环，知识的"外观"具有魅力、魔力。古代诗话中流行着得了病可以念诵老杜血肉模糊的诗句加以疗治，正是魔力的神话。知识的光环正如本雅明所说的艺术品的光晕（aura）。艺术品以其原创性、唯一性置于特定的神圣的空间场所，观看者怀

■ 1998 年与导师莫砺锋教授的合影

■ 与导师莫砺锋教授合著的书

作为精神掩体的书房 | 449

着崇敬，站在一定的距离之外凝神观看。艺术品由此带上令人膜拜的光晕，书房则是读书人的光环。

所以，学者对于书房的建设常常不遗余力，或以规模数量取胜，或以版本精良令人赞叹，或是书房敞亮，文房四宝，古玩字画，一应俱全，古色古香，让人艳羡不已。光晕是需要的，没了光晕让知识分子如何行走江湖。每个人都需要自带流量，多少而已。

当然，书房不能仅仅作为光环，显现知识华丽的外观，它本具有实用的功能、是一个可以干活的地方。我喜欢把它比作作坊，它就是一个作坊。既然是干活的车间，就有些杂乱，陈设也不那么讲究，还要容忍各种楼上楼下装修的交响。不过，我更喜欢给书房配上巴赫、莫扎特、斯卡拉蒂的乐音，用以抵抗嘈杂或者枯寂。书房难以上镜，收拾一番给它拍照，其实就多少不太像日常的书房，但收拾上妆毕竟是保持学者自我光晕的必要环节。

父祖都没有给我留下书房，八十年代初，人们的住房条件非常有限，能买一些书并找到一个柜子存放就很不错了。当时家里有一个柜子，是父亲购买便宜的木头，请木匠师傅打好，拖回来的，我自己给柜子漆上油漆，枣红色。若干年之后又刷了一层白漆。柜子本是用来放锅碗餐具的，但自从我买上书之后，碗柜就变成了书柜。如今，几次搬家，当年所有家具都荡然无存，唯独这个柜子无意间还保留着，也许潜意识里不愿意扔掉这段记忆。

最早买了哪一本书已经不记得，赫伯特·里德《现代绘画简史》肯定是买得最早的那些书当中的一本，上海人民美术出版社 1979 年出版，购买日期是 1980 年 8 月 26 日，我不到二十岁。虽然上了大学，但专业并不是美术，我却买了一本并非自己专业而且也读不太懂的闲书。这构成了我买书的风格。

当时没有什么钱买书，工作之后用工资买书。对于只有三四十块钱工资的我来说，花十点一元买一套十册的《史记》实在太贵。

■ 购买《史记》时的发票

■《史记》及其他的书

隆重起见，与当时第一任女友——我现在的妻子两人一道去买书。书买得太多，有时不得不向女友借钱。为了拖欠或赖账不还，索性邀请赞助方一同参加购买仪式。中山东路的那家新华书店、那座大楼还在，记忆犹存。

结婚时，我设计了新房的所有家具，顺便也设计了两个书架。这不是 DIY，只是没钱，很多事情不得不自己动手以节省开支。请木工、漆工师傅打一房家具比买现成的要省不少钱。那时的家具也非常难买，不像现在。九十年代中期，我终于搬进了新的房子，开始有了一间小小的书房。书房虽小，但已心满意足。书架直接打在墙上，连背板也不要。作坊是不能讲究的。

2007 年又搬了一次家，书房终于大了些，但很快书就溢到了地板上。

▌九十年代的小书房

书房中书的数量多还是少，可以一望而知。这是书房光晕的最显著特征。郑振铎藏书十万册，阿英藏书十万册，不谈别的，就是数量也会让人们震惊。这么多图书，一般学者很难办到，在今天房价极高的情况下，买得起书，还得买得起能放下十万册图书的房，是个难事。

学者个人拥有多少图书，本是因人而异。个性、研究

■ 溢到地板上的书

■ 现在的书房一角

■ 书架上的书　　　　　　　　　■ 现在的书房一角

领域、公共图书馆的支持程度等因素都会影响到个人图书的状况。一位社会学家有书八千册与历史学家拥书两万册，严格说来两者没有多少可比性。事实上，有的学者藏书比我多，学问做得比我好；有的学者藏书比我少，学问做得也比我好，所以，书房里书的多少（当然不应该太少），对学问的影响不是最关键的。

　　什么才是关键？叔本华《关于思考》一文中说："藏书再多的图书馆如果不加整理的话，对我们的益处还不如规模小但整理有序、分类清楚的藏书室。"这表明个人书房中的图书实际上存在着某种隐形结构，它们总会按照书房主人的需求与偏好排列。公共图书馆的图书分类原则在这里是不起作用的。那些摆放得有些杂乱的书，看起来完全不相干的几本书，在使用这些图书的学者那里，正有着某种结构。一本海德格尔该放在哪里，是与胡塞尔放在一起，还是与荷尔德林放在一起，是与尼采放在一起，还是与庄子放在一起，在不同的学者那里完全不一样，怎么放置每个学者都有自己的理由。藏书的隐性结构只有学者自己知道，当然同行专家来看，多少也可以看出些端倪。陈国符本留学德国，专攻纤维化学，但后来又研究道教炼丹术，写成了《中国外丹黄白法考》，如果我们能走进他的书房，一定会看到化学与道藏并置的奇特场面。季羡林七十岁以后研究糖史，写有一部《糖史》八十万字。这一研究也无疑会改变他七十岁以前藏书的布局。

书房图书的内在结构多少反映了学者的知识结构，特定的知识结构对于学者研究的影响大大超过我们一般的想象。从事学术研究时，我们多半不会意识到自己的知识结构、知识背景，但结构往往是结构性地产生深刻影响。季羡林如果没有东方语言、跨文化交流的知识结构，他可能不会敏锐意识到糖史研究的重要性并激发持续近二十年的探索热情。同样，没有化学方面的专业知识，道教炼丹术的研究也不可能有根本性的进展，而陈国符的知识结构正符合了这样的需求。

对于人文学者而言，形成自己的知识结构非常漫长，也非常重要。应该鼓励学生、年轻学者自己的学术兴趣，宽容他们各种独特的探索模式，给予他们更多的时间依照自己的兴趣与性情形成自己的知识结构，但今天的学生显得特别忙碌，几乎所有的时间都安排了规定的课程，那么要形成自己独特的异质性的知识结构就会非常困难。只有知识结构不同，只有结构本质不同，才有可能真正推动研究者做出具有创新性的

■ 2006 年与周勋初先生合影

■ 出版的著作

研究。完全按照清儒设想的经学训练模式，很难促进当今的人文学者实现学术观念的突破以及研究成果的创新，尽管今天的人文研究反而离不开经学的修养。人文学者的独特性是从建构自己的知识结构开始，而不是在自己的项目研究那里形成的；异质的知识结构形成，恐怕又是从"乱"买书开始的。只有感到自由，没有僵硬的尺度，一个学习物理的青年才会茫茫然买了本《现代绘画简史》回家。

▲ 童强教授推荐书单

- ◆ 朱熹《四书章句集注》（中华书局 2012 年版）
- ◆ 鲁迅《鲁迅全集》（人民文学出版社 2005 年版）
- ◆ 莫砺锋《莫砺锋诗话》（北京大学出版社 2006 年版）
- ◆ （法）蒙田《蒙田随笔全集》（译林出版社 1996 年版）
- ◆ （德）叔本华《叔本华论说文集》（商务印书馆 1999 年版）
- ◆ （德）卡尔·雅斯贝斯《时代的精神状况》（上海译文出版社 2013 年版）
- ◆ （英）贡布里希《艺术的故事》（广西美术出版社 2008 年版）
- ◆ （英）赫伯特·里德《艺术的真谛》（辽宁人民出版社 1987 年版）
- ◆ （法）弗朗索瓦·夏特莱《理性史》（北京大学出版社 2000 年版）
- ◆ （英）怀特海《科学与近代世界》（商务印书馆 1959 年版）

诗曰：

世间何处觅尼摩，尘海难寻鹦鹉螺。

幸有藏书十千卷，须臾万里自消磨。

程章灿《题于溯无斋》

身无彩凤双飞翼，
我与狸奴不出门

于　溯
———

天津人，1983 年生。南京大学历史学学士（2006），文学硕士（2008），文学博士（2011）。现为南京大学文学院副教授。主要研究领域为汉唐文学和文献学。发表过论文和随笔《隐蔽的网络：中古文献中的模块化书写》《行走的书籍：中古时期的文献记忆与文献传播》《范晔〈后汉志〉篇目考》《陈寅恪"合本子注"说发微》《文史结合的三种类型》《宣传：中古文学的另一个开端》《互文的历史：重读五柳先生传》等。

据我观察，想到要置办书房的主要有两类人：一种是房太大的，一种是书太多的。房太大是什么感觉我不知道，书多就是累。做学生的时候，我们这些文科生书都多，是以最怕换宿舍。按我室友的话说，宁接退学通知，不接搬家通知，退学么好歹也就搬最后一次了。我自己是浦口五栋鼓楼二舍四舍东八西八陶三招待所，九年住了七个宿舍，每次搬家都像渡劫。那时候也舍不得雇三轮车，一箱箱书上楼下楼都是自己扛，雨淋过手滑过腰扭过楼梯踩空过，折腾一次人和书都不免小有损伤。工作以后出来租房，也换过几个地方，虽然搬家都是找搬家公司了，但是那段时间买书量有点失控，每次下架打包拆包上架，也足以让老腰"叫歇"几天。

▊ 书房集联

▊ 读博时的宿舍

想有间书房，无非是想给书一个长久的安顿。这话说得可能有点大，有钱人不过是给房买书，我们有书人居然要给书买房。当然和世间大多数豪言壮语一样，听着再解气，语法上也是虚拟语态，所以我的书上都钤一藏印曰"无斋藏书"，斋号并无出典，就是没地儿放书的意思。其实换个角度想，书也是我买的，我还要给它买房，是何道理？于是有那

■ 住过五年的小单间，一面墙为书房，一面墙为卧室，一面墙为餐厅，一面墙为客厅

么一段时间，我常常蹲在出租屋里思考人、书和空间的关系，从而错过了在南京买房的最佳时机。

在法国汉学研究所（IHEC）书库

人为什么要买书呢？这是一个问题。要说为了阅读，那有图书馆；要说为了收藏，除非染指古籍，现代出版物都是工业时代的可复制产品，谈何收藏。想来想去，买书也就是图个乐，和逗虫养鸟侍弄花草一样。甚至诛心地说，书非得据为己有，也是满足人性本来的贪婪，只不过这个占有欲释放在了价值为社会普遍认可的物件上了而已。非要把买书藏书说成是多么高雅的事业，其实大可不必。

但不管高不高雅，只要有乐趣，就可能上瘾。我好像初中就上瘾了。说起来那个年头，我老家天津的书店还是挺多的，尤其是有特色的小书店，整体行业远比现在景气。像南京路小学旁的开明书

在安特卫普逛旧书店　　佛罗伦萨一家旧书店

店，长沙路的作家书店，规模都不大，好书却不少。作家书店也代卖旧书，我就以极低的价格买过一套二手《宋书》，这是中华点校本二十四史里我拥有的第一部。其实当时也不知道《宋书》写的是什么，倒是多年以后做硕士论文，题目定在了刘宋，这也是缘分吧。如今冷清萧条的古籍书店，一度有好几家门店，和平路是专卖旧书的，紫金山路是卖新书的。我初中学校离家七公里，不算近，但因此放学可选择的回家线路很多，换线则可经过不同的书店。走紫金山路正可去古籍书店，但是得在人家下班前赶到，这就让我练就了飞车本领。据我的邻居兼同学说，他曾从骑出校门就开始撵我的车，结果骑到家都没追上。如果走八里台，又有高教书店，我记得在那里买过一本马基雅维利的《君主论》，可能是看中它薄。薄是我当时买书的一个重要标准，因为上课可以偷偷夹在课本里看。中考之前，还因为逛书店闯了个祸，当时天色已晚，我着急进门，书包就放在车筐里没拿，结果就没了。这件事让老师大为恼火，说第一次见到中考前就把书包扔了的学生。

上了高中，学校离家更远，而且等我放学全市都下班了，晚上逛书店已经不可能。烟台道古籍书店离学校说远不远，说近不近，

■ 早年所得的书籍

如果放弃午饭，上午下课铃一响即飞驰而去，下午上课前是能赶回来的。我在古籍书店买的余冠英先生的《乐府诗选》，谭其骧先生主编的《中国历史地图集》，王力先生的《古代汉语》，现在都还在书架上。

中学时候读书很杂，常常是自以为能看懂就想要，但是胡打乱撞，也会有知识上的收获。初中时买过一本书叫《学林散叶》，特别喜欢，后来知道书名是来自《艺林散叶》，于是又弄来读，高中老师没收了我的《艺林散叶》，但是告诉我这个叫世说体，于是我又看了《世说新语》。还有一次新买得《道林·格雷的画像》，和同学炫耀，结果人家不屑地说，你这哪个出版社的啊，封皮花里胡哨的，译得好不好啊。我这才慢慢知道了些出版社、版本之类的知识。

懂得这点皮毛，就可以在旧书市场找乐趣了。那时对我来说最迷人的所在，就是南开大学东门对面、八里台桥下每周末的书市。说是书市，其实就是旧书摊，良莠混杂，人声喧沸。我忘了是在哪位老先生（可能是孙犁或者张中行）的随笔里读到过一种买旧书的招数：要一次拿个五六本问价，真想买的夹杂其中，不使卖家知道，以防坐地起价。这办法我试过多次，都不成功。后

■ 巴黎十三区的小书店，特色是汉学书籍

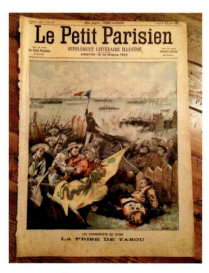

■ 里尔集市所得，TAKOU，即大沽

来认识了些书友票友，逐渐发现，人无论上了哪路的瘾，瘾君子的特征都一样，就是一见所好，眼就放光。我想这个破绽，当我傻兮兮在那儿整合书的时候，书贩子早看到了。

何止见书眼放光，瘾君子干聊起书来眼都是放光的。对不知其中味的听者来说，细数书店和猎获，可能就是无聊的报菜名，可对讲的人来说，那真是一段段结结实实的快乐。

既然有快乐，付出些代价是应该的，就是想不到买书上瘾最后要买房。还记得当年就在开明书店，我买到过本小书叫《讽刺幽默诗选》，里面有首诗题为《写在某君骨灰盒上》，内容仅一句：

这一回，总算解决了房子问题。

可恨这诗读得太早了，没能理解到位。不要说那时候，到我在出租屋里思考人、书和空间的关系的时候，还是没理解透彻。

说到和空间的关系，我"早年"真有两个和空间相关的阅读体验，迄今印象深刻。不过这两个空间都不是书房。第一个空间应该说是我自己。大概三四岁的时候吧，老发烧，天天就待在床上，靠着床头看故事书。床对面是大衣柜，柜门上有穿衣镜，我有时候看故事出神，不经意瞥见镜子里的自己，就感觉特别疑惑——刚刚在森林里打怪兽的我，就是镜子里这个人？这个人就是我？不知道是烧糊涂了还是什么原因，我常有这种体验，而且乐在其中，觉得故事能把我从我的壳里带出来，镜子又把我打回去，没有书我就出不了壳，没有镜子我就不知道自己出了壳，所以书和镜子的组合太棒了。

第二个空间是儿童医院的病房。那个病房是什么样子呢，两面是墙，两面是玻璃，玻璃外是另一间病房，另一间病房的玻璃墙外又是另一间病房，然后是护士站，然后又是病房，也不知道一共有多少间病房。护士站是世界的中心，监视着一切，哪个小孩说话，哪个小孩

■ 于溯教授

■ 柬埔寨的旧书

■ 办公室藏书

下床，都会马上招来训斥。病房里没有钟表，白炽灯日夜不熄，好像时间是停止的。白炽灯，白墙，白色的天花板，病友们无声无息地填充着白被子和白床间的空隙，远处是盯着这一切的白护士站。困在这么一个声色时空组合里，我唯一的指望就是父母来救我回家，可是因为药物的作用，每天探视的时间段我还都在昏睡，连提出诉求的机会都没有。好在只要父母来过，就会在我床头放几本书，书一打开，白墙就关不住我了，护士站能看见我而我看不见它了，家也没有吸引力了，为什么要回家呢，我要坐上鹦鹉螺号，和尼摩船长去地中海，然后去南极。

南极没有去成，结果来了南京。到这里也快二十年了，逛了更多的书店，买了更多的书，忍不住幻想有个书房。可是儿时的经历也告诉我，书的本质是反空间的，我们读书，就是为了超越自己先天有限的躯壳，挣脱后天被施加的桎梏。被资本套上枷锁而换得一间书房，然后把自己关在里面追求精神自由，会不会有点可笑又可悲呢？

可是人到中年，往往就是要走上年轻时看着可笑又可悲的路。搬家折腾累了，房租一路走高，也都是现实问题。我现在算是将要有一间不兼职卧室餐厅客厅的正经书房了，虽然还在打书柜阶段，可说真的，一站在房间里，满眼都是书上好架的样子。而且我突然意识到，站在图书馆里，面对的是平行分类、垂直分级的书籍；而在自

己的书房里，面对的是以差序格局环绕着你的书籍：他们有的亲如兄弟，有的谊同挚友，有的是泛泛之交，也有的知面不知心。我可以想象以后推开书房门，看见这熙熙攘攘一屋子人，我坐下来和熟人叙叙旧，找生人聊聊天。我们进可以思飞九天外，退可以小楼成一统。我得承认，如果没有书房这个空间，很难有这种感受。那么，书房就像当年的那面镜子吧，它给我套上枷锁，却也将见证我的逃离。

▲ 于溯教授推荐书单

- 杨伦笺注《杜诗镜铨》
  （上海古籍出版社 1981 年版）
- 王明珂《华夏边缘》
  （上海人民出版社 2020 年版）
- 袁行霈笺注《陶渊明集笺注》
  （中华书局 2003 年版）
- （英）霍布斯鲍姆《传统的发明》
  （译林出版社 2004 年版）
- 钱锺书《谈艺录》
  （生活·读书·新知三联书店 2007 年版）
- （美）孔飞力《叫魂》
  （上海三联书店、生活·读书·新知三联书店 2014 年版）
- （法）福柯《规训与惩罚》
  （生活·读书·新知三联书店 2012 年版）
- （英）奥威尔《1984》
  （译林出版社 2013 年版）
- 周雪光《中国国家治理的制度逻辑》
  （生活·读书·新知三联书店 2017 年版）
- 胡宝国《将无同》
  （中华书局 2020 年版）

诗曰：

半生结网竟何如，海外狂胪万卷余。

邺架缥缃欣有托，齐言吾亦爱吾庐。

程章灿《题徐新金陵结网轩》

藏书在于积累

徐　新
————

南京大学哲学宗教学系二级教授、博士生导师，南京大学格来泽犹太和以色列研究所所长。1977 年起在南京大学任教，1985 年曾担任英文系副主任。1988 年后主要从事犹太宗教、文化、历史，以及犹太人在华散居史方面的研究，主要成果有：首部中文版《犹太百科全书》、《反犹主义：历史与现状》、《西方文化史》、《犹太文化史》、《中国开封犹太人：历史、文化及宗教研究》（英文专著，美国出版）等。

曾多次访问美国、以色列、德国、英国、加拿大等国，是中国最早（1988 年）访问以色列、并在以色列耶路撒冷希伯来大学发表公开讲演的学者。1995 年在希伯来联合学院从事犹太教研究，1996 年和 1998 年两度在哈佛大学犹太文化研究中心任访问学者。自 1995 年以来，应邀在国外做过八百余场次英文学术讲演。因其学术活动和成就被国际学术界视为中国犹太学研究的领头人和最具影响力的学者。1996 年获得美国弗兰德纪念特别奖。2003年以色列巴尔-伊兰大学授予他哲学博士名誉学位，以表彰其在中国开展的在犹太文化研究方面取得的极其重要贡献。

"读书"开智

在我的记忆中，自己与读书这一概念最初联系在一起的时间节点大概是五岁。当时被家人送入位于京杭大运河高邮段河堤上的一"私塾"开蒙。熟悉私塾教育方式的人都知道，孩子在那里"上学"实际上就是读书和背书。因此自开蒙以来，在我脑海中，上学的概念完全等同于读书。事实上，在日常生活中，人们的确把上学就说成是"去读书"。家长打发喜欢纠缠撒娇孩子说得最多的一句话就是"去、去、去，读书去"！因此，对我而言，读书自然而然成为一种必做之事，继而变成一种习惯，成为生活的一有机部分。在经历了小学、中学、大学的学习生涯后更是洞察读书的重要性，常常把学校是否能够为学生提供自由阅读的空间和时间，让学生有一个自由读书的环境和氛围作为衡量学校好坏的一种标准。

不过，回望童年，应该说自己并没有一个特别良好的读书环境。父母是在四十年代就投身中国革命的人。尽管祖父母一代重视教育，千方百计让他们的子女上学读书，母亲还读到了中学。这在三十年代的中国是相当罕见的。父亲参加革命之前在村里教过书，人称"大先生"。但在我的记忆中，家里从未有过书房，实际上，连书架也没有。家里仅有的十来本书都是父母工作单位发的政治类读物。除了学校发的课本，家中几乎没有什么课外书籍可看。课外阅读最多的是街角书摊上摆放的小人书。

文革期间，像我这样已经上到高中的人还是时常会想到读书的事，因为那毕竟能够提供新的知识和展示一个更广阔的社会。为了有书读，自己曾多次钻进已经关闭的学校图书馆中"窃"书，看完一批再换一批。当然，这一做法实属不可容忍的"恶习"，但在当年的特殊情况下，读书的冲动应该说还是"难能可贵"的。就这样读了不少"闲书"，开阔了眼界。后来能够作为最初一批工农兵学员进入南京大学学习与这一段读书的经历不无关系。

对书房的渴望

1977 年，我大学毕业留校当老师，自然希望有个属于自己的书房。不过，在彼时这一想法纯属"妄想"。在留校人员的宿舍都是数人合住的年代，哪可能有什么空间做书房？

不管怎样，愿望还是要有的。同年在家人为自己婚姻大事准备家具时，提出了希望有一个书橱和一张带斗的书桌的要求。请来的匠人按照我的要求定做了书橱和书桌。书橱的深度达五十公分，足够放两排书，隔板再分前后两层，前低后高，这样一个书橱的容积（藏书量）就翻了一番，相当于两个，而且查找也很方便。至今该书橱仍在使用中。书桌为带斗式，支撑桌面的是带有三层抽屉的斗柜，其中有两层特地做成卡片箱的样式，方便放置学术卡片。可以说，这两件物品就是我最早的

■ 七十年代自制书橱

"书房"。当从老家运抵我在南京的住处时，还是十分欣喜了好一阵子。

随着经济的发展，生活水平的提高，数年后住房终于得到改善，分得两室一厅的居室。不过，想单独辟一间做书房仍然是不可能的。为了自己不断增加的书有一存放处，只好借用儿子卧室的三分之一空间布置成图书角，还添置了新的书架，手头的书籍也算有了一归属之地。

金陵结网轩

由于自己酷爱读书，逛新华书店购书成为自己的一爱好，每次出差，无论是国内哪个城市，还是哪个国家，总要去当地的书店逛逛。计算下来平均每年工资的四分之一都用在购书上。这样家中书的数量不断增长，而书架总是太少，永远无法为手头的书籍提供一个安顿之处。直到购置了一套四室两厅的公寓，终于可以有一独立的书房了。在装潢过程中，吩咐工匠做了十只从地板到天花板的书橱。在随后的十年，基本解决了家中图书置放的问题。坐在其中，看着四周的图书，不胜欣慰。兴奋之余，附庸风雅地为书房起了一雅号：金陵结网轩。其意来自自己的座右铭"如其临渊羡鱼，不如退而结网"，以激励自己多读书、多充电。

募集犹太学书籍

我毕业于英语系，英语语言文学是我的专业，留校工作后选择的研究领域是战后美国文学，特别是五六十年代成为美国文坛主力的犹太文学。闯入犹太学领域纯属"偶然"，也是使命感使然。若不是 1986—1988 年在美国大学执教期间居住在美国一犹太人家，获得一个不可多得的了解犹太文化的绝佳机会，我是说什么都不可能进入这一领域的。

在 1986—1988 年间与该犹太家庭，以及通过他们，与芝加哥犹太社团的密切交往中，犹太人的思想、行为以及生活方式时常令自己着迷，并逐步领悟到犹太思想文化具有的魅力，以及对西方社会生活造成的巨大且具实质性的影响。所见所闻，加上所思所考，使得自己那颗一直在寻找新思想的心灵受到极大冲击，真的为这一独特的"异域"文化所吸引。于是，我开始有意识地去更多了解犹太文化的内涵和精神实质。

该犹太人家收藏的犹太文化方面图书成为了我最初的阅读之物。

对犹太文化了解得越多，对世界上唯一的犹太人国家越好奇，希望能够有机会亲眼去看一看。在犹太朋友的协助下，该愿望最终得到了实现。1988年夏对以色列的访问不仅使我对犹太人的国家有了"第一手"的直接了解，而且为此后三十年本人与以色列学界建立牢固的学术联系打下了基础。更为重要的是，该访问的所见所闻进一步坚定了自己已经产生的打算回国后投身犹太学研究的决心。

这一于1987年下半年在自己脑海中出现的想法自然会引出另一个问题：回去后如何能够继续自己对犹太文化的学习？必须有一定数量犹太文化方面的图书，而回国后是很难获得这方面图书的。自己必须自带"干粮"回去！必须募集图书！因此，募集犹太文化方面的图书成为我在余下留美时间的一项重要任务。

功夫不负有心人。1988年5月打包准备回国时，我募集到的图书已经达千册（二十箱）。如此多的书只有托运回去。我打听到并选择了一家提供门到门服务（Door to door service）的运输公司，在离开美国前付款交运。四个月后，当图书运抵南京时，委托的运输公司忠实履行合约，把这二十箱图书不仅运到我的住处，而且背上没有电梯的六楼家中，真正做到了门到门的服务。这成为我拥有的第一批犹太文化藏书。

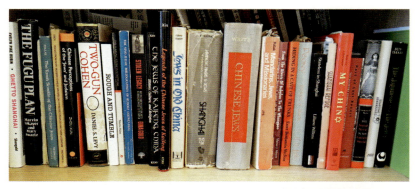

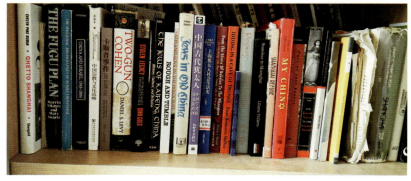

■ 收藏的中国开封犹太人研究图书

以读书补缺

我在犹太文化方面毕竟没有"坐过科",从中学到大学从未上过任何与犹太文化有关的课。要真正开设这方面的课程,自己必须"恶补"这方面的知识。幸运的是,从美国运回的书籍发挥了作用。在接下来两年左右的时间,自己将这些书统统浏览阅读了一遍。这无疑是一生中读书最为密集的一段时间。为了确保自己有充足的学

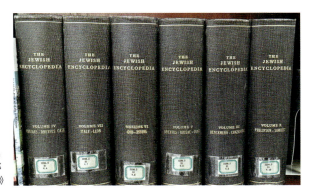

■ 珍本：1903 年出版的世界上第一部《犹太百科全书》

■《犹太百科全书》

■ 犹太所收藏的英文版十六卷本《犹太百科全书》

■ 1995 年徐新教授与基辛格博士
会面，基辛格博士在翻阅中文版
《犹太百科全书》

■ 徐新教授与前以色列总统
佩雷斯会面

习读书时间，一直谢绝校外有偿讲课邀约，在家潜心读书。

在这一期间的潜心读书结出了数方面的果实：除了顺利在南京大学开设犹太文化课程，还完成了中文版《犹太百科全书》的编纂工作，并开启了对现代希伯来文学的系统译介工作。

从书房到图书馆

1992 年 1 月，喜讯传来，中国和以色列正式建立外交关系。我不失时机向学校申请成立一个专事犹太文化研究的机构。5 月，经南京大学批准，"南京大学犹太文化研究中心"（十年后更名为犹太文化研究所）正式挂牌建立。这是中国高校系统中正式批准成立的第一个犹太文化研究中心。中心自我定位为：中国高校系统一个专门从事犹太文化专题研究的科研教学机构。除了每年开设犹太文化课程外，还开始了研究生的培养。

中心成立后，对图书的需求发生了根本性的变化。个人的书房满足不了需求，筹建中心图书馆显然是一个迫切且绕不过去的任务。

南京大学
黛安/杰尔福特·格来泽犹太和以色列研究所
The Diane and Guilfrod Glazer Institute for Jewish and Israel Studies, Nanjing University
מכון גלזר ללימודי היהדות וישראל, אוניברסיטת נאנג'ינג

▌2010 年为感谢捐赠者格来泽夫妇，研究所更名为犹太和以色列研究所

阿瑟/伊利莎白·施奈尔拉比
犹太学图书馆
RABBI ARTHUR AND ELISABETH SCHNEIER
JUDAICA LIBRARY

▌施奈尔拉比通过捐款三万美金
获得该图书馆的命名权

▌2020 年以色列新任驻上海总领
事爱德华先生参观犹太文化研究特藏

有志者事竟成。经过数年的努力，通过筹集资金，中心不仅有了自己的实体图书馆，而且藏书量在逐年增长，绝大多数都是英文版图书，成为国内拥有犹太研究书籍最多的图书馆。国外的来访者在参观后甚至认为，该图书馆是亚洲最大的犹太文化藏书馆之一。

尽管一部分图书是通过购买获得，但绝大部分是通过募集的方式获得。采用这一方式倒不是仅仅因为研究所没有足够的图书经费或者购买渠道不畅，而是大部分图书在研究所成立时已经绝版，很难购得。募集图书的渠道主要有三：

一是来自美国犹太教育机构图书馆和犹太社区图书馆。

这些图书馆通常每过一段时间都会清理自己的图书。加之每年都有一些犹太家庭因成员的变故，会把家中收藏的图书捐给这些机构。譬如，我做过驻院学者的希伯来联合学院，前往访问并做过演讲的克里福兰犹太学院和加州贝弗利山庄伊曼纽尔犹太会所等机构都一直接受犹太人的图书捐赠，有了不少复本。在了解了南京大学犹太文化研究所在中国犹太学研究领域发挥的作用后，这些机构主动捐赠它们图书馆中的复本。每一机构捐给南大研究所的图书量都

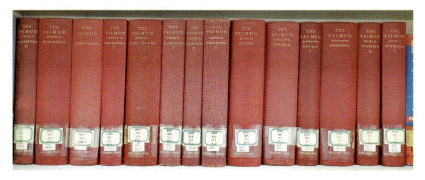

■ 犹太所收藏的英文版《巴比伦塔木德》

在五千册之上。

二是来自结识的犹太个人，特别是名人。

犹太人素来有读书的传统，通常每家每户都有可观的藏书，极有可能成为潜在的捐赠人。譬如，我所结识的希伯来联合学院前院长高乔克（Alfred Gottschalk）教授因遇车祸受重伤，在医治了半年之后仍然不幸逝世。由于我与他结下的深厚友谊和对南大犹太所在中国推进犹太学教学的了解，他留下遗言要求将他的私人图书馆捐赠给本人所在的研究所。这一批图书均是珍贵、高质量的学术著作。高乔克的儿子 Mark 不折不扣按照父亲的遗愿办事，在高乔克逝世后将其父的书籍运到南大。另一位捐赠近千册图书的著名人士是纽斯勒（Jacob Neusner）教授。他应该说是一个著述狂人，著述的数量已经不能用等身来衡量，据报道由他撰写或者编写的书籍超过五千本，哈佛大学图书馆收藏他的书摆满整整八个书架。我是因他的约稿之举而结识他的。当时他正在准备编一本《犹太教百科全书》（*The Encyclopaedia of Judaism*），向我约稿。

在我将二十余页英文词条"Judaism in China"寄给他后，他非常满意，给我回了一封热情洋溢的信。在信中，除了赞扬我的文稿和告知我的文章将在他编纂的书中刊用外，还告诉我说我的名字已经加在他的赠书人名单

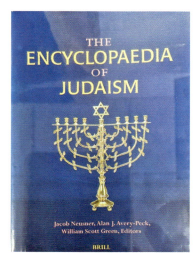

■ 徐新文章作为长词条发表的
《犹太教百科全书》

▌ 当时来南京大学访问的希伯来联合学院前院长高乔克教授

▌ 研究所收藏的纽斯勒教授的部分图书

上，此后他每有一本书出版都会自动寄赠我一册。同时，他的办公室已经将二百册他名下的书打包寄我。这真是喜出望外，是一种想都不会想到的意外收获。

三是来自募捐呼吁。

自二十世纪九十年代以来，每年都有一定数量的犹太访问团来中国参观访问，不时会邀请我参与接待，与访问团见面或做有关中国犹太人的讲座。在联系人询问接待需要什么样的费用或条件时，我的答复通常是千篇一律：希望代表团的成员每人带一两本有关犹太方面的书籍，作为礼物捐赠给南大犹太文化研究所，供我们的学生学习之用。这样一来，每当有一此类访问团来访，我们的图书馆都会有几十本的图书增加。日积月累，数年下来，研究所的图书增长量过万。我还在国外报纸上刊登文章，呼吁犹太朋友为我们捐赠图书。此外，我每次出访都会收集图书，归来行李中都会有半数物品是图书。当然，能够做到这一点，需要的是信任、友谊和人脉。

特藏室的设立

到 2012 年，由本人逐步建立起来的犹太文化藏书量已经超过三万，其中不乏珍本和签名本。为了更好地利用这一独特的图书资源，在南大仙林校区启用之后，我决定将所有的图书一次性捐赠给南京大学图书馆，作为南京大学的公共资产。应该说，这是一批极有特色的图书，许多书可以说是国内藏书界的"孤本"。为此，南大图书馆在杜厦图书馆特藏部辟专区进行收藏，以"犹太文化研究特藏"命名。不仅如此，还对所有图书编目上网，向全国范围的读者，

杜厦图书馆的"犹太文化研究特藏"专区

犹太文化研究特藏室揭牌仪式

尤其是犹太学者和研究生开放，为中国整个犹太学领域的可持续研究奠定了基础。

经过近三十年的发展，南京大学犹太文化研究所发展迅速，成为了中国民众了解犹太文化的重要信息窗口和资料来源。

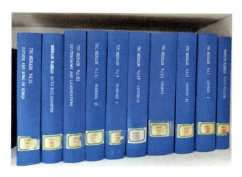

▐《米德拉什》

而这一切在我看来是我读书一生、藏书一生的一种自然结果。

▐ 徐新教授

▲ 徐新教授推荐书单

- （以）阿巴·埃班《犹太史》
  （中国社会科学出版社 1992 年版）
- 徐向群《沙漠中的仙人掌——犹太素描》
  （新华出版社 1998 年版）
- （美）托马斯·卡希尔《上帝选择了犹太人》
  （世界知识出版社 2001 年版）
- 张倩红《困顿与再生——犹太文化的现代化》
  （江苏人民出版社 2003 年版）
- 刘洪一《犹太文化要义》
  （商务印书馆 2004 年版）
- Xu Xin. *The Jews of Kaifeng, China: History, Culture and Religion.* KTAV
  Publishing House, 2003
- 傅有德等《犹太哲学史》（上、下卷）
  （中国人民大学出版社 2008 年版）
- 徐新《反犹主义：历史与现状》
  （人民出版社 2015 年版）
- 徐新《异乡异客：犹太人与近现代中国》
  （台湾大学出版中心 2017 年版）
- 徐新《西方文化史》（第三版）
  （北京大学出版社 2020 年版）

诗曰：

东西日月看沉浮，坐读真成汗漫游。

行遍千山兼四海，胸中吐纳百川流。

程章灿《题骆威律川斋》

律己正心，如川之流

骆　戚

———

法学博士，副研究员，南京大学法制办公室副主任。著有专著《南京国民政府时期的高等教育立法》等。

读书，可谓是这个世界上性价比最高的享受了。我们只需在忙碌中挤出些许闲暇，找一个安静的坐处，打开一本被岁月尘封的著作，轻松地让作者的思想弥漫到自己的心灵当中……我实在无法想象比这更有趣的事情了。

比如，假想你正在读《资本论》，就如同你买了一张飞往德国的机票，并穿越时光去听了一场卡尔·马克思的演讲，甚至听到的每一句都是他本人精心挑选和整理的字句。因此，我们只需花上一本书的价钱，就可以随时获得一场与先贤思想碰撞和灵魂交融的体验，而每一次这样的体验，都是令我们充分汲取智慧滋养的过程，同时

▌书房名为"律川斋"，意为："律己正心，如川之流"

也是人类最为崇高的获得享乐的方式。

　　我喜爱读书的习惯主要得益于我的母亲。记得小时候，母亲一有闲暇就买书、读书，读的范围也比较广，诸如《红楼梦》《平凡的世界》《菜根谭》《曾国藩家书》等等。她不仅自己读，还要求我从世界名著读起，多年来没有间断，并且每读完一本都要写读书笔记，记录自己的心得体会。

　　成家之后，我最用心的就是家里的书房，虽然书房的布置和其他房间风格迥异，但这个小小的空间一直都是我最安心之所在。好在得到夫人的支持，把整个书房全权交给我打理，还花了很多心思使书房增色不少。多年以来，书房内所有的书柜、书桌、工艺品、

■ 书房一角

书籍，都是我精心挑选所藏。南大鼓楼校区附近的潇湘、唯楚、学人等旧书店，都是我闲暇之余最常去的地方。记得有一年去日本旅游，总共就五天的行程，结果把一天半都耗在旧书店了，带回好几套品相很不错的清代版刻古籍。

在我的藏品中，最珍爱的还是要属数十本清末和民国时期的古籍经典，每当捧起阅读，往往不忍释卷，其中逸趣，非文字所能表述。

2009 年工作地点搬至仙林校区之后，每天地铁往返有两个多小时的路程，于是，地铁车厢就成为了我每天最佳的阅读场所，每年仅在地铁上便可以累计阅读书籍三十余本。

江苏省作协副主席储福金先生是一位围棋高手，他写的很多书我都认真拜读过，特别是关于围棋的《黑白》《黑白·白之篇》，以及关于棋语的一系列短篇小说，如《棋语·弃子》《棋语·靠》等等。储先生除了教我下围棋之外，还经常跟我聊及他对围棋和人生的思考，他告诉我，当年教他下棋的老师最开始让徒弟九子，一直到不让子，最后甚至一直到被徒弟让九子，依然坚持对弈，毫不在意双方水平的高低，饶有兴致地享受着下棋的整个过程。储先生告诉我，这才是一位真正的棋手，因为他早已脱离于胜负，沉浸于围棋本身的乐趣。这是为人的境界，读书的境界又何尝不是如此。

李昌钰先生是世界知名的美籍华裔刑事鉴识专家，参与过全球五十九个国家、八千多个重大刑案，西方媒体形容他是"现代福尔摩斯""现场重建之王""科学神探"。2016年，我在美国洛杉矶访问了李昌钰先生，并

骆威先生在书房

1910年和刻本《论语》

2016年在洛杉矶拜访李昌钰

和他做了交流。李昌钰先生表示，他刚到美国时不会讲英文，现在已经写了四十多本书，其中比较热销的有《让不可能成为可能》《神探李昌钰破案实录》等。在李昌钰看来，时间最宝贵，一个人成功不成功，完全看怎么利用时间，"一天写一页，再忙都要写"，他表示还会继续坚持写下去。

2017 年，李昌钰先生携夫人访问南大，正式受聘为南京大学名誉教授，并为师生们作了一场妙趣横生的报告。他说，"人生漫长，起起伏伏，有高有低。要脚踏实地，积极进取，一直走到目标实现的那一天"。他一辈子实际上只做了一件事：使不可能变成可能。正是有了这个信念支撑，李昌钰完成了许多貌似"不可能"完成的任务。

李昌钰先生送我的著作和徽章，都保存在我的书房里，是我的珍贵收藏。除了书，书房里还有一套篆刻工具。篆刻需要很强的耐心和韧劲，往往需要在书房待一整个晚上，才能刻出一枚自己较为满意的章来，能够忍受心灵的孤寂，才能体察其中的趣味。这种趣味的背后隐蕴着深厚的中国文化，而表面上，它给人们呈现的是一种虚实相融、有无相生的视觉效果。

▎李昌钰先生赠送给我的著作和徽章

书贵笔法，刻贵刀法，作为书法的延续的刀法，虽说仅冲切两大类，而冲切之中又变化莫测，寸铁在握，起伏卧倒，正侧披削，似屋漏痕，似折钗股，自有无穷意趣在。劳作半天，完成了自己心仪的名章和闲章，在自己的藏书、书画作品上钤印，实乃人生一大快事。

▉ 闲章篆刻：彩云追月

篆刻之余，书法和绘画也是陶冶情趣的极佳方式。一个充满雅趣的书房，常以字画点缀增色，甚至可以起到画龙点睛的作用。灵秀淡雅、淋漓悠远的山水，感染自己要心胸豁达；清秀灵动的花鸟鱼虫，又提醒自己不失于情趣；警句格言的反复摹写，则时刻警醒自己于日常中沉思静悟、安顿心灵，不断塑造健全的人格。

■ 书法作品　　　　■ 骆威著：《南京国民政府时期的
　　　　　　　　　　　　　高等教育立法》

博尔赫斯说：如果有天堂，应该是图书馆的模样。对于个人而言，只需要有一间小小的书房就够了。走进它，茶香书韵、翰墨芳华，便足以抚慰尘世间的一切焦虑与疲惫。

如果说读书是一个人的魂，那么书房就是安放灵魂的逍遥乡和安居处。想要养育一个博学、睿智、康健、有趣的灵魂是极为不易

的，不仅需要"志于道、据于德、依于仁、游于艺"的品格和修养，还要有数十年如一日的自律与坚持，而书房，就是承载"为往圣继绝学、为万世开太平"这一拳拳之心的最佳道场。

读书过程中的感悟，便时刻提笔记下，十年来以小楷记录读书与生活感悟，一日不曾间断

▲ 骆威先生推荐书单

- （德）费尔巴哈《宗教的本质》
  （商务印书馆 2010 年版）
- （德）马克思《黑格尔法哲学批判》
  （人民出版社 1963 年版）
- （德）康德《实践理性批判》
  （商务印书馆 1999 年版）
- 钱穆《国史大纲》
  （商务印书馆 2010 年版）
- 费孝通《乡土中国》
  （北京大学出版社 2012 年版）
- 张仁善《中国法律文明》
  （南京大学出版社 2018 年版）
- 储福金《黑白》
  （人民文学出版社 2007 年版）
- 王知十《金陵血泪》
  （北方文艺出版社 1989 年版）
- 骆荣勋主编《刘邓大军挺进大别山史》
  （河南大学出版社 1989 年版）
- （德）海德格尔《海德格尔与妻书》
  （南京大学出版社 2016 年版）

诗曰:

童稚耽书有秘方，放骡自带小青箱。

而今身在嫏嬛地，犹念金城积石堂。

程章灿《题沈奎林山人舍》

从陇原到金陵
——我的各种「书房」

沈奎林

————

甘肃人，兰州大学图书情报系图书馆学理学学士，南京大学信息管理学院情报学管理学硕士。现任南京大学图书馆系统部主任，副研究馆员。从事多年图书馆技术开发与系统维护工作，主要参与研发下一代图书馆管理与服务平台和图书馆智能盘点机器人。喜欢拍照、喜欢看纸质图书、喜欢写写小文章，经营着个人微信公众号"奎林说"。

我出生在西北甘肃的一个山村，那个时候文革还未结束。因为家里长辈和亲戚有很多是教师，受到环境影响，我从小就喜欢看书。农村里有大山溪水，蓝天白云，却缺少书籍，而那时候是我最渴望看书的时候。农村远离城镇，家里经济条件又不好，我看书的途径主要是到处去"化缘"，主要是到亲戚家去"化"。

　　过年是大事，每年我们都要去小口外婆家，千盼万盼，别提多开心了。我是大外孙，姥姥疼我惯着我，所有的地方我都会翻，翻箱倒柜，舅舅和姨姨们的各种书，几乎被我看了个遍，主要是文艺书、小人书和故事书，这些书几乎都会被我偷偷带回家。小舅比我大三岁，其实也是小孩子，只不过比我大一辈，是我长辈，在和我的战争中，因为这个吃亏不少，小舅有时候被我气得呀，可还得忍着，不能动手揍我，这要归功于外婆的家教好，没让我受皮肉之苦。有一次我翻到了十几本好看的书，藏起来，被小舅发现了，估计是又怕被我掠夺走，便藏了起来，接下来的好几天，我的主要任务就是找它们，农村前院后院，各种房子，真难找啊！不过，挖地三尺，最终还是被我找到了。通过"强取豪夺"，我收集了几大纸箱子小人书，可谓藏书丰富，不过后来某一次，不知什么原因，都处理掉了，现在想想，太可惜了。

　　暑假里我天天要给家里放牧骡子，从外婆家带回来的书填充了我那些无聊的日子，由于喜爱，我每天会把十几本《儿童时代》全带着，反反复复地看。骡子在吃草，而我坐在草梗上，一本本仔细看，还不敢看得太快，怕一下子看完，那儿时单纯的快乐啊。

为了看书，好像啥条件我都能答应。有个远房亲戚，他有很多书，保护得严严实实，不给我看。我不敢在他们家乱翻，有次他笑眯眯地给我说，只要我在地上学驴打滚、吃虫子什么的这些恶心人的事，就让我看他的书，为了看书，我都照做了，惹得他哈哈大笑，但最终还是没看上书！

后来上了初中，学习任务重了起来，文艺书看得相对少了，主要是看学习辅导书。有一本《文学词典》，是我姐姐竞赛得来的奖品，这可是我带在身边最久的一本书了。这是本综合性文学词典，中外很多作家、著作、简介等等里面都有，太对胃口了！我几乎每天都带着，作业完成了的时候，课间休息我就会拿出来看，几年间也不知道看了多少遍，最后几乎都会背诵了。

慢慢积攒了一些自己喜欢看的课外书，我把它们放在哪里呢？它们也有自己的归属地——简易书房。

农村平房是那种典型的带大院子的四方屋子，屋子不算少，不过没有书房的概念，也没有像样的家具来放书。我的书多起来之后，都摆在一个个纸箱子里。好在西北干燥透爽，没有发潮发霉这种事，书摆在纸箱子里面可以安安稳稳放着。有一次我和姐姐搬箱子整理书籍，打开下层的纸箱子，发现里面老鼠做窝了，几个小老鼠在里面。敢情老鼠也喜欢啃书啊，怪不得我觉得跑来跑去抓不住的那几个老鼠那么有灵性呢。

上了兰州大学，发现有图书馆这么神奇的地方！我的八张借书卡，分为文史期刊卡和专业书卡，文史期刊卡可以借阅专业书，反之不可以。图书馆我经常去，去的只有一个地方：小说区，因为卡

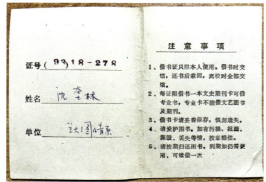

有限，每次借得不多，需要经常去借还。说起来有点可笑，图书馆除了这个地方，其他的书库阅览室我很不熟悉，有的四年也没去过一次。

兰州大学南门外一条街，各种店铺，非常红火，那是学生们逛街的天堂。大二大三的时候，租书看成了一种流行风气。这条街上也开了一家租书店，好多同学就交押金办了租书证，这个阶段真的是看了不少书，米兰·昆德拉的小说就是那时候看的。租书店里的书很新，有刚出版的书，不像图书馆的书，要滞后一些，有时还借不到。

■ 在兰州大学

租书店开了一年后，老板估计算了一下押金的数量，觉得这应该是个顶点了，然后，一夜之间，卷着押金和书就跑了！手上有书的同学还能有书抵押一些损失，没租书的就白白打了水漂，要知道，那时候一碗牛肉面不过九角钱。

大学里住的是集体宿舍，每个人床头有个小架子，还有一个公用的大桌子，那时候的宿舍比较简陋。我借回来的书都摆在床头的架子上，本来兰州大学图书馆（积石堂）是个很好看书学习的地方，无奈图书馆座位太少了，每天都要去抢着占座位。

毕业的时候，我入伍了，成了一名军人，在正式工作之前，我们大学生兵要先去山西忻州黄龙王沟集训，在这里我们要接受严格正规的军事训练，完成"从地方大学生到普通一兵，从普通一兵到合格军官的转变"。在沟里，训练是最主要的，每天在太阳下磨炼，

▌ 在黄龙王沟当军人时

每个人都黑红黑红的。"流血流汗不流泪，掉皮掉肉不掉队"，是当时的真实写照。军训期间除了训练还有各种政治学习，自己看书的时间很少。营区外有各种小店，也有书店，书不多，但还是能买到一些可看的。买回来的书也要摆得整整齐齐，和其他"豆腐块"们叠在一起。我记得我买过倪萍写的《日子》，一般没多少时间看这类闲书，我就放弃午休的时间，在营区外的秋风中看书，虽然军训一整天很累，但看书的快乐更多。多年后，一直感恩的是这段日子，对身体和心理的历练，是任何其他方式都不能比拟的。

正式进入南京陆军指挥学院图书馆工作是1997年年底，正是我国互联网起步发力的时期。那时候，我读的书几乎全部是关于网络、网络编程、操作系统、数据库系统的书。因正逢校园网和数字图书馆的建设，我学习的内容能尽快实践，这个阶段以提高工作经验和技能为主，努力学习了微软和思科大部分课程，也去考了一些当时流行的证书。在这个阶段，还补读了一些武侠小说、军旅小说。

进了军校，营区里给分了住处，桌子椅子都是营区标配。这时候有了带玻璃门的书橱，终于有了自己的一方小天地，可以放放书。信息技术发展太快了，大多数时间都泡在电脑前。这时候的我感觉我的"书房"就是"机房"。

命运又给了我一次选择，我脱下军装，来到了南京大学信息管理学院读书，接触到了南京大学图书馆。那时候，互联网泡沫过去不久，web2.0兴起，草根终于在互联网上有了发声的地方，我读的书多是互联网相关的书籍。这时候我的"书房"又变成了宿舍床头架和图书馆了。这个阶段，是我吸收知识和丰富头脑最快最好的时候，因为这是我工作八年之后，重新步入大学继续深造的机会，我不能浪费。

▌刚搬进安怀村房子时的书房

2008 年，我们终于搬到了大房子，里面有独立的一间屋子作为书房，有书柜有书桌，有点像"书房"的样子了，除了摆家具，我还摆了个沙发床，拉开合起很方便，不管是坐着看书还是躺着看书，都是非常好的。在书房一眼望去，大多数书还是即看即抛型的书，当然，慢慢收集起来的值得保存的书也有一点点了。

毕业之后，尽管我有其他的职业选择，但最后还是去了图书馆。进入南京大学图书馆工作后，通过翻看相关纸本资料、网络资料，才真正了解了南京大学、南京大学图书馆，南京大学各学科那么多优秀

▌杜厦图书馆书架

的前辈和人才，图书馆历史上那么多的大家，刘国钧、李小缘……南大图书馆分类法……能在这里工作，我太自豪了。回看我自己的读书经历，我看的书太少了，简直不值一提。

书读得越多，越发现自己的不足。看了一下图书馆那么多藏书，算了一下，所有的时间用来看书也看不了多少啊。"一万年太久，只争朝夕"，我就尽一切可能去读书，特别是近几年，我基本不刷手机、不玩游戏、不看电视剧，闲暇时刻，都会捧起书来看。

我读的书看上去"杂乱无章"，有很多学科。读图书情报类的书，看看图情界的过去现在和未来；读互联网、人工智能、计算机的书，看看这些领域的知识在数字图书馆和智慧图书馆的建设上面能提供哪些帮助和借鉴；读文学书，哪个七〇后的人没个文学梦呢，提升自己的文学素养、提高自己写作水平、培养自己的共情能力；读传记，从别人的身上吸收养料，更好地历练自己，活到老学到老，朝闻道夕死可矣；读历史，历史就是现在；总是能找到自己喜欢看的，这是一种莫大的幸福。

2018 年，为了工作和小孩上学方便，我们家搬到仙林万达，房子要比城里的小多了，没有独立的书房，但是装修的时候，能打书架的地方都做了书架，放一些书也是很方便的，并且随手可以翻到。我最喜欢的是向阳飘窗台的一侧打成了好几层书架，倚在窗台上，不管外面是艳阳高照、细雨霏霏、秋风阵阵、冬雪飘飘，都可以安安静静体会四季，

■ 书房一角

体会读书的快乐。我的书房和以前不一样了，现在即看即抛型图书没那么多了，其他学科的我喜欢的书，我会买回来，当当网、京东网、先锋书店是我常逛的地方，慢慢的，我想我城里屋子的大书房也会有所改观吧。

■ 沈奎林老师画作

■ 南京大学"香雪海"，摄于 2020 年 12 月 30 日

感谢命运的眷顾，让我能在这么喜欢的图书馆工作。每天，迎着早晨的红霞，浏览杜厦图书馆那本翻开的百科全书；傍晚，伴着夕阳的余晖，反思一天来工作和学习的收获。对于我这个图书馆员来说，家里的书房是个小天地，而杜厦图书馆是我的大"书房"，我拥有中国最大的一间"书房"啊，坐拥几百万册图书！我将继续开心地行走在这高大上的书房之中。

▲ 沈奎林老师推荐书单

- （美）约翰·布罗克曼：对话最伟大的头脑·大思考系列——《心智》《文化》《思维》《宇宙》《生命》《AI 的 25 种可能》
  （浙江人民出版社 2019 年版）

- （美）约翰·布罗克曼：对话最伟大的头脑·大问题系列——《那些科学家们彻夜忧虑的问题》《那些让你更聪明的科学新概念》《世界因何美妙而优雅地运行》《人类思维如何与互联网共同进化》《哪些科学观点必须去死》《如何思考会思考的机器》
  （浙江人民出版社 2017 年版）

- （美）布瑞恩·戈德西《数据即未来：大数据王者之道》
  （机械工业出版社 2018 年版）

- （日）儿玉哲彦《人工智能会毁灭人类吗？》
  （鹭江出版社 2019 年版）

- （美）凯文·凯利《必然》《失控》《科技想要什么》
  （电子工业出版社 2016 年版）

- 张宏杰《饥饿的盛世：乾隆时代的得与失》
  （重庆出版社 2016 年版）
- 王观盛《遥远，遥远》
  （上海人民出版社 2015 年版）
- 高建群《大平原》
  （北京十月文艺出版社 2016 年版）
- （以）尤瓦尔·赫拉利《人类简史：从动物到上帝》
  （中信出版社 2017 年版）
- （法）克里斯托弗·加尔法德《极简宇宙史》
  （上海三联书店 2016 年版）

诗曰:

心在云天月在窗,摊书滋味世无双。

龙山荆水经行遍,更上高楼望大江。

程章灿《题谢欢味斋》

「味斋」杂谈

谢　欢

———

江苏宜兴人，管理学博士，现为南京大学信息管理学院图书馆与数字人文系主任、副教授，兼任中国索引学会理事、中国图书馆学会图书馆学基础理论专业委员会委员，已出版学术著（译）作四部，散文集一部，发表学术论文四十余篇。

拥有一间独立的书房应该是所有读书人的梦想，我真正拥有一间独立的书房也是结婚以后，此前书房都是与宿舍合在一起的，读书睡觉，一室两用。我在写非学术类文章时有个习惯，一般都会在文章最后注明写作日期及地点。翻检旧作，发现我的这类文章，大多写于如下几个地点。这几个地点串起来，差不多就是我的书房"变迁史"。

荆邑味斋。我出生于江苏宜兴，"荆邑"是宜兴的一个古称。署

"荆邑"的这些文章，都是在宜兴家中所写。"味斋"是我当年为附庸风雅而起的一个书斋名，取"书味自知"之意。前人说，读书有稻粱、肴馔、醯醢三味，又说读书有酸、甜、苦、辣、咸五味，不管有几味，亦不管是哪一

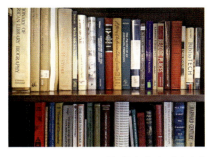

■ 书房名为"味斋"

味，恐怕只有读者自己知道。加拿大著名学者阿尔贝托·曼古埃尔说过，"文字对应经验，经验对应文字"，面对同样的文字，有着不同经验或经历的人，阅读感受肯定是不一样的，写作更是如此。所以，我原本想叫"书味自知斋"，但读来似有些冗长，索性化繁就

■ 味斋藏书

简，只取"味斋"二字，这一书斋名一直沿用至今。工作、结婚以后，回宜兴的次数越来越少，每次回去停留时间也不长，根本无暇作文，所以近几年已经没有署"荆邑味斋"的文章了。

金陵江畔味斋。结婚后，我与内子迁居至南京鼓楼滨江的一处居所，自此，拥有了一间十余平米的独立书房，由于居住在扬子江畔，故而在这一书房内完成的文字都会署"金陵江畔味斋"。书房位于家中西北角，北侧有一飘窗，从飘窗望出去，不仅能看到壮阔的长江，还能看到著名的南京长江大桥。书房布置很简单，一面靠墙的书柜，一张简易的书桌，书柜是装修时请人根据书房高度专门定制的，每一层间距不同，为的是充分利用空间。

▌金陵"味斋"

彭城云龙湖畔味斋。由于内子工作的原因，一年之中，她在南京居住的时日并不多，相当一部分时间都是在徐州，我们在徐州也有一处居所，那里也有一间属于我的小书房，从书房窗户远眺，云龙湖尽收眼底，所以在这间书房完成的作品，就会注明"彭城云龙

湖畔味斋",有时图省事,会简单地写"彭城云龙湖畔"。由于经常往返于南京、徐州两地,两个书房的书也彼此流动,有些书由于研究参考的缘故已经往返于南京、徐州多次,我自己也给自己封了一个"彭宁书运使"的职务。

曾经有一段时间,我在文章最后标注的是"仙林喧庐"。那是2014年左右,正值读博,从南大鼓楼校区搬到仙林校区,入住四组团宿舍。"结庐在人境,而有车马喧。"四组团正好位于绕城高速边上,而我的宿舍又在高层,终日为喧嚣的车流所困,晚上也睡不好,一时兴起,起了一个"仙林喧庐",不过随着对环境的适应以及毕业,这个名字也就不用了。

很多人的书斋名都具有唯一性,有些人有几处书斋,或许就会起几个不同的名字,但是我的"味斋"却是流动的,场所虽然在变,但是我在其中体认到的书味，却是不变的。

我的专业是图书馆学，主要研究兴趣在图书与图书馆史、历史文献学，如按中图法的标准，我书房内的藏书大致只有两类：一类是"G（文化·科学·教育·体育）"大类，其中图书馆学属于G25大类，另一类则是"K（历史、地理）"大类。我的藏书都是因为学术研究需要慢慢购置的，没有一本明清古籍，更别说宋元珍椠，年代最久远的也就是一些民国书刊，但数量也是寥寥。虽没有珍本古籍，但我的书房中还是有一类特藏，那就是学人信札。或许是因为在研究中经常会用到书信这一类史料，在阅读、使用书信的过程中，逐渐感受到书信所特有的"温情"，尤其是在当下普遍都使用电子邮件的情况下，纸质书信更显得难能可贵，所以我开始在力所能及的情况下购置、收藏一些学人书信，几年下来，也收了近千封近现代学人信札，其中大部分都是和图书馆有关的学人，尤以钱亚新先生往来信札为最。钱亚新先生是中国近代著名图书馆学家，又是江苏宜兴人，跟我是同乡加同行，这激发了我对钱先生的研究兴趣。十年前第一次拜访钱先生哲嗣钱亮老师时，钱老师将钱先生手稿以及晚年数百封学术通信全部赠送予我，供我研究。此后，我又从其他一些渠道购得了一些钱亚新往来通信，这些书信不仅为我研究钱亚新提供了宝贵文献，也成为我收藏书信的源头。

除了纸质书之外，书房电脑中还有几十个G的电子书，购买电子书，其实也反映了我的"初心"——书是为了用的！有时因为研究需要查阅某些书，家中没有，而去图书馆又远，于是就会在网上购置一些电子书，相对而言，电子书还是很便宜的，有时一套二三十册的书，电子版只要几十元，既节省了家中空间，又节省了金钱，而且还解决了参考需要，可谓一举多得。

我没有仔细统计过藏书数量，估计只有一两千册吧。这些藏书的来源主要有两个，一是自己购置，另外就是中外师友赠送。第一次有规模地购书是初三时，那时参加宜兴市教育局组织的"快乐暑假，轻松阅读"中小学课外阅读征文比赛，我获得了二等奖，那次投稿的作品内容已经不大记得了，但是作为奖品的二百元购书券却印象深刻，对于当时的我而言，这二百元着实称得上是一笔巨款。拿到购书券后，立即在周末乘车至宜兴新华书店，在书店任意挑书的情景至今仍历历在目，当时购置的图书不少现在也还在书架上。如今，购书已经成为生活的一部分了，每到一地，如果时间允许，都会到当地的书店、书市转转，北京的潘家园、天津的古文化街、南大鼓楼校区周围的旧书店群以及台湾、香港等地的诸多书店都留下了我的屐痕。随着网络的发展，网络购书也成为了主要购书方式，每年的"4·23""6·18""双11"等购物季，促销活动的诱惑更是让人没有理由"不剁手"！

　　师友赠送的图书也是寒斋的重要收藏，我没有专门整理过书架上的师友签赠本，虽然占全部藏书的比重不太高，但是这些签赠本所蕴含的师友情谊是无法衡量的。记得曾读到过台湾林文月先生《写我的书》，林先生用文字记录了与书架上一些旧书刊的因

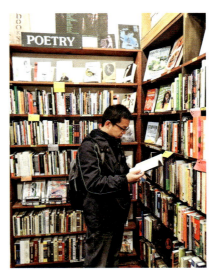

■ 于西雅图旧书店淘书

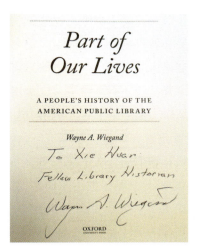

国外学者赠书

缘，以及书刊背后蕴藏的对故人和往事的追忆，其文字间流露出的脉脉温情，着实让人感动。我书架上这些师友签赠本，每一本背后也都蕴含着一段情谊，或许这也就是明代名臣于谦所谓的"书卷多情似故人"吧！

虽然秉持着"书是为了用的"理念，这两年也尽量多购置电子书，但是每年纸质图书的增长量仍然很快，书房的空间正变得越来越局促，如何保持书房图书"动态的平衡"，是我这几年一直在努力的。虽然比不上"流入"的速度，但是这几年每年也能有几十本的"流出"。流出的渠道大致有三：

第一，送给学生。根据学生的兴趣，定期挑选一些图书送给他们阅读，有时也会专门购置一些送给他们。现在很多老师都会感慨学生不读书，我个人觉得如果老师能经常送一些书给学生，或许也是一种帮助提升学生阅读量的好途径。

第二，送给高校图书馆。网上购书成为主要购书渠道后，因为看不到书的内容，有时候仅根据书名、摘要从网上购书，实际内容并不是自己想要的，对于这些比较新的、没有任何划痕污渍、偏学术类的图书，我就会送给高校图书馆（主要是南大图书馆），让其他有需要的读者去利用。

第三，送给民间图书馆。二十一世纪以来，中国涌现出了很多民间图书馆，不少已经发展成为当地重要的公共平台，但是它们在

■ 部分图书馆捐赠证书　　　　　　■ 谢欢教授出版著作

经费、图书资源等方面还有一定困难，得益于"图书馆学"专业，我能了解到很多这类图书馆的信息，于是我就会挑选一些合适的（如文学类、历史普及读物等）图书捐给这些图书馆。即便如此，距离保持书房"动态平衡"的目标，还是"路漫漫其修远兮"。

在如今这个房价与书价相差天壤的时代，能够拥有一间独立的书房，肯定离不开另一半的支持。其实，很多女性何尝不想拥有一间独立的足够大的衣帽间呢？不管是独立书房的设立，还是书柜用料、购书，内子一直给予无条件的理解与支持。所以，也想趁这个机会，向内子致敬，也向每一位"书房背后的人"致敬！

2021 年 6 月 6 日于金陵江畔味斋

▲ 谢欢教授推荐书单

- 杨伯峻《论语译注》
  （中华书局 2009 年版）
- 钱穆《国史大纲》
  （商务印书馆 1996 年版）
- 严耕望《治史三书》（增订版）
  （上海人民出版社 2016 年版）
- 王明珂《反思史学与史学反思》
  （上海人民出版社 2016 年版）
- 高增德、丁东编《世纪学人自述》（六卷本）
  （北京十月文艺出版社 2000 年版）
- 张世林编《家学与师承：著名学者谈治学门径》（三卷本）
  （广西师大出版社 2007 年版）
- （英）彼得·伯克《知识社会史》
  （浙江大学出版社 2016 年版）
- 韩永进主编《中国图书馆史》（四卷本）
  （国家图书馆出版社 2017 年版）
- （美）皮尔斯·巴特勒著、谢欢译《图书馆学导论》
  （海洋出版社 2018 年版）
- （美）维恩·威甘德著，谢欢、谢天译《美国公共图书馆史》
  （国家图书馆出版社 2021 年版）

后　记

　　逃脱疫氛的春夜，周遭没有了白日的喧嚣。坐在书房里，明亮的灯光照着桌面一摞厚厚的校样，一部叫做《书房记》的新书即将"呱呱坠地"。我不禁想起两年前的 2020 年 4 月 23 日，《书房记》的前身——南京大学图书馆微信公众号上的原创专栏"上书房行走"系列，就是在那个"人间四月天"来到世间的。它后来产生的影响"出了圈"，"跨了界"，简直可以说是"横空出世"。

　　4 月 23 日是一年一度的世界读书日。每年此日，南大图书馆都要组织世界读书日主题活动，2020 年的活动主题是："众志成城，共克时艰——用书香传播力量。"所谓"时艰"，指的是那年年初爆发的新冠疫情，直至四月下旬，学生还无法正常返校。又是两年过去了，在新冠疫情尚未止息的当下，重温这个主题，我又一次感到，书香的力量无远弗届，仍在不断地向人间扩散。当时策划"上书房行走"专栏的初心，就是想通过"揭秘南大人的私家书房，分享读书中的心得和体会"，落实"用书香传播力量"。"上书房行走"专栏有一个小团队，史梅副馆长负责统筹，馆长助理翟晓娟负责执行，馆员张宇负责编辑。从 2020 年 4 月 23 日到 2021 年 7 月 5 日，这个专栏分成三季，陆续推出文章四十篇，持续一年有余，很多文章被多家媒体转载，收获了大量的粉丝。这就是书香传播的力量。

"上书房行走"有一个副标题："走进南大人的书房。"这些书房的主人全都是南大人，从国内外知名的院士和资深教授，到中青年教师和在校学生，从在校任教的文理工医各学科老师，到分散在各行各业工作的校友，他们拥有一个共同的名号：njuer。在南京大学即将迎来 120 周年校庆的此时此刻，他们的参预与奉献特别值得铭记。

这四十篇文章的背后，是四十位慷慨大度而又坦率真诚的书房主人。他们不仅"秀"了自己的书房，还把书房周边的故事，也毫无保留地讲给我们听。这里不仅有书房的故事，还有人生的故事，对于个人成长的曲折过程，淘书藏书的有趣经历，煞费苦心经营书房的艰辛，以及读书治学的经验之谈，他们全都作了无私的分享，讲到紧要关头，还"晒"图为证，让人掩卷之余，犹自回味无穷。这些人，这些事，小可见个体的生命历程，大可见改革开放的时代变迁。任何一个爱书之人，读后都当心有戚戚焉。周作人当然是一个爱书之人，当年却说了这样的话："自己的书房不可给人家看见，因为这是危险的事，怕被看去了自己的心思。"与"上书房行走"的四十位书房主人比起来，这就未免显得小气，而且不够坦荡。

现在，这个系列的四十篇文章重新集合，保持原先的队列，即将获得新的生命形式，以优美的形体，为所有爱书人送上一份独特的书香。这份书香的名字，就叫《书房记》。《书房记》中的"记"，既是个人的记忆，也是时代的记述。人生的淬炼，学问的熏陶，性情的涵养，酿成浓郁的书香，辅以滋味醇厚的文字，加上缤纷的彩色图片，可谓色香味俱全矣。总而言之，这是一本赏心悦目的书，值得向所有爱书人推荐。

作为"上书房行走"系列的策划，"王婆卖瓜，自卖自夸"，于我是责无旁贷。我还有一项额外任务，就是为每家书房题咏一首七绝。四十首题诗自成系列，不妨称为"南大人书房纪事诗"，或者"南大人读书纪事诗"，聊且为中国诗史和书史传统上的"藏书纪事诗"续貂。南大图书馆就是南大人共同的书房，我作为这间公共书房的看守人，在每家南大人书房"开张"之际，自当念一首定场小诗，权当几声吆喝。这么说来，额外任务也是份内之事。

在图书馆工作，最幸福的事，便是每天都能与书打交道，与爱书的人相往来。"上书房行走"曾给我留下一段愉快的工作记忆，相信《书房记》还将给我带来一份温馨的回忆。

程章灿

2022 年 3 月 31 日夜于金陵仙霞庐

图书在版编目（CIP）数据

书房记 / 程章灿, 史梅主编 . —上海：上海古籍
出版社, 2022.6（2022.8 重印）
ISBN 978-7-5732-0270-3

Ⅰ.①书… Ⅱ.①程… ②史… Ⅲ.①散文集–中国
–当代 Ⅳ.①I267

中国版本图书馆CIP数据核字（2022）第094343号

书房记

程章灿 史 梅 主编

上海古籍出版社出版发行
（上海市闵行区号景路159弄1–5号A座5F 邮政编码201101）
（1）网址：www. guji. com. cn
（2）E-mail：guji1 @ guji. com. cn
（3）易文网网址：www. ewen. co

印刷 上海丽佳制版印刷有限公司
开本 890×1240 1/32
印张 16.75 插页4 字数378,000
印数 3,001—7,000
版次 2022年6月第1版
 2022年8月第2次印刷
ISBN 978-7-5732-0270-3
定价：108.00元